鳴海 章

刑事小町

浅草機動捜査隊

実業之日本社

実業之日本社文庫

刑事小町　浅草機動捜査隊　目次

序章　新任班長

午前二時過ぎ、国道四号線を北上し、千住新橋《せんじゅしんばし》で荒川《あらかわ》を渡ったときに無線機のスピーカーから声が流れた。

〝第六方面本部から各移動。大師前《だいしまえ》交番《PS》管内の女性から不審者に抱きつかれたとの一一〇番通報。すでに被害者《ガイシャ》にあっては自宅に戻っており……〟

次いで被害者の住所、通報してきたのは男で川辺《かわべ》隆行《たかゆき》、被害者は実川《みかわ》典子《のりこ》と告げた。

通報者は男？——捜査車輛《しゃりょう》のハンドルを握っている小沼《おぬま》優哉《ゆうや》は眉根《まゆね》を寄せた。

被害者が戻っているという自宅住所は西新井《にしあらい》大師《だいし》の北側にあたり、四号線をこのまま北上、環七《かんなな》号線の立体交差手前を左折すれば、十分とかからずに現場《げんじょう》へ到着できる。

小沼は助手席に目をやらずにいった。

「近いですね。たぶん七、八分で臨場できると思います」

「了解」

助手席の女性——稲田《いなだ》小町《こまち》は無線機のマイクを取りあげた。

「こちら六六〇三。ただちに発報《はっぽう》現場に頭を向ける」

〝本部、了解〟

マイクをフックに戻すと稲田はセンターコンソールにある赤色灯とサイレンのスイッチを入れた。天井に埋めこまれた赤色灯が反転し、サイレンが鳴りはじめる。小沼はアクセルを踏み、時速九十キロまで加速した。ほんの数分で環七の立体交差に達すると減速、交差点の前方、左右に視線を飛ばしつつ、左折する。タイヤが鳴った。

立体交差との合流点では左のドアミラーに目をやり、降りてきたタクシーがスピードを緩めるのを確認、前方に割りこんで加速した。さらに中央付近の車線に移動させる。深夜なので大型トレーラーの姿がちらほら見えるが、赤色灯を回し、サイレンを鳴らして接近すれば、左の車線へ避《よ》けた。

東武《とうぶ》線の跨線橋《こせんきょう》を一気に走り抜け、さらに西へ向かう。尾竹橋《おたけばし》通りとの交差線ではさすがに減速し、左右を確認しつつ通りぬけた。大師前交差点で稲田が手を伸ばして、サイレン、赤色ともに切り、小沼は捜査車輛を右折させた。大師前駅を左に見ながら北進し、左折、右折をくり返しながら被害者宅である二階建てアパート前に到着したときには、アパートの門柱前に停《と》められた白い自転車のそばに制服警官が立っていた。大師前交番から駆けつけたのだろう。

運転席のドアを開け、小沼は顔をしかめた。九月に入り、しかも真夜中だというのに気温は三十度近くありそうだ。スーツの下に防刃ベストを着用しているのでねっとりした夜気でたちまち首筋に汗がにじんでくる。

稲田が近づくと若い警官が背筋を伸ばして敬礼した。

「ご苦労さまです」

答礼した稲田が訊《き》く。

「マルガイは？」

「二階の一番奥の部屋です。自分もたった今臨場したところで」

「ご苦労さん。まず私が話を聞くよ」

門柱の前には一階の各玄関につながる通路が伸びており、数メートル先に階段があった。稲田はきびきびと歩き、階段を駆けあがった。制服警官にさっと敬礼し、小沼はつづいた。二階の通路を進み、もっとも奥まったところにあるドアの前に立つと稲田はドアをそっとノックした。玄関脇にはインターホンのボタンがあったが、時間帯を考えたのだろう。

「警察です」

だが、声は大きかった。

ドアの鍵を外す音がして十センチほど開く。ドアチェーンはかかったままで顔をのぞかせたのはおとなしそうな顔をした若い男だ。稲田は男の顔をまっすぐに見返し、もう一度告げた。

「機動捜査隊の者ですが、あなたが通報された……」

「川辺です。典ちゃんが変な奴《やつ》に抱きつかれたって泣きながら電話してきたので、あわててやって来ました」

「彼女、怪我《けが》は？」

「ありません。でも、すごく怖がってて震えていて、満足に喋《しゃべ》ることもできないんです」

抱きつかれたのは二階の通路でちょうど階段を上ってきたところだという。

小沼はふり返った。階段を上りきった場所から被害者宅までに玄関口が二つ、反対側に三つあった。通路の天井に取りつけられた蛍光灯は照度に乏しく、もっとも奥まったところは暗がりになっている。被害者が何も疑わずに階段を上り、自分の部屋に向かおうとしたとき、背後に潜んでいた犯人が後ろから抱きついたのだろう。

稲田が訊いた。

「実川さんから電話が来て、それから川辺さんがここへ来たんですね？」

「はい」

「電話があったのは何時頃？」

「十二時半過ぎでした。ぼくはもう寝てたんで正確には憶《おぼ》えていないんですが。典ちゃんは会社の飲み会があって遅くなったそうです」

稲田が順を追って訊きだしていく。実川典子が後ろから抱きつかれたのは午前零時半頃で、場所はやはり階段を上りきり、自分の部屋へ向かおうとしたところのようだ。悲鳴を上げると相手が離れたので自分の部屋に駆けより、ドアの鍵を開けて中に入ったという。階段を駆けおりていく音を聞いたような気もするが、はっきりしないという。

犯人がすぐに諦めたからいいようなものの、もし追いかけてきたとしたらドアの鍵を開けようとしている間にふたたび襲われ、より重大な事案に発展していた可能性もあった。

稲田がつづけた。

「それじゃ、抱きつかれてからかれこれ一時間半になりますね」

「はい」川辺はうなずいた。「典ちゃんから電話をもらってすぐに来ようとしたんですけど、タクシーがなかなかつかまらなくて」

川辺は三十前後くらいに見えた。白のTシャツに洗いざらしたジーパンを穿《は》いており、裸足《はだし》だ。

「ようやくタクシーに乗って、それから典ちゃんに電話して警察に通報したか訊いたんですけど、怖くて、とても電話なんかできないって。それに電話を切ろうとしないで、とにかく早く来てくれって。結局、ここへ来るまで電話はつなぎっぱなしでした。部屋に来て、典ちゃんが落ちついたところでぼくが一一〇番しました」

稲田が部屋の中をうかがう。

「実川さんの話も聞きたいんだけど、大丈夫ですかね」

「たぶん」川辺はドアを開けたまま、上がり框《がまち》に下がった。「どうぞ」

稲田と小沼は靴を脱いで部屋に入った。入ってすぐ台所、左が浴室とトイレになっている。台所を通りぬけた先、フローリングの八畳ほどの部屋にはベッドや三面鏡などが置かれていた。部屋の中央に敷かれたラグマットにべったり座りこんだ女性がうつむいていた。ノースリーブのシャツはベージュ、真っ赤な七分丈のパンツからむっちりとしたふくらはぎがのぞいている。素足のようだ。かたわらにはひしゃげたショルダーバッグとスマートフォンが放りだしてあった。

「典ちゃん、お巡りさんが来てくれたよ」

典子が顔を上げた。化粧が崩れ、どろどろになっている。川辺と同年配だろうか。泣きはらした顔は川辺より少し幼く見えた。

稲田が典子の前にしゃがみこんだ。

「ちょっとお話聞かせてもらえるかな」

そういったとたん、実川は顔をくしゃくしゃにすると大声を上げ、手放しで泣きはじめた。耳障りな声が尾を引く。

三歳児かよ――小沼は胸のうちで吐きすてた。

なだめたり、すかしたりしながら何とか実川からも話を聞こうとしたが、泣きじゃくるばかりでまともな会話は成立しなかった。そのうち西新井警察署地域課の警察官が二人やって来て、そのうち一人が女性だったので小沼と稲田はあとを引き継ぎ、被害者宅を出ることにした。

捜査車輛に戻り、まずはエンジンをかけ、エアコンを動かした。

「周辺検索やりますか」

小沼はシートベルトを留めながら訊いた。

「そうね」稲田はうなずき、無線機のマイクを取って送話スイッチを押した。「六六〇三から本部」

〝本部、六六〇三、どうぞ〟

「六六〇三にあっては被害者宅を離れ、周辺で不審者の検索にあたる」

〝本部、了解〟

マイクをフックに戻し、ため息を吐《つ》いた稲田はシートベルトを留めた。ため息の意味はわかる。すでに事件発生から二時間以上が経過しており、被疑者がいまだに周辺をうろうろしているとは考えにくかった。被害者宅の前には赤色灯を回しっぱなしにしたパトカーが停められている。

　そもそも検索といっても手がかりはまるでなかった。実川は抱きついてきた相手をまるで見ていない。薄着の女に抱きつくくらいだから男に違いないだろうが、顔つき、着衣、躰《からだ》つき、声、息づかいまで訊《たず》ねたものの首を振り、嗚咽《おえつ》を漏らすばかりなのである。

　ギアをリバースに入れ、小沼は助手席の背に手をあてて後ろを見た。捜査車輛を後退させ、右にある駐車場の入り口に車の尻を突っこんで方向転換する。前に向きなおって訊いた。

「どっちにしますか」

「左」稲田は顔を上げ、鼻をひくひく動かしてみせた。「何だか事件の匂《にお》いがする」

　小沼は小さく首を振り、左方の路地へ車首を向けた。車が一台ようやく通りぬけられるだけの狭い通りで左右は駐車場になっている。ほどなく十字路に来たが、何もいわれなかったのでまっすぐ突っ切った。

　午前三時に近く、住宅街はひっそりしており、ぽつりぽつりと立った街灯がアスファルトの道路を照らしていた。

　初日だけに張り切ってるのだろうと思った。

　警視庁では四月と九月の年二回人事異動が発令され、稲田は九月一日付で機動捜査隊浅草分駐所に赴任してきた。浅草分駐所には三つの班が置かれており、成瀬《なるせ》、笠置《かさぎ》、前《まえ》島《しま》の警部補三人が班長を務めていたが、定年まであと二年を切った成瀬が立川署に移動となり、後任としてやって来たのが稲田警部補である。

三つの班は二十四時間の当務を交代で勤めており、笠置班、前島班につづいて赴任二日目にして昨日の朝から稲田班が当務に就いた。小沼は元々成瀬班に所属し、辰見悟郎《たつみごろう》と組んでいたが、ある事情によって当面稲田の相勤者を勤めることになった。

辰見は富山県で起こった連続殺人事件に関わり、受傷して、二ヵ月間にわたって仕事を離れていた。怪我の治療もあったが、その間には五十日間の停職もふくまれている。女性二人を殺害して山中に埋めるという事件に知り合いの女子高校生が巻きこまれたため、辰見は乗りだしていった。犯人を突きとめ、誘拐された女子高校生を救いだし、犯人逮捕に協力したが、管轄外の行動であり、当然ながら警察官の正当な職務とは認められなかった。

逮捕の際、辰見は腹を刺されて重傷を負い、逃走をはかった犯人もまた車の運転を誤り、道路から転落した。身柄は確保されたが、昏睡《こんすい》状態に陥ったまま、今も意識が戻らないと聞いている。被害者である女子高校生は、三年前、小沼も辰見とともに臨場した殺人事件で殺された女性の娘だ。

無線機が声を発する。

〝西新井三から本部〟

男の声だ。稲田が被害者から話を聞いている間に到着した男女二人組の警官は西新井警察署地域課パトカー三号車に乗ったようだ。

〝本部、どうぞ〟

〝午前二時、大師裏からの一一〇番通報の件についてですが、被害者《ガイシャ》は落ちつきを取り戻しました。事情聴取を終えましたが、被疑者《マルヒ》について新しい情報はありません。なお、マルガイにあっては今夜は友人が泊まっていくということもありましたので、厳重に戸締まりをした上でやすむように注意を促しました。なお、被害届は明日西新井警察署《PS》に本人が出頭して出すことになりました〟

〝本部、了解〟

〝西新井三にあってはPSに戻ります〟

〝本部、了解〟

さらに小一時間ほども西新井大師周辺の住宅街を走ったが、街灯の並んだ幅の広い通りを別にすれば、住宅街の路地には人影すら見当たらない。そろそろ潮時かと小沼は判断した。機動捜査隊の主任務は初動捜査にある。事件が起これば、いち早く臨場し、現場を所轄の刑事課や地域課などに引き継いだあとは、ふたたび通常の警邏《けいら》に戻ることが多い。

「まだ周辺の検索をつづけますか」

そういって助手席を見やった小沼は思わず目を剝《む》いた。稲田は拳銃を抜き、うっとりと眺めているのだ。

「何やってるんですか」

警察官の拳銃は抜いただけでも使用とみなされ、何枚もの書類を書かなくてはならない。もちろん拳銃を抜いたことが表沙汰《おもてざた》になればの話だが。理由もなく拳銃を振りまわせば、警察官職務執行法違反だけでなく、銃刀法にも問われかねない。

「格好いいなぁと思ってさ。ねえ、いいと思わない？」

稲田が手にした拳銃を小沼に向けた。反射的に顔を背ける。

「よしてくださいよ。薬室が空だって銃口を向けられれば、気持ち悪いでしょうが」

稲田に貸与されているのはほっそりした自動拳銃だった。弾倉に収められた五発の弾丸のうち、一発を薬室に装塡《そうてん》しておかなければ発射できない。使用時にはスライドを引いて第一弾を送りこむ必要がある。

「あら。弾《タマ》込《ゴ》めしてあるわよ。当たり前でしょ。いざってときに装塡する余裕なんかあるはずないじゃない」

「弾込めって、アホか」

相手が上司であることもかまわず小沼は毒づいた。

「これ、ＳＩＧ／ＳＡＵＥＲ《シグ・ザウワー》のＰ２３０、ジャパンポリスモデルよ。めっちゃクールでしょ。機捜にくれば賞与されるって聞いてたけど、ちゃんと当たるとはね。私、やっぱり持ってる女なんだなぁ」

「とにかく誰かに見られる前にしまってください」

小沼がわめき立てても稲田はまるで気にする様子がない。

「私ね、こいつを身につけたくて機動捜査隊《きそう》を志願したのよ。ほら、最近ドラマとかで使われてるでしょ。２３０って、最高にクールじゃん」

「じゃんじゃないっす。車ん中で振りまわしてて事故でも起こしたらどうするんですか」

「世界のＳＩＧだよ。安全装置さえかけときゃ、パーフェクト。ちまちま心配しなさんなって」

「あのね……」

小沼の声は無線機から流れる緊迫した声にかき消された。

〝本部より各移動。空き家で異臭がするとの通報。現場は足立区島根《しまね》……〟

告げられた住所は現在地よりも北だが、それほど遠くなかった。稲田はさっとマイクを取りあげ、現場に向かうと告げた。

横目で見る。マイクを右手に持っていたが、拳銃は左手に移してあった。

第一章　立っている死体

1

ひどい異臭がすると通報があったのは、実川のアパートから西へ行ったところで現場に到着するまで十分とかからなかった。奥でL字型に曲がった路地は右側がマンションの塀で左側には小さな二階建ての住宅がびっしりと並んでいる。

マンションの前に捜査車輛を停めると赤色灯を切り、小沼と稲田は降りた。幅が一メートルほどしかない路地に敷きつめられた正方形のコンクリート片を踏んで奥へと進む。たしかに異臭が鼻を突く。硫黄《いおう》の匂いにも似ていたが、より強烈で生々しく、咽《のど》にえぐみを感じさせた。

夜明けが近づき、空気は均質な群青《ぐんじょう》に染められはじめていた。路地の角を曲がるとさらに臭気がきつくなる。現場はすぐにわかった。制服姿の警官が二人、半袖の白いシャツに縞《しま》のパジャマのズボンだけを穿《は》いた老人が塀を回した二階屋の前に立っていた。

「ご苦労さまです」

小沼は二人の警官のうち、年配の方に声をかけた。五十を過ぎているように見えた。

「あ、どうも」

とぼけた挨拶をして、年配の警官は制帽のつばに手をやった。稲田が答礼する。小沼は白の綿製手袋を着けながら若い警官をうかがった。制帽をあみだに被《かぶ》っており、ほの暗い中でも蒼白《そうはく》になった顔が汗に濡《ぬ》れているのがわかる。ひたいに前髪が張りついていた。汗は防刃ベストの上にのぞく制服のカラーだけでなく、胸元近くまで濡らしていた。大量の発汗は熱帯夜のせいだけでもなさそうだ。いやな予感が胸の内に広がる。

「こちらが知らせてくれた桑田《くわた》さん」

年配の警官が老人を手で示した。腕組みした桑田は下唇を突きだしたまま、ぞんざいにうなずいた。

「ひでえ臭《にお》いがするもんでよ。そんで交番に行ったんだよ。ちょうど安井《やすい》さんがいてくれてよかったよ」

安井というのが年配の警官で交番の主任《ハコチョウ》を務めているようだ。交番のすぐ裏に現場はあった。徒歩で二分もかからないという。

老人の話によれば、数日前から何かが腐っているような臭いがしはじめたらしい。最初は下水管でも破裂したのかと思っていたが、日に日に臭いはひどくなり、今朝になってついに耐えきれずに交番へ行った。

「年寄りは目が覚めるのが早えし、何にもすることがないもんでな」

「ご近所のよしみもあるし」安井が呆然《ぼうぜん》と突っ立っている若い警官を顎《あご》で指した。「取りあえずうちの若いの……、重野《しげの》に見てくるようにいったんだ」

建物に目をやった稲田が訊いた。

「ここは？」

セメントを全面に塗った四角い建物はかなり古そうだ。二階建てでそれほど大きくはなかったが、普通の住宅には見えない。

「元は内科の開業医だったがね」安井が答える。「町のお医者さんって奴《やつ》で近所の連中なら風邪も腹痛も怪我も全部診てた。昔の下町には、そんな病院がよくあったんだよ。ここは老先生に看護婦……、看護師一人だったが、そうさなぁ……」

安井は桑田に顔を向けた。

「先生が亡くなったのは何年前だっけ？」

「二年……、いや、三年になるかな。死んだときには九十をいくつか超えてたはずだ」

「そんなになるかね」安井は制帽の後ろを少し持ちあげ、頭を掻《か》きながら稲田に視線を戻した。「以来、空き家のまんまだった」

「ご家族は？」

安井に代わって桑田が答える。

「先生の自宅は世田谷の方にあったらしいが、奥さんの方が先に亡くなったと聞いてる。

子供はなかったようだ。先生は世田谷から通ってきてたんだけど、奥さんが死んで何年かしてからは病院に寝泊まりしてたよ。世田谷の家をどうしたのかは知らないけど」

　安井があとを引き取った。

「それで重野がとんでもないものを見つけちゃってね」

見つけたのは若い方の警官だ。汗に濡れ、落ちつきなく目を動かしている様子からすれば、とんでもないものが何か想像がつく。

　安井がつづけた。

「交番に飛んで帰ってきたんで報告を受けたあと、本部に連絡を入れて臨場したって次第だ」

　稲田は安井をまっすぐに見ていた。

「まだ、見ていない？」

「もちろん」安井は平然と答えた。「我々地域課員としては、刑事さんが臨場されるまで現場保全が第一の任務ですからな」

　うなずいた稲田は小沼に目を向けた。うなずき返す。相手が警部補で班長となれば、自分にどのような役が回ってくるか想像するのは難しくない。

　小沼は建物を見やった。門柱があるだけで玄関前は雑草が生い茂っており、磨りガラスがはまったドアは閉ざされていた。窓はすべてベニヤ板でふさがれている。明るさが増すにつれ、壁には幾筋ものひびと雨だれの黒い跡が見てとれた。

安井が声をかけてくる。

「門を入って右に行くと狭い庭に出られる。庭から昔の診察室をのぞくことができるんだ。勝手口があるんだが、ドアが外されててね。誰がやったもんだか。重野が案内するよ」

若い警官――重野は宙に目を泳がせたが、制帽のつばをつかんで引きさげると小沼に目を向けた。

「こちらです」

重野のあとにつづいて門の内側に入った。いったんは慣れたように感じていた異臭がふわりと顔を覆った。悪臭そのものが熱を帯びているようにさえ感じる。小沼はポケットからLEDの懐中電灯を取りだすとスイッチを入れ、先を行く重野の足元を照らした。

足を止め、ふり返った重野が低い声でいった。

「たぶん足跡《ゲソ》はあまり気にする必要はないかと思いますが」

「どうして?」

「あ、いえ……、こちらです」

庭に面した窓もすべてベニヤ板が張られていた。雑草は腰ほどの高さにまで伸びており、二人は掻き分けるようにして進んでいく。もっとも奥に縦長にうがたれた穴がぽっかりと開いていた。ドアが壊されたという勝手口なのだろう。すぐそばにベニヤ板が一枚、倒れていた。

「板は勝手口をふさいでいたのかい」

訊ねると重野はふり返らずに答えた。

「立てかけてあっただけです。隙間《すきま》から中をのぞいたときに倒してしまって」

重野は勝手口の手前で止まり、手で示した。

「ここです。中に入らなくても見えます」

何が見えるかはいわなかった。小沼は勝手口の前に立つと、懐中電灯で中を照らした。凄《すさ》まじい臭気が襲ってきて目がちかちかする。鼻から息を吸うのをやめ、懐中電灯で建物の中を探った。入ってすぐがコンクリートの狭い三和土《たたき》になっており、がらんとした板の間へとつづいていた。

懐中電灯の白い光が部屋の真ん中に突っ立っている黒っぽい柱をとらえる。

小沼は歯を食いしばった。

黒っぽい柱と見えたのはスーツを着た男性の躰で両足を床に踏まえ、突っ立っていた。床を踏んでいるにしては革靴は磨きあげられ、すぐそばに木製の踏み台が転がっていた。何年もの間空き家になっているにしては床に埃《ほこり》がつもっている様子がない。

懐中電灯の光を上向けていく。ネクタイをきっちり締めたワイシャツのカラーが見え、ついで首に光があたった。肌は青みがかった灰色——間違いなく死体だ。

光を上へ動かすほどに小沼は奥歯を食いしばった。十センチ……、十五センチ……、二十センチ……、首がつづく。ところどころ黒っぽくなっているのは皮膚がやぶれているためだ。

三十センチ上に顔があった。勝手口に向かってうつむいているために小沼はまともにのぞきこむ格好になった。だが、残っていた顔は半分だけだ。右の頰《ほお》から顎にかけて肉が剝《は》がれ、銀冠を被《かぶ》せた歯が露《あら》わになっており、右目は失われ、真っ暗な眼窩《がんか》があるのみ、左目は白濁して白目を剝いているようだった。

顎を下げているので咽に食いこむロープは見えなかったが、耳の後ろへ伸びているのはわかった。懐中電灯の光を上へ移動させる。ロープは天井に取りつけられた大きな扇風機の根元に結びつけられていた。

懐中電灯を持つ手が震えだしそうになったので慌てて下ろし、咳払《せきばら》いをして告げた。

「一応、機動鑑《かん》識《き》を呼んだ方がいいな。靴カバーは車の中だし」

床に埃がないということは何者かが拭《ふ》き取った可能性がある。そこへ土足で踏みこむわけにはいかず、靴にビニールのカバーを被せなくてはならない。安井の言いぐさではないが、現場保全を最優先しなくてはならない。

大きく息を吐いた重野がつぶやく。

「助かったぁ」

ロープに首を入れ、締まり具合を確かめたあと、目をつぶって踏み台から飛び降りると首にかかる衝撃が大きく、頸椎《けいつい》が外れてしまう場合がある。そうなると頸動脈が閉ざされ、脳に血液が回らなくなるより先に頸椎が寸断され、ほぼ即死だ。だが、首や周囲の筋肉や皮膚が断ちきられることはなく、徐々に首は伸びていく。両足が床に着けば、当然首がそれ以上伸びることはなく、ときに危うい《くびつ》バランスを保って首吊り死体が突っ立つことがあった。

警察学校の法医学教室でスライドを見せられたときにも衝撃を受けたが、自殺現場に行き、立ったままの死体を目の当たりにしたときとは比べものにならない。ひょっとしたら汗まみれになっていた重野は直立した首吊り死体など初めて見たのかも知れない。

西新井警察署の地域課や自動車警邏隊のパトカーが次々にやって来て、路地の入り口に黄色いテープで規制線を張った。規制線内の居住者の出入りは制限されないが、空き家になっていた元内科医院は立ち入りが全面的に禁じられた。連絡してから三十分ほどで機動鑑識が紺色のワゴン車に乗って到着した。

現場への入り口にあたるマンションの前にはパトカー二台、ワゴン車、それに小沼たちが乗ってきた捜査車輛が並び、通りの出入り口には制服警官が立って車輛の通行を規制しなくてはならなかった。

すでに登校時間なのだろう。ランドセルやデイパックを背負った子供が路地をちらちらのぞきながら行き過ぎていった。捜査車輛の前まで来た小沼は携帯電話を取りだし、相勤者の辰見の番号を押した。

「はい」

「小沼です。今、班長といっしょで」

「ああ、聞いたよ。死体《ホトケ》が出たんだって?」

小沼は素早く周囲を見まわし、近くに人がいないのを確かめた上、通話口を手で囲った。

「ええ。たぶん自殺だと思うんですけど」

「機鑑を呼んだんだろうが」

「変死ですからね。争ったあとは見られませんでしたが……」

「ここんとこずっと暑いからな。ひでえ臭いだろ」

そういって辰見は低く笑った。小沼は顔をしかめる。

「他人事《ひとごと》だと思って」

「ああ、電話で助かった」

「それより班長からですが、我々が戻らなくても笠置班との引き継ぎは済ませて欲しいとのことです」

稲田班のあとは笠置班が当務に就くことになっており、引き継ぎは突発的な事件によって全員が出払っていないかぎり毎朝午前九時に行われる。小沼は腕時計を見た。午前八時を回ろうとしていた。

「引き継ぎまでには戻れると思ってるんですけどね。機捜がこんなところでうろうろしてもしようがないでしょう」

「新任だから張り切ってるんだよ。こっちはお前さんたちほど騒動はない。引き継ぎは任せろと伝えておいてくれ」

「よろしくお願いします」

電話を切り、折りたたんでワイシャツの胸ポケットにしまう。目の前に赤いランドセルを背負った女児が二人並んでいた。三、四年生くらいかと思った。二人ともまっすぐに小沼を見ている。背が高く、ませた顔つきをしている方が声をかけてきた。

「おはようございます」

「ああ、おはよう」

「幽霊屋敷で何かあったんですか」

「何だって？」

「この先に空き家になっている病院があるんですけど、私たちの学校では幽霊屋敷だって評判になっているんです」

そういって路地の奥をのぞきこむ。

「お化けを見たって子がいるのかい」

ませた顔をした女児がさっと小沼を見上げた。

「まさか。お化けなんかいるわけないじゃないですか。馬鹿みたい」

当務に就いてかれこれ二十四時間が経《た》とうとしている。疲労が蓄積すると人は怒りっぽくなるものだ。

「さあ、学校へ行きなさい」

小沼は二人に向かって手で追いはらうような仕草をすると路地に向かって歩きだした。

背後で女児たちがささやき交わすのが聞こえた。

「感じ悪」

「サイテー」

まったく最近のガキどもは――胸の内で吐きすててつつもふり返りはしなかった。

路地の曲がり角に立っている稲田に近づいた。ショートカットにした髪は落ちついた栗色《くりいろ》に染められており、上下紺のパンツスーツに白いブラウス、かかとの低い靴を履いている。化粧っ気はなく、アクセサリーの類《たぐ》いも着けていない。指輪をしていないことは赴任初日に気がついていた。少し太って見えるのは、ボタンを留めていない上着の下に防刃ベストを着込み、腰に拳銃、警棒、手錠をつけているためだ。

「辰見さんに電話しておきました。とくに大きな事件なんかはないようです。時間が来たら引き継ぎをしておくといってました」

「了解。ご苦労さま」

小沼は元医院に目をやった。門のところでは濃いブルーの帽子を後ろ向きに被った鑑識員がドアの写真を撮っている。

「ずいぶん念入りにやるんですね。自殺でしょ」

「変死だからね。ホトケの身元もわかってないし」

「この病院、幽霊屋敷って呼ばれてるらしいですよ」

「さっきの女の子たちがいってたのね」稲田が小沼を見て、にやりとした。「いいようにあしらわれたでしょ」

「まったく最近のガキはこまっしゃくれてるというか」

ぶつぶついう小沼を稲田がじろじろと眺めた。

「何すか」

「年齢のわりに幼いというか、威厳に欠けるね。ニューナンブさんならからかわれることもなかったでしょ」

「幼いって……」小沼は鼻をふくらませた。「誰です、ニューナンブさんて」

「辰見氏。彼にはニューナンブが似合いそう。わかるでしょ、ニューナンブって」

「当たり前ですよ。だけど残念ながら辰見さんに貸与されてるのは私と同じ拳銃です」

「何？」

「え？」

「だから貸与されてる拳銃」

「回転式の……、皆が持ってるアレですよ」

「スミス・アンド・ウェッスンのモデル37。アンクルマイク社製ブーツーグリップ付きのエアウェイトだね」

　小沼は顔を背け、オタクかよとつぶやいた。

「何かいった？」

「いいえ」

「でも、幽霊屋敷っていわれても無理もないかもね。ここ、内科の看板出してるけど外科も産婦人科もやってたらしい。産む方も堕《お》ろす方もね」

　門柱を回ってメガネをかけた中年の鑑識員が出てきた。口元を覆っていたマスクを下ろしたとたん、吹きだしそうになった。左右の鼻の穴にちぎったタバコのフィルターを押しこんであるのだ。

　鑑識員は小沼の様子など気にする様子もなく告げた。

「ホトケを下ろす。手伝ってくれ」

小沼の後ろには誰もいない。鑑識員が小沼の足元を見て付けくわえた。

「靴カバーを忘れなさんな」

稲田が小沼の腕を突いた。

靴カバーは捜査車輛の中だ。小走りに戻りながら小沼は低い声で毒づいた。

「クソッ、結局、まわってきやがる」

2

現場に戻ると、すでに遺体は立ったままブルーシートにくるまれ、幅十センチほどの黒いベルトが胸、腰、膝《ひざ》の辺りに巻かれていた。上部は開いており、ロープはまだ扇風機の根元に結ばれたままだ。

「担架」

中年の鑑識員が声をかけ、二人の鑑識員が板状の担架を運んでくる。中年鑑識員の指示に従って担架が遺体の背中側に置かれた。担架の左右には手をかけられるように細長い穴が開いていた。

「あんたとあんた」中年鑑識員は小沼と重野を指した。「担架の両側で頭と中央を持って。足元はうちの人間が支えるから」

担架を持った重野は思いきり顔をしかめている。機動鑑識を呼ぶと小沼がいったとき、思わずほっとして助かったといったのは鑑識員が腐乱死体を収容してくれると思ったからだろう。警視庁はそれほど甘くない。小沼にしても重野と同じことを考えたのだが……。

しゃがみ込んだ二人の鑑識員が担架の下方にある穴にしっかりと手をかけ、遺体の足元に引きよせる。

中年鑑識員が指示をつづけた。

「いいか。まず足元を持ちあげるから担架を遺体の背中にあててすくい上げるようにするんだ。腐乱が進んでいて、首がもろくなっているからちぎれないように注意してくれ。せいので一気に行くぞ」

もう一人の鑑識員が脚立《きゃたつ》を持ってきて大きな鋏《はさみ》をロープにあてがっている。

「担架を水平にしたところで切れといったらロープを切り離せ。皆、息を合わせろよ。タイミングが大事だ。要領は頭に入ったな」

鑑識員たちは威勢よく返事をしたが、小沼の声は小さく、重野はほとんどつぶやいているようでしかない。

「よし、それじゃ行くぞ。せえのっ」

まずしゃがみ込んだ二人の鑑識員が遺体の足をすくうように担架を動かした。小沼と重野が呼吸を合わせ、倒れこんでくる遺体の背に担架をあてて支える。

「ロープ、切れ」

脚立の上に立った鑑識員が大鋏でロープを切る。遺体の重みがずしりとかかったとき、ブルーシートの内側で何かが潰《つぶ》れるような音がしたかと思うと腐敗臭がふわっと顔にかかった。咽がむず痒《がゆ》くなったが、何とか堪《こら》えた。だが、重野は咳《せ》きこんだ。

「落とすな」

中年鑑識員の叱咤《しった》が飛ぶ。

「はい」

目に涙を溜《た》めた重野が返事をする。声が裏返っていた。

「ストレッチャー」

中年鑑識員が鋭く声をかけたときには、脚立を降りた鑑識員がストレッチャーを押してきて担架のすぐわきに寄せた。

「慎重に……、ゆっくり……」

担架を支える四人はゆっくりとストレッチャーに載せていく。ブルーシートの上部が割れ、小沼からは遺体の耳が見えた。向かいに立つ重野は顔を背けていた。遺体はまっすぐに彼を見ているのだ。

「そのまま、ヨーソロー」

中年鑑識員の号令でストレッチャーに担架を載せた。

「よし、離していい」

四人は同時に担架から手を離し、ストレッチャーを運んできた鑑識員が遺体の上にブルーシートを被せ、さらに手早く毛布をかけた。ほかの鑑識員たちも手伝って毛布の上から黒いベルトをかける。

「合掌」

中年鑑識員の号令に従い、ストレッチャーを囲む全員が手を合わせた。目をつぶった小沼にようやく腐乱死体が誰かの息子であり、ひょっとしたら夫や父親であるかも知れないと思う余裕ができた。

「なおれ。よし、搬出」

三人の鑑識員が付き添ってストレッチャーを押していき、ぽっかり空いた勝手口から出ていくとあとを追うように重野が飛びだし、庭に出たところで嘔吐《おうと》した。

「現場保全だろうが」

中年鑑識員がつぶやく。そのときになってようやく彼の声が鼻にかかっていることに気がついた。マスクの内側では鼻の穴にタバコのフィルターを差したままなのだろう。

小沼は中年鑑識員に一礼して勝手口から庭に出た。重野はまだ咽を鳴らし、唾《つば》を吐いていた。胃袋はとっくに空っぽになっているに違いない。唾は胃液で黄色の泡となっていた。

　稲田は路地の曲がり角に立って、ストレッチャーを見送っている。かたわらに立った小沼は路地の出口の方を見やった。規制線の内側に建っている住宅では玄関の戸を開け、住人がのぞいていた。

「分駐所に戻りますか」

　小沼は稲田に声をかけた。

「そうね」

　つぶやいたものの稲田はストレッチャーから目を離そうとしない。

「何か気になることでも？」

「ホトケなんだけどね、身分を証明するようなものを何も所持してないんだ」

「財布や携帯も？」

「もちろん」小さく首を振った稲田が腕組みする。「まわりに遺書もなかったというし」

　自殺した現場に見当たらないからといって遺書がないとはかぎらない。自宅や勤務先に置いてある場合もあるし、携帯電話やパソコンに残されているケースもある。

　稲田は元医院をふり返った。

「ホトケはこの辺りに土地勘があったのかな」

「そうですね」

小沼はうなずいた。

現場となった元医院は路地がL字に曲がった先にあり、となりには桑田の自宅があるだけでその先は行き止まりになっている。つまり袋小路だ。土地勘がないかぎり空き家があるとはわかりにくいし、死に場所を求めてふらふら歩いていたにしても偶然に見つけるのは難しい場所だろう。

また、突発的な自殺の場合、高所からの飛び降りや電車への飛び込みといったケースが多い。首を吊るにはロープを用意し、場所を探さなくてはならない。それなりに準備がいるということだ。自殺者が身元を隠したいということも考えられるが、人知れず死にたいのなら住宅街の真ん中にある空き家というのは矛盾する。

「自殺に偽装したとか?」

「どうかな。まずはホトケの身元をはっきりさせなくちゃならないね。ま、うちらの仕事じゃないけど」

「そうですね」

「戻るとするか」稲田は小沼をふり返った。「それにしても臭いな」

袖口を鼻先に持っていき嗅《か》いでみた。屍臭《ししゅう》は移りやすく、なかなか抜けない。生臭さを感じた小沼は顔をしかめた。

「お、ひ、さ、し、ぶ、り、で、す……、変換っと」

小沼は浅草分駐所の隅に置かれている応接セットの長椅子《ながいす》に座り、目の前に携帯電話をかざしていた。あまりメールを使うことがないので、キーを打つごとに声に出す癖がなかなかやめられなかった。

「お、げ、ん、き……、変換。で、す、か……、そのままリターン」

そこまで打って天井を見上げた。自殺と思われる死体が見つかったことに触れるわけにはいかない。うなずくとふたたび携帯電話に目をやった。

「あ、だ……」

足立区と打とうとしてあたちになってしまった。クリアキーでたの字を消し、もう一度だ、ち、くと打って変換しなおした。元医院がある辺りの地図を脳裏に浮かべる。東側に交番、西側に中学校がある。わずかの間、考えたが、島根という地名までは入れることにした。

メールの宛先《あてさき》は粟野力弥《あわのりきや》。二年ほど前、深夜に自転車の二人乗りをしているところを捕まえたことがあった。登録証が剝がされた自転車に乗っていれば窃盗《せっとう》を疑えたし、そもそも二人乗りが道路交通法違反だが、中学生であり、補導歴もなかったことから所轄署の少年課に引き継ぎ、親を呼んで厳重注意にとどめた。その後、粟野に引ったくり事件の容疑がかかり、もう一度顔を合わせることになった。

だが、ごくたまにメールのやり取りをするようになったのは、小沼がひどい風邪をひき、高熱を発して動けなくなったとき、総合病院で看護師をしている母親に連絡を取って救急の患者として運びこんでくれたことがきっかけだった。

打ちおえた文面を見返す。


お久しぶりです。お元気ですか。足立区島根にある元医院（今は廃屋）が地元の小学生の間で幽霊屋敷と呼ばれていることを知っていますか。


たったそれだけ打っただけで目がちかちかし、肩が凝った。首を左右に倒し、少しでも血行をよくする。

表題には自分の名前を入れた。

「お、ぬ、ま……、変換。ゆ、う、や……、変換」

さすがに自分の名前は一度で変換される。

「ほれ、送信っと」

大きく息を吐いて携帯電話を下ろすとテーブルを挟んだ向かい側に辰見が座り、眉を寄せて小沼を見ていた。

「何をぶつぶついってるんだ？」

「いや……」かっと顔が熱くなる。「メールを打っていたもんで」

「いちいち声を出すのか。ガキみてえだな」

「その方が間違いなく打てますよ。今度試してみたらどうです？」

「メールを打つのに不自由したことはないね」辰見はじろじろと小沼を見た。「その格好、もう少し何とかならんのか」

「スーツとワイシャツをクリーニングに出したんですよ。屍臭《ししゅう》が染みついちゃったんで、自宅のそばにあるクリーニング屋じゃ断られるんで」

機動捜査隊浅草分駐所は都道四百六十四号線、通称土手通りに面した日本堤《にほんづつみ》交番の二階にあった。日本堤交番はかつて日本一大きな交番と呼ばれ、鉄筋コンクリート四階建てである。分駐所のすぐ裏手にあるクリーニング店は場所柄警察官の利用が多く、屍臭や死体から滲《し》みだした粘液を抜く技術に長けていた。

「替えのスーツぐらい用意しとけ」

「そうですね」

小沼は自分の格好を改めて見下ろした。アメリカのプロバスケットチームのロゴが入ったオーバーサイズのTシャツに七分丈のパンツだが、足元は黒い靴下に革靴という組み合わせである。自分でもちぐはぐだとは思ったが、いつもなら分駐所のロッカーに入れてあるスペアのスーツをクリーニング店から引き取ってくるのを忘れていた。

「たるんでるぞ」

「気をつけます」

機捜隊員はあらゆる事件現場に臨場し、初動捜査を担当する。流血をともなう現場も少なくなく、事件によっては反吐《へど》まみれになったり、ゴミの溜まった路地を這《は》いずり回ることもあった。ロッカーにはつねに替えのスーツ、ワイシャツを用意しておかなくてはならない。すでに当務は笠置班に引き継いでいるが、重大事案が発生すれば、応援に駆りだされるのは必定だ。

まる二十四時間の当務を終えると翌日は非番、次の日が労休となり、三日で二十四時間の勤務、一日八時間が建前だが、建前に過ぎない。事件が発生すれば、所轄署や分駐所に泊まりこみ、被疑者を逮捕するまで自宅に帰れないのが刑事の宿命だ。機捜隊員も刑事であることに変わりはなかった。

小沼は折りたたんだ携帯電話をパンツのポケットに突っこんだ。

「辰見さんは引きあげないんですか」

「班長を待ってる。今、警視庁《ホンテン》に出かけてるんだ」

「ホンテンって、何かあったんですかね」

「聞いてないが、班長が戻ってきて電話があった。それで出かけていった。今朝のホトケの件らしい」

「自殺だとは思うんですが、今ひとつしっくり来ないんですよね。現場はL字に曲がった路地の奥なんです。その先は袋小路になってますから自殺者に土地勘でもなければ、空き家に気づくことはないと思うんですよね」

「幽霊屋敷の噂《うわさ》を知ってて首を吊る場所に選んだということか。ひょっとしたら幽霊に引っぱり込まれたのかも知れんな」

　お化けなんかいるわけない、馬鹿みたいといった小学生の顔が脳裏を過《よ》ぎる。

「それはないでしょう」

「絞殺したあと、首吊り自殺に見せかけたってセンか」

　辰見はソファの背に躰を預けると腕組みした。唇をへの字に結んでテーブルを睨《にら》んでいる。

「何か気になることでも？」

「お前……」辰見はテーブルに目をやったままいった。「地蔵担ぎって聞いたことあるか」

「いえ」

「昔はな、地蔵を運ぶにも人の手に頼らなくちゃならなかった。地蔵の首に縄をくくりつけて、背中合わせに背負っていったそうだ。石だから結構な重さがあっただろう。生身の人間の首に縄をかけて同じような格好で背負うと、ちょうど首を吊ったようになる。首吊りに偽装する殺し方だ」

相手を寝かせて、馬乗りになった犯人が首を絞めて殺し、そのあと首吊りに見せかけようとしても首についた縄の跡の角度が違って露見する。たしかに辰見がいった地蔵担ぎなら縄の跡の角度は首吊りに近くなるかも知れない。

「殺される方だっておとなしくぶら下がっちゃいないでしょう。暴れたりすれば、ロープが擦《こす》れて……」

死体は扇風機の根元に結んだロープで首を吊ったようになっていた。頸椎が外れるか、折れるかして首が伸びきっていた。腐敗も進んでいたし、傷跡がどの程度残っているものか小沼には想像がつかなかった。

辰見が上体を起こした。

「まずはホトケの身元確認だな。あとは解剖の結果待ちだろう。ホトケは飯田橋に搬送された。行政じゃなく、司法でやることになったようだ」

飯田橋には警察病院がある。司法解剖を行うのは何らかの事件性があると認められたからだ。自殺と断定されれば、行政解剖で事足りる。

「ところで誰にメールをしてた？」

「粟野です。憶えてますか、二年前、登録証のない自転車で二人乗り《リャンケツ》してるところを捕まえた奴ですが」

　辰見がうなずく。小沼はつづけた。

「実は今朝、小学生に話しかけられましてね。あの空き家が幽霊屋敷って呼ばれてるらしいんですよ。それで粟野が何か知らないかと思いまして。現場のすぐ東に中学校があるでしょう」

「ああ」

「粟野はあそこの卒業生なんです。だから何か噂を聞いてないかなと思いまして」

「それが今朝のホトケと何か関係あるのか」

「さあ」

「頼りねえな。とにかくお前はさっさと帰れ。そんな格好でうろちょろされると目障りだ」

　ぼそぼそと返事をして小沼は分駐所を出た。

　分駐所のある交番を出たとたん、立ちくらみを感じるほど陽光がきつかった。下着や靴下を入れたスポーツバッグを肩にかけ、三ノ輪に向かって歩きだす。辰見にいわれるまでもなく、Tシャツにパンツ、革靴という格好でうろうろする気にはなれない。自宅は地下鉄日比谷線仲《なか》御《お》徒町《かちまち》駅から歩いて数分のところにある。

空腹だったが、食欲はなかった。

少し歩いただけで体中から汗が噴きだし、Tシャツが気味悪く濡れた。頬を伝った汗が顎までしたたり、むず痒い。

パンツのポケットで携帯電話が震動し、取りだした。粟野から着信していた。開いて耳にあてる。

「もしもし？」

「島根の幽霊屋敷って、おれが出た中学のそばの？」

こんにちはもなければ、お久しぶりもない。粟野の声は大きく、耳元にがんがん響いた。暑さが増す。

「ああ」

「何があったの？」

「別に何もない。幽霊屋敷の話をちょっと聞いたもんで、お前も知ってるかなと思って」

「知ってるよ。昔は病院だったところだろ。内科だけど、赤ん坊を堕ろしたりしてたから泣き声が聞こえるとか、道路を這《は》っている赤ん坊を見たとか噂はあったよ」

道路を這う赤ん坊というイメージが浮かび、凄まじい暑気にあてられているというのに背筋に寒気を感じた。

「近所じゃ有名なのか」

「小学生の間だけね。中学生になったら皆忘れちゃうよ。お化けなんかいるわけないって、馬鹿みたい」

「馬鹿というなといってるだろ」

粟野は短く笑い、ごめんなさいといった。

小沼は歩きながら天を仰いだ。入道雲が見える。空の青さはいまだ夏のままだ。

3

「おい」

声をかけられ、稲田小町は目を開いた。正面に顎の張った長い顔がある。小町はソファの上で座りなおした。

「すみません。つい居眠りしてしまいました」

「いいさ。昨夜《ゆうべ》は徹夜だったんだろ。おれの方も待たせちまったしな」

「モア……、モリ長もお変わりなく」

モリ長――森合《もりあい》巡査部長は苦笑した。

「いいよ、いつも通りモア長で」

四角く長い顔がイースター島のモアイ像を連想させるため、りを抜いて、モアイとあだ名されていた。警察では巡査部長を部長と呼ぶことが多い。森合部長である。一般社会《シャバ》の企業で部長といえばかなりの重職だが、巡査部長は階級でいえば、下から二番目に過ぎない。同じ部署に勤務して親しくなると省略されてモリ長となり、さらにあだ名となってモア長となる。

森合は、小町が初めて刑事として配属された大森《おおもり》警察署刑事課盗犯係の先輩であるだけでなく、指導役として刑事のイロハを教えてくれた。最初はモリ長とさえ呼べるはずがなく、森合部長であったが、小町が盗犯係となって二年後、丹念な質屋回りによって管轄内で仕事をしていた窃盗常習犯を単独で内偵し、逮捕に結びつけてからモリ長さんと呼べるようになり、課内の空気に従って、さんが取れ、やがてあだ名のモア長になった。

桜田門の警視庁庁舎六階にあるこぢんまりとした応接室にはテーブルを挟んで長椅子が配されていた。

「呼びつけておいて、待たせてしまった」森合はこくんとうなずくように頭を下げた。

「すまん」

「いえ。おかげで疲れが取れました」

階級でいえば、小町が一つ上の警部補だが、二人きりのときは師弟に戻る。あけすけに話せるのには甘えもあった。

　昨夜は徹夜で走りまわった上、明け方近くになって死体発見現場に赴いた。分駐所に戻ったときには午前十時を過ぎており、それから書類仕事が待っていた。昼近くになって本庁捜査一課の森合から電話が来て、午後一時に来られるかと訊かれたのである。六階に上がり、小会議室に通されたが、森合がなかなか現れずつい眠りこんでしまった。班長初日とあって自分で思っている以上に気が張っていたのだろう。

「小町が機捜の班長とはねぇ」

　そういって森合は手にしたファイルをテーブルの上に置き、ソファの背にもたれた。背広の前が開き、ベルトにつけたホルスターと拳銃がのぞく。

　小町はにやりとした。

「相変わらずですね」

「常在戦場。刑事《デカ》はいつ何時、どんな現場に呼びだされるかわからないからな」

　ゆえに勤務中は私服警察官であっても拳銃を携行すべしというのが森合の持論である。私服捜査員と、制服を着ていても交通係の警察官は拳銃の携行が義務づけられていない。そのため緊急配備がかかると刑事は拳銃を持たずに署を飛びだすのが当たり前になっており、刃物を持った不審者がうろついている現場に丸腰で出かけていくことがあった。

『拳銃《チャカ》もなしに出刃《デバ》包丁振りまわしてる奴に立ち向かうんか』

そういう森合に従い、小町も勤務中は拳銃を携行するようにしていた。まず使うことがない一キロ近い金属の塊を持ち歩くのは肉体的にしんどく、拳銃を持ち歩くなど馬鹿馬鹿しいという刑事の方がはるかに多かった。拳銃オタクと揶揄《やゆ》されるのも再三で、相勤者に露骨にいやな顔をされたこともある。

私服捜査員や交通係に拳銃を携行させないのは、盗難や紛失、事故を防ぐためである。だが、森合にいわせれば、本末転倒だ。刃物を持った不審者が人混みに紛れているとき、拳銃使用は難しい。下手に発砲して一般市民に怪我をさせるケースが考えられるからだ。

五年前、秋葉原の歩行者天国で起こった通り魔による殺傷事件のとき、交通整理をしていた警察官は拳銃を携行していなかった。たしかに人通りは多かったが、包丁を手にした犯人を制したのは交番から駆けつけた警官が拳銃で威嚇したことによる。撃たなくとも犯人の動きを止める働きはあった。

「相変わらず小町は引きが強いな」

森合はしみじみといった。森合とともに盗犯係にいたとき、森合に次いで常習者を割りだしていた。引きが強いといわれるのは悪い気はせず、運がよかった面もあったが、丹念に質屋通いをしたおかげである。

「今回は偶然です。足立区に土地勘があるわけでもないですし」

「お前さんは運を持ってるデカなんだよ」

そういって森合は身を乗りだし、ファイルから一枚のコピー用紙を取りだして小町の前に置いた。

「今朝お前が臨場した事案だが、ホトケの身元がわかった。公式の発表はＤＮＡ鑑定をしてからになるだろう」

小町は目の前に置かれた用紙に目をやった。捜索願のコピーである。氏名欄には鈴原《すずはら》雄太郎《ゆうたろう》とある。

目を上げ、森合を見る。森合がうなずいた。

「あ、あの弁護士の鈴原だ」

六年前か――小町は胸のうちでつぶやいた。

中学一年生の男子三人が小学六年生の女児を監禁し、暴行の果てに殺した事件があった。公表は控えられたが、暴行のうちには性的なものもあった。いや、むしろそちらが主目的だったといえるだろう。

「あのときの女の子も空き家に埋められていたんですよね」

管轄が違い、直接事件について知っているのはマスコミを通じて報道された程度でしかなかったが、小町はこめかみが膨らみ、血が逆流するような思いを味わっていた。

犯人である男子生徒は当時いずれも十四歳未満だった。家庭裁判所に逆送致となったが、鈴原が弁護を引き受け、警察の取り調べが過酷であったとして傷害致死を傷害のみとし、怪我と死亡との因果関係を立証できないとして三人の罪を軽くしてしまったのである。

森合の表情が厳しくなる。

「実行犯の三人組はとっくに娑婆《シャバ》に戻っている。実は一年半ほど前だが、そのうちの一人が交通事故で死んでいるんだ。自転車に乗っていて車にはねられた。轢《ひ》き逃げだ。犯人は捕まったが、事故の状況をまるで憶えていないというんだ。振動があったような気もするが、どこかははっきりしないと」

小町は森合を見返していた。

「周辺の防犯カメラ映像は徹底的に解析した。はねられた奴の自転車が倒れたとき、歩道側に人影のようなものが映っていた。被疑車輛は特定できたし、結局運転者も轢き逃げを認めたんだが、どうして自転車が急に倒れたのかはわからずじまいだ」

「誰かに突き倒されたと?」

「可能性だがな」森合は腕を組み、捜索願のコピーに目をやった。「そこへ今回のホトケだ。点と点が結びついたと我々は考える。それで二係が出ることになった」

捜査一課第五強行犯特別捜査第二係は未解決事案を継続して捜査する部署で、森合は係を取り仕切る役を負っていた。

「偶然とはいえ、お前が臨場したのは何かの縁かも知れない」

「よくわかりませんが」

小町は首をかしげた。

森合は目を伏せたまま、ぶつぶつといった。

「お前のところに小沼ってのがいるだろ」

「今は私の相勤者ですが」

「捜査一課《うち》にどうかって話が出てるんだ。いずれ話がいくだろうが、西新井署にうちの班が出張っていって捜査本部《ちょうば》を立てる。そこに小沼を出して欲しいと考えてる」

打診ですらなく、雑談のようなものに過ぎない。たまたま小町と森合の関係があったから事前に話をされたのだろう。

小町は小さくうなずいた。

いがぐり頭で半袖のワイシャツ、黒いズボンを穿いた高校生がハンバーガーショップに入ってくるのを目にしたとき、小沼は粟野力弥と直接会うのは二年ぶりであることを改めて思い知らされた。携帯電話でメールのやり取りをしていると、しょっちゅう会っているような気になってしまう。中学二年生から高校一年生というのは躰つきがもっとも変わる時期ではある。
高校生——粟野力弥は小沼を見つけると近づいてきた。

「何、その格好？　だっせぇ」

だぶだぶのTシャツに七分丈のパンツ、黒の靴下に革靴がちくはぐであることは自覚していた。小沼は千円札を一枚出した。

「何でも好きなものを頼んでこい」

「ありがとう」

栗野は右肩にかけていた蛍光色のデイパックを椅子に放りだすと、紙幣を受け取り、カウンターに向かった。小沼の前にはオレンジ色の縞模様が入ったトレイにハンバーガーとポテト、コーラが並んでいたが、コーラを少し飲んだだけでしかない。腹ぺこだったが、いまだ何かを食べる気になれなかった。

カウンターの前に立つ栗野を見ていた。初めて会ったとき、栗野は中学校で指定された紫色のジャージ上下を着ていた。背が低く、どちらかといえば貧弱な体型といえた。襟足だけを伸ばした不思議な髪型をしていたものだ。

栗野が戻ってきて、テーブルにトレイを置き、椅子に腰を下ろした。

「はい、お釣り」

レシートと十円玉、一円玉を小沼の前に置く。小沼は小銭とレシートをパンツのポケットにねじこんだ。栗野のトレイには巨大なハンバーガーの包み、アップルパイ、ラージサイズのコーラ、フライドポテトが載っている。

「いただきます」

早速、ハンバーガーの包み紙をめくり、両手で持ってかぶりつく。コーラを飲み、二口目にかかる。巨大ハンバーガーは三分の一ほどが消えた。

「背が伸びたな」

「中学生《ちゅうぼう》の頃から十五センチ伸びた」

唇の端にソースとマヨネーズをつけて粟野が答える。ストローをくわえると頬をへこませ、小気味いいほど一気に吸いあげた。日に焼けた顔をしげしげと眺める。

「何か部活はやってるのか」

「サッカー」巨大ハンバーガーをあっさり片づけ、包み紙を丸める。「必須なんだ。全員何かの部活をしなきゃなんない。友達がサッカー部に入るっていったからおれもって手を挙げた。練習っても週に一回だからいいけど」

小沼は手をつけていないハンバーガーとフライドポテトを粟野のトレイに移した。

「ありがとう」

にっこり頬笑《ほほえ》んで、粟野は二個目のハンバーガーを手にする。高校生の頃は小沼も大量に食べた。カレーライスなら大皿に三杯はおかわりをしたものだ。たまに実家に帰り、カレーライスが出てもおかわりはしない。母親は息子の食が細くなったと嘆くが、二十年近く前のことなのだ。

栗野は二個目のハンバーガーもさっさと片づけ、フライドポテトは五、六本ずつまとめて口に押しこみ、コーラで流しこむ。ポテトも片づけるとふうと息を吐いた。

「弁当は二時間目の休み時間に食っちゃったからこれくらいの時間になると腹が空《す》く」

これくらいといっても午後三時半である。

「早弁か。おれもやったな。昼休みはどうするんだ?」

「学校の近くのパチンコ屋に行って、タバコ吸いながらスロットやる」栗野は上目遣いに小沼を見てにやりとする。「嘘《うそ》。食堂でパン買って食った」

「よく食うな」

「育ち盛りって奴ですな」

足立区島根にある元医院が幽霊屋敷と呼ばれていることを知っているかとメールを打ったら折り返し電話が来た。栗野が通っていた中学校のすぐそばに元医院があり、噂は知っていた。そのあと、ちょっと話したいことがあるというので三時半に都電三ノ輪橋駅のそばにある商店街で待ち合わせることにした。ハンバーガーショップの名を出すと、知っているといった。

「お母さんは元気か」

「うん。元気。相変わらずだよ」

栗野の母親は台東区にある総合病院で看護師として働いていた。

「お母さんが夜勤のたびに遊び歩くなんてしてないだろうな」

「当たり前だろ。もう子供じゃないんだから」

苦笑するしかなかった。粟野は高校一年生なのだ。我が身をふり返ってみると中学生から高校生になったとき、大人になったとは思わないまでも、もう子供じゃないと感じた。大人でも子供でもない中途半端な三年間が高校時代なのかも知れない。

「ところで、話って何だ？」

「小沼さんって、どうして警察官になろうと思ったの？」

「どうしてって……」

小沼は周囲を素早くうかがった。今の服装を考えると警察官だと周囲に知られたくないと思った。だが、小沼と粟野に目を向けている者などいない。

「そうだなぁ」小沼は氷が溶け、水っぽくなったコーラをひと口飲んだ。「おれの場合は剣道かな。中学、高校と剣道やってて、県大会ではそこそこだった」

「へえ、何段？」

「三段」

「すげえ」

「すごくない。剣道をつづけられるかと思ったんだけど、会社に入ってみたら部活剣道なんてお呼びじゃなかった」

「会社」粟野がくり返し、目を細める。「今の会社、楽しい?」

楽しいかと訊かれて、反射的に直立した死体が脳裏に浮かんだ。片目は失われ、もう一方の目は灰色に濁った顔、凄まじい屍臭、ブルーシート越しのぶよぶよとした感触……。

「まあ、性に合ってるとは思う」

「高卒でも入れるんだよね。でも、試験とか、難しいんでしょ」

「大学は考えてないのか」

小沼の問いに粟野は顔をしかめて唸《うな》った。

「おれ、頭悪いからさ。勉強が嫌いだし」

「お母さんは何といってる?」

「大学に行ってもいいとはいってる。都立病院に勤めてるから給料は悪くないし、おれ一人大学を出すくらい何とでもするって」

粟野は目を伏せ、アップルパイのパッケージに手を伸ばした。

「でも、母ちゃん一人だからさ。頑張ってくれてるのはわかるけど、これから高校が二年ちょっとでしょ。そのあと一発で受かっても大学って四年でしょ。そんなことしてたら母ちゃんも五十超えちゃうからさ。人生終わりじゃん」

すでに五十代後半の辰見が聞いたらどう思うだろう。定年が少しずつ迫ってきている。

刑事を辞めた辰見は想像がつかなかった。

パッケージをもてあそびながら粟野は目だけを上げ、小沼を見た。

「それにおれ、アレがあるでしょ」

中学二年生のとき、登録証のない自転車を二人乗りしているところを捕まえたのが出会いである。アレとは前歴を指しているのだろう。

「記録上は問題ない」

「本当？」

粟野の顔がぱっと輝いた。警察は絶対に記録を捨てない。前科にでもならないかぎり三年で廃棄することになっているが、あくまでも建前に過ぎない。粟野が警察官になりたいと本気で考えているなら記録をチェックする必要があると考えながらもうなずいた。

「心配するな」

「やった」

アップルパイを取りだし、大きく食いちぎると、うめえと声を漏らした。

試験に合格すればだぞ――小沼は笑みを浮かべつつも胸のうちでつぶやいていた。

小町が浅草分駐所に戻ったときには午後五時を回っていた。森合を待つ間、二時間も居眠りしていたと気づいたのは本庁を出たあとである。

「ただいま帰りました」

声をかけて、分駐所に入ると応接セットで声がした。

「お帰り」

辰見がテーブルに新聞を広げている。小町は辰見の向かい側に腰を下ろした。

「どうしたんですか、こんな時間まで」

「一応、班長殿の帰りを待ってたんだ」

「何かあったんですか」

「いや」首を振った辰見が新聞を閉じる。「何にもない。報告はそれだけだ。おれはそろそろ引きあげるよ」

「ニュー……、辰見さん、これから何か用があります?」

怪訝《けげん》そうに眉を寄せた辰見が小町を見る。

「別に。うちへ帰って、ビールでも飲んで寝るだけだ」

「ちょっとお話ししたいことがあるんですが、少し早めの夜ご飯でもどうですか」

「夜ご飯っていうのか」辰見が苦笑する。「別にかまわないが」

「私、この辺りはよく知らないんですよ。だから店選びもお任せしていいですか」

一瞬考えこむような顔をした辰見がうなずく。

「いいよ。刺身のうまい喫茶店がある」

「はあ？」

小町はまじまじと辰見を見返した。

4

辰見とともに分駐所のある交番を出て、四百六十四号線を浅草に向かい、信号に東浅草二丁目と標識が出ている交差点を右に曲がった。そのまま道なりに進み、警視庁第六方面本部前を通りすぎて吉原大門《おおもん》の交差点を左、土手通りをさらに浅草に向かい、地方《じかた》橋《ばし》交差点にかかったところを右に入り、コンビニエンスストアの角を曲がったところまでは小町にも自分のいる場所が何とかつかめた。そこから住宅、マンション、町工場や問屋などが密集する狭い路地を右、左と曲がる。

まるで迷宮《ラビリンス》だなと小町は胸のうちでつぶやいた。

そしていきなり赤い行灯《あんどん》があらわれ、『ニュー金将』とあった。目を上げるともう一つ、ブルーの地に将棋の駒が描かれた行灯が出ていて、和・洋食・喫茶と記されている。周囲は住宅ばかりで離れたところにぽつんと街灯があるだけだ。

辰見がふり返る。

「ここでいいか」

「はい」

辰見は刺身のうまい喫茶店といった。たしかに行灯には喫茶とも和食ともある。先ほどあやうくニューナンブさんと呼びかけ、ニューで止めたために思いだした店だろうかとちらりと思った。ガラス戸を押しあけ、中に入る辰見につづいた。出入り口の正面が調理場とカウンターになっており、左手にテーブル席がいくつか並んでいた。

和手ぬぐいでねじり鉢巻きをした店主が顔を上げ、辰見を見て目を見開いた。

「え、っらっしゃい。珍しいね、辰ちゃんが女連れなんて」

「上司だ」

辰見がぼそりというと店主はにやりとした。小町は店主の手元をまじまじと見てしまった。店の造りは古い喫茶店のようだが、調理台でさばかれているのは一メートル強はある太った魚――小町には鮪《まぐろ》のように見えた――で、ケチャップ色のスパゲティを炒めているわけではない。

まだ時間が早いせいか、客の姿はなかったが、カウンターには予約席のプレートが三つも置かれていた。

「こっちへ」辰見は入って左にあるテーブル席を手で示した。「奥へどうぞ。上司だからな」

小町は素直に従い、テーブルを回りこむと木の椅子に座った。辰見が向かい側に腰を下ろす。

「取りあえずナマでいいかな」

「はい。結構です」

気圧《けお》されてうなずく。辰見はカウンターをふり返って生ビール二つというと向きなおり、後ろの壁を指さした。

「メニューはそこにある」

ふり返るとホワイトボードがかかっていて、青のフェルトペンで手書きされた品書きがあった。ざっと三十はありそうだ。カキフライ、カキバターと始まり、かつを煮付け、串カツ、ウィンナーピーマン炒めなど居酒屋の定番が並んでいる。ポテトチーズ焼きと蟹《かに》ピラフの間にもずく酢がはさまっているのを見て、小町は首をかしげた。

二人がついたテーブル席のすぐ後ろには白い布を敷いた台があり、コルクボードが壁に立てかけてあった。ボードにピンでとめられたカラー写真はどれも色褪《いろあ》せている。台の上には空っぽのクリスタルらしき花瓶、馬の置物、女性のヌード写真を貼《は》りつけたサイン入り色紙、うちわを挿した水差しが脈絡もなく並んでいる。

脈絡がないといえば、店全体にもいえる。造りは昭和の喫茶店そのままなのにソファではなく、ダイニングテーブルに木製椅子であり、カウンターでは鮪がさばかれている。メニューにしても客の注文があるたび、書き加えていったとしか思えなかった。

「はい、おまちどおさま」

声をかけられ、テーブルに向きなおる。丸顔の女将《おかみ》がビールジョッキとお通しの小鉢を小町と辰見の前に置く。辰見はジョッキに手を伸ばす前に訊いた。

「つまみは？」

「おまかせします」

うなずいた辰見は女将を見上げた。

「刺身は？」

「今日はメバチ、カンパチ、ヒラメといったところかな」

「それじゃ盛り合わせで二つ。あとはきゅうりのたたきサラダとキムチ」

そこまでいって辰見は小町に目を向けてきたのでうなずいた。

「ほかはまた追加する」

「刺身盛り合わせにきゅうりたたきとキムチね」

黒のサマーニットに白い前掛けをした女将はうなずき、カウンターに戻っていった。

辰見がジョッキを持ちあげ、小町も取りあげた。ジョッキを軽く合わせ、口に運ぶ。九月に入っても三十度を軽く超える炎天を歩きまわった上、昨夜からほとんど何も食べていなかった小町はみっともないと思いつつ、ひと息に飲みほしてしまった。ジョッキを置く。辰見は三分の一ほどを飲んだだけだ。

「お見事」

「警視庁《ホンテン》に行くとそれなりに気を遣いますからね」

ちっとも言い訳になっていないと思いながらカウンターに向かって声をかける。

「すみません。ナマ、追加」

辰見もジョッキを空け、人差し指を立てる。

「二丁、お願いします」

小町の注文に店主と女将がそろって返事をした。


黒く見えるほど赤い鮪、濃いクリーム色のカンパチ、新雪を思わせる白いヒラメはいずれも角がくっきり立ち、つやつやしている。鮪の豊かなうま味、カンパチの脂《あぶら》、清廉な白身のヒラメが生みだすハーモニーにきりりとしたわさびがけじめをつけた。ビールで食欲を刺激された小町は、さらにハムカツとアジフライ、ポテトサラダを追加した。

生ビールを二杯飲んだところで辰見は燗酒《かんざけ》に切り替え、小町は三杯目の生ビールを半分ほど飲んでいた。

「いいかな?」

辰見がタバコのパッケージを見せる。

「どうぞ。ご遠慮なく」

アルミの灰皿を手元に引きよせると、辰見はタバコをくわえ、百円ライターで火を点《つ》けた。横向きに座りなおし、煙を店の中央に向かって吐く。カウンターには常連らしい客が並んでいた。

小町は低声《こごえ》で切りだした。

「今朝のホトケなんですけど、身元がわかったそうです」

辰見は横を向いたままうなずき、猪口《ちょこ》を口に運んだ。猪口を置き、手酌で注《つ》ぐ。

「ホンテンで森合部長に聞いたんですが」

「森合部長ってのは？」

「私にとっては今の仕事の師匠ですね。最初に配属されたときの相勤者で一から仕込まれたんです。今は捜査一課《いっか》の五の二にいます」

警視庁捜査一課第五強行犯特別捜査第二係という意味だ。辰見はうなずいた。

「継続だな」

「そうです」小町は身を乗りだした。「弁護士の鈴原……、六年前の小学生殺しを担当したんですが」

辰見はタバコを吸いながら目を細めた。煙とともに吐きだす。

「憶えてる」

「あのときの犯人《タマ》は三人いて、すでに三人とも娑婆に出てます」

「十四歳未満か」辰見はタバコを灰皿で押しつぶした。「殺しは殺しだがな」

「実はそのうちの一人は一年半ほど前に死んでます。ご存じですか」

「ああ。交通事故じゃなかったか」

「そうなんです。自転車に乗っていて、車道に倒れたところを後続のダンプに轢かれたんですが」

辰見が目だけを動かして小町を見た。

「何者かが突き飛ばしたか」

「確証は得られていないようです。轢き逃げだったんで被疑者《マルヒ》を追いかけるのに防犯カメラなんかは調べたそうで」

「マルヒは?」

「パクりました」

まっすぐに見返して言葉を継ぐ。

「歩道側にいた何者かに突き倒された可能性があるようです。手がかりはほとんどなく、事故として処理は済んでいます。車の特定段階で調べた防犯カメラの映像に被害者《ガイシャ》が自転車で走っている背後に人影らしきものがあったらしいんですが、はっきりとはしていないそうです」

猪口を口に運びかけた辰見の手が止まった。

「現場はどこだっけ？」

「杉並区の井草《いぐさ》」

辰見はうなずき、酒を飲んだ。

「森合部長のところが捜査をつづけていたところへ、今度の事案が来たわけです。点が二つになって線になったといってました」

小町の言葉にうなずき、辰見は猪口を置いた。タバコをくわえて火を点ける。

「で、西新井に捜査本部《チョウバ》か」

「はい」

「まだ隠密にやるだろう」辰見はふたたび小町を見た。「班長にそこまで話したのには特別な理由《わけ》がありそうだな」

「小沼君を出してくれとのことです」

辰見はタバコを吸い、煙の塊を吐きだすとうなずいた。


「ずい、ずい、ずっ、転《ころ》ばし」

階段を二段ずつ飛ばし、上った小沼は踊り場でくるりと方向を変えた。

「ご、ま、み、そ……」

機動捜査隊浅草分駐所は巨大交番の二階にある。口の中で残りを素早く唱えた。

「ずいっと」

一着買えば、もう一着おまけというセール品であっても新品のスーツから立ちのぼる匂いは気分を引き立ててくれる。

一昨日、だぶだぶのTシャツと七分丈のパンツに革靴というちぐはぐな格好で三ノ輪橋商店街をうろつき、その後、地下鉄に乗って帰宅する羽目に陥った小沼は、昨日の労休を利用して御徒町《おかちまち》の大型紳士服専門店に出向き、スーツを二着買ってきた。どちらも小沼好みの限りなく黒に近い紺色である。

一着は早速今朝腕を通し、もう一着は店でつけてくれた二つ折りのスーツバッグに入れていた。ほかにも大型の紙袋にワイシャツ、下着、靴下などを用意してきた。日本堤交番の裏口から入り、二階に上がるとまずロッカーにスーツと紙袋を入れ、分駐所に入って声をかけた。

「おはようございます」

班長席にはすでに稲田が座っている。そしていつもなら出勤時間ぎりぎりにならないと出てこない辰見が珍しく出勤していた。

「早いですね」

小沼は自分の席につき、ポケットからキーホルダーを取りだした。抽斗《ひきだし》の鍵を外すためだ。警察手帳が入れてあった。規則では帰りがけ専用の保管庫に収めていくことになっているが、鍵付き抽斗で代用している。

「ちょっといいかな」

声をかけられ、ふり返った。すぐ後ろに稲田がいた。

「はい」

立ちあがると、稲田は辰見に目配せした。辰見も立ちあがる。

「何すか」

「ちょっと話がある」

三人はときに被疑者の取り調べにも使う小部屋に入った。稲田が椅子を引いて腰を下ろし、机を挟んで向かい側に座るようにいった。辰見はドアを閉めてもたれかかる。

「何かあったんですか」

「一昨日のホトケのことなんだけど、身元がわかった。鈴原雄太郎って名前、聞き覚えない？」

小沼は首をかしげた。

「いえ」

「六年前、小学六年生の女の子が中学一年の男子三人に監禁され、さんざんなぶり者にされた上に殺害された事案は？」

「それなら憶えてます。テレビのニュースで見た程度ですが」

「結構」稲田はうなずいた。「被害者は結城《ゆうき》しのぶ。やったのは首謀格が小茂田聖《こもだせい》、あとの二人が中野純平《なかのじゅんぺい》に高瀬亜輝羅《たかせあきら》。三人とも当時十三歳だった」

稲田のいおうとしている意味はすぐにわかった。刑法四十一条では十四歳未満を不処罰とすると定めている。

「このうち高瀬は一年半前、交通事故で亡くなっている」

「はあ」小沼は稲田と辰見を見た。「何なんですか、いったい」

「一昨日、私が本庁《ホンテン》に呼ばれていったのは知ってるでしょ」

「はい」

「幽霊屋敷で見つかった死体、つまり鈴原雄太郎なんだけど、実は結城しのぶちゃん事案を担当した弁護士なの。身元がわかったことは今のところまだ公開されていないけどね。それで西新井警察署《PS》に捜査本部《チョウバ》が立つことになった」

「高瀬というのは交通事故で死んだんですよね」

「事故としてすでに処理されている。自転車で走行中に倒れて、そこを後ろから来た車に轢かれた」

わずかに間をおいたあと、稲田がつづけた。

「鈴原の遺体は司法解剖に回された。あなたが機動鑑識《きかん》を呼んだのは正解だった」

「怪我の功名だがな」

辰見がうつむいたまま、ぼそりという。真夏の腐乱死体など触れたくない。真冬でも同じだが……。自分で触らずに済むよう機動鑑識班を呼び、その間に警邏《けいら》に戻ろうと目論《もくろ》んだが、結局、死体を下ろすのを手伝わされた。

小沼は辰見をちらりと見た。首吊り自殺に偽装する殺人の方法に地蔵担ぎがあるといった。だが、辰見は目を伏せたままだった。

「それで早速なんだけど、あなたには西新井署に行ってもらう」

「どうして自分が？」

「ソウイチのご指名」

小沼は少なからず混乱していた。たまたま鈴原の死体を発見したためなのだろうか。

稲田がつづけた。

「捜査本部といっても今回はオープンにならない。とくに最初はね。一課といってもチヨウバを仕切るのは特別捜査二係なの。わかる？」

「はい」

「それじゃ、よろしく。それと今回は非公開捜査だから私と辰見部長のほかは知らないし、西新井署の連中にも何もいわないように」

「わかりました」

「こっちの仕事は私と辰見部長、村川《むらかわ》部長とで何とか回すから」

巡査部長の村川は前任の班長成瀬と組むことが多かった。稲田は立ちあがった。

「三階の小会議室だって。ドアには使用禁止って張り紙がしてあるそうよ。西新井署に着いたら受付も通さず、まっすぐ部屋まで行って森合部長を訪ねて」

「わかりました」

小沼も立ちあがった。

「それと拳銃出納《すいとう》を忘れないで」

「機捜の任務じゃないのに拳銃を携行するんですか」

「行けばわかる」

辰見が小沼の肩をぽんと叩《たた》いた。

「支度ができたら西新井までおれが送っていく」

日本堤交番を出て、西新井警察署までは国道四号線を北上し、環状七号線にぶつかったところで左折する。辰見が運転し、小沼は助手席で左に目をやっていた。午前八時前とはいえ、下り線になるので道路はそれほど混んでいない。

「どうして自分なんですかね」

「さてな。おれは何も聞いちゃいない。お前、知り合いでもいるのか」

「いえ……、とくには」

小沼は首を振り、窓の外に目をやった。

本庁捜査一課といえば、刑事にとっては最高の花形部署である。だが、希望すれば行けるようなところではなく、捜査一課から声がかからなくてはならない。所轄署や機動捜査隊で目覚ましい活躍をした者が注目され、一本釣りの対象になると聞いていたが、小沼には心当たりがなかった。たとえ親しい間柄の刑事が捜査一課にいたとしても情実で引っぱられることもないはずだ。

刑事なら誰もが憧れるといわれる捜査一課だが、小沼は自分を過大にも過小にも評価していない。まだまだ機動捜査隊で数多くの事案に取り組み、修業しなくてはならない立場だと思っていた。

捜査車輛は二十分ほどで西新井署に着いた。車を降り、玄関に向かう。立ち番をしている制服警官に会釈をしてガラス戸を押して入った。正面の階段を三階まで上がり、右、左と見た。小会議室というプレートが目につく。ドアの前まで行くと、たしかに使用禁止という張り紙がしてある。

ノックをしてドアを開けた。

「おはようございます」

中央に机を寄せて島が作られており、男二人と女が一人いて顔を向けてきた。

「機捜の小沼ですが、森合部長を訪ねるようにいわれてまいりました」

「おう」

立ちあがった男は背が高く、がっしりした体格だ。何より顎の張った長い顔が目につく。森合というよりモアイだなと思いながら小沼はドアを閉めた。

「待ってたぞ」

「よろしくお願いします」

壁際にはホワイトボードが三台並べられており、地図や写真が張りつけてある。森合は椅子の背にかけてあった上着を取った。

「早速だが、お前さんが臨場した幽霊屋敷に案内してくれ」

小沼は森合の長い顔をまじまじと見つめた。

第二章　捜査本部

1

西新井警察署の裏側にある駐車場に出た森合はシルバーグレーのセダンに近づいた。足を止め、右手をズボンのポケットに入れる。

「運転、頼めるかな」

上着の裾《すそ》がめくれ、ベルトにつけた黒いケースに入れた拳銃がのぞき、小沼はまじまじと見てしまった。ケースは艶《つや》のないプラスチック製のようだ。拳銃の後ろには警棒ケースが並んでいる。

小沼の視線に気がついた森合は片方の眉を上げた。

「お巡りさんなら拳銃なんて珍しくないだろ」

「いや、ケースの方が……、初めて見ました」

「おお」森合がズボンのポケットから鍵を取りだし、にんまりする。「強化樹脂製でね。エアウェイト専用だ。こいつだといちいちバンドで留める必要がない。とっさのときにすぐに抜けるし、拳銃をがっちりくわえ込んでるから落とす心配もない。それに」

鍵でケースを叩いた。乾いた音がする。

「引き金の部分もすっぽり覆ってあるだろ。拳銃をすっかり抜くまで引き金に触れる心配もないから安全だし、おかげで安全ゴムも要らない」

安全ゴムは引き金の後ろに差しこんでおく三日月型のゴムで撃つときには抜かなくてはならない。小沼は手を伸ばして鍵を受けとった。

「つかぬことをうかがいますが、稲田班長とは？」

「小町とは大森署でいっしょだった。あいつが初めて刑事課に配属されたときにね」

小沼は運転席に回り、ドアロックを外した。助手席のドアを開けた森合が声をかけてくる。

「今朝、点検は済んでる。さっさとエンジン回して、エアコン入れてくれ」

「はい」

シートに座った小沼は少しばかりぎょっとした。マニュアル車なのだ。機動捜査隊に配備されている捜査車輛はすべてオートマチックだし、小沼は自家用車を持っていない。マニュアル車を運転するのは三年ぶりになる。緊急走行が必要になる車輛を運転するには警察内部の資格、通称〝青免〟を取得しなくてはならず、当然小沼も青免を持っているのでマニュアル車の運転を苦にしない。

サイドブレーキがきちんと引いてあるのを確かめ、クラッチを踏んでギアレバーをニユートラルにすると受けとった鍵を差しこんでエンジンをかけた。スイッチが入れっぱなしになっていたエアコンから勢いよく風が吹きだしたが、生ぬるいどころか熱風だ。シートベルトを留めながら森合がいう。

「小町は二十四時間拳銃を携行できるって機捜に行った。どんな拳銃があたった？」

「ええっと」思いだそうとしたが名前が出てこなかった。「自動式です。ほっそりした形の。班長はそれが希望だったといってました」

「P230だな」森合は首を振った。「我が社では最新式かも知れないが、三十二口径だからな。いざってときにパンチ力に欠ける。せめて我々みたいに三十八口径はないとな。そうだろ？」

「はあ」

生返事をした小沼に森合はにやっとする。

「おれは元々銃器オタクでね。合法的にピストル持ち歩けるからお巡りになった。飲めば、拳銃の話ばっかりしてたんだが、我が社の人間は興味ないってのが多い。だけど、小町は違った。あいつだって刑事課に来た頃はまるで知らなかったんだが、勉強したんだよ。ああ見えて、根はすごく真面目《まじめ》な奴だ」

「そうなんですか」

エアコンの空気が少し冷たくなってきた。シートベルトを留めた小沼はサイドブレーキを外し、周囲を確かめたあと、ギアをリバースに入れてクラッチをつないだ。左足にクラッチが接続する感触が伝わり、車が動きだす。スムーズに動きだしたので取りあえずほっとした。

　車列からセダンを引きだし、出口に車首を向けたところでブレーキを踏んだ。

　車内が静まりかえり、どっと汗が噴きだしてきた。

「すみません」

　あわててクラッチを踏み、エンジンをかけなおす。マニュアル車なのだ。クラッチをつないだまま、車を停止させれば、エンジンも止まる。オートマチック車に慣れきっていると、つい停車寸前にクラッチを切るのを忘れる。

　森合はにやにやしているだけで何もいわなかった。

　西新井署を出て十分ほどで死体が見つかった元医院の近くまで来た。一昨日と同じように路地の入り口に車を止め、森合につづいて降りた。

「手袋だけはしとくか。靴袋はいいだろ。足跡《ゲソ》の採取は終わってるからな」

「はい」

　路地を歩きながら白い綿製手袋を着ける。

　元医院の門柱には黄色と黒のだんだら模様になったテープが巻きつけられ、入り口がふさがれていた。立ち入り禁止と記されたプレートが下がっている。門前に立つと、まだかすかに異臭を感じる。

森合は建物を見上げた。

「院長が亡くなったのは何年前だっけ？」

「三年前と聞いてます。九十過ぎだったとか」

「三年前なら……」森合が目を細めた。「九十三になってたか」

「ご存じなんですか」

「六年前に来た。院長は内山只三郎《うちやまただざぶろう》といってね、大正六年の巳《へび》だ。躰は小さかったけど立派な髭《ひげ》を生やしててね」

「先ほど案内しろといわれましたが」

「幽霊屋敷になってから来るのは初めてだ。おれが来たときはちゃんとした医院だったよ。といっても昔はもっと大きい病院だったらしいがね。ここの西側に交番があるだろ」

「はい」

都道百三号線に面して交番がある。幽霊屋敷からなら歩いても数分の距離だ。凄まじい異臭を感じた隣家の桑田老人は交番まで徒歩で行き、通報している。

「交番の並びに二階建ての結構立派な病院があったって。内山先生がこの地で開業したのは昭和二十五年だそうだ。昭和から平成になったときに病院をたたんだ」

「ここは？」

「元の自宅だ。病院をたたんだときにここも売りはらって一家で世田谷に引っ越すことにしたんだけど、地元の連中が病院がなくなるのは困るといってね。それで自宅を改装して医院にした。そのとき先生は七十を過ぎてたんだけど、医者に定年はないからな。寄る年波で通うのは面倒だから平日はここに泊まりこんでるといってた。案外、この土地が好きだったんだろう」

「六年前というとあの事件絡みですか」

「そう。結城しのぶちゃんの事案だ。あの子の一家もこの近所に住んでて、内山医院はかかりつけだった。加害者の三人組もね。それで先生に話を聞きに来たってわけだ」

森合は顎をしゃくった。

「この先に中学校があるだろ。三人組はそこの生徒だった」

脳裏を粟野の面差しが過《よ》ぎっていった。六年前なら粟野はまだ小学生だが、同じ中学校の先輩になる。

「しのぶちゃん一家もいろいろあってな。まあ、ここをひと渡り見たら西新井PSに帰る。それからあとお前さんは取りあえず資料読みだ。結構な量だから読みではあるぞ」

そういうと森合は長身をかがめ、テープをくぐって門の内側へと入っていった。

西新井警察署三階小会議室に戻った小沼は結城しのぶ事件に関する捜査報告書を読みはじめた。時おり顔を上げ、会議室の隅に置いてあるホワイトボードに目をやった。

結城しのぶの写真が二枚、丸いマグネットで留めてある。一枚は胸から上を写したものでわずかに首をかしげ、笑みを浮かべている。もう一枚は全身像で白地に小花模様がプリントされたワンピースを着ている。行方不明になったときとほぼ同じものだという。報告書によれば、行方がわからなくなったときには、しのぶのサンダルが見当たらなかったところからサンダル履きであると予想された。全身像では白いスニーカーを履いている。肩にかかるほどに伸ばした髪はツインテールにされ、赤いボール状のプラスチックの飾りがついたゴムで結わえられていた。

二枚の写真はわずかに黄ばみ、全身像の背景となっている公園の緑がにじんで、六年という歳月を物語っていた。

平成十九年七月二十日金曜日は一学期の終業式で正午過ぎに結城しのぶは友達二人と学校を出た。自宅近くの公園の前で友達と別れ、公園に入っていくのを目撃されたのが最後となった。自宅は公園を突っ切った先にあった。

結城家は共働きの夫婦に四歳年上、高校一年生の兄が一人いる四人家族で、その日両親は勤めに出ており、兄は学習塾の夏期講習で夕方まで帰宅しなかった。

しのぶはいったん自宅に戻り、通学に使っていたピンク色のデイパックを自分の部屋の勉強机に置いている。母親は冷蔵庫に昼食用に調理済みのパスタを用意してあったが、手をつけられた様子はなく、皿に盛りつけられ、サランラップをかけたままで残されていた。玄関は施錠されておらず、室内に荒らされた形跡は見当たらなかった。

午後五時過ぎに学習塾から戻った兄が玄関の鍵がかかっていなかったこと、妹の姿が見えず、昼食を食べていないことに不審を抱き、すぐ母親に電話を入れた。母親は勤務先である紙問屋を早退し、六時前には帰宅している。母親はすぐ父親に連絡し、心当たりに電話をかけまくる一方、息子を最寄り交番に行かせている。交番にいた警官のうち、二人がミニパトカーに兄を同乗させ、結城宅に臨場している。午後六時十分のことだ。父親はその直後に戻ってきた。

母親の証言によれば、しのぶは近所のコンビニエンスストアに出かけるときにも玄関の鍵をかけ忘れたことがないきちんとした性格だという。帰宅直後、玄関にあったサンダルをつっかけて出ただけとしか思われない状況から何らかの事件に巻きこまれた可能性が高いとして、警察はただちに台東、荒川、足立区担当の第六方面本部、江東、墨田、葛飾、江戸川区担当の第七方面本部を通じて緊急配備をかけ、午後八時の時点で配備の範囲を文京、豊島区の第五方面、北、板橋、練馬区の第十方面に拡大した。

小沼は写真を見つめたまま、報告書に視線を落とそうとしなかった。結果はすでにわかっているのだ。

バストショットの写真は事件の一ヵ月前に撮影されたものだ。涼やかな目元をしており、頬笑んだ口元には白い歯が見えている。事件がなければ、高校三年生になっているはずで、美人になっただろうと想像できた。

そっと息を吐き、ふたたび報告書を読みはじめた。元の内山医院から戻ったあと、小沼は小会議室にひとり残され、スチールロッカーに並んでいる分厚いファイルを読んでおくようにいわれた。上着を脱ぎ、ワイシャツの袖をまくりあげている。カラーのボタンを外し、ネクタイを緩めた。

しのぶの遺体が発見されたのは、翌二十一日の早朝だ。

空き家になっている住宅の門扉の錠前が壊され、わずかに開いているのを見つけた近所に住む老人が交番に知らせた。早朝の散歩を日課としており、何かちょっとでも異変があると交番にやって来る名物爺《じい》さんらしかったが、緊急配備がかかっているため、すぐに警察官が臨場、門扉の錠前だけでなく、裏口にもこじ開けられた形跡があったため、すぐに方面本部に連絡を入れた。

しのぶの自宅から一キロほど離れた、川沿いの住宅街である。ただちに西新井警察署の刑事課、機動捜査隊、自動車警邏隊が駆けつけ、捜索したところ、床板が剝《は》がされているところがあり、地面が掘り返されているのが見つかっている。

近所で聞き込みを行うと中学一年生の男子三人組が浮上した。しのぶを連れ歩いているところを目撃されていたのだ。三人ともしのぶとは同じ小学校に通っており、一時期学習塾でもいっしょで顔見知りだった。

稲田が分駐所を出る前にいった言葉がよみがえる。

『やったのは首謀格が小茂田聖、あとの二人が中野純平に高瀬亜輝羅。三人とも当時十三歳だった』

捜査報告書には三人の氏名、住所、年齢が記されている。目撃証言は大きくふた通りに分かれていた。しのぶを含む四人が楽しそうにお喋《しゃべ》りしながら歩いていたというものと、小茂田がしのぶの手を無理に引っぱっているように見えたというものだ。

一時期しのぶと小茂田は付き合っていい、い、いたというしのぶの同級生女子の証言を読んで小沼は口元を歪《ゆが》めた。

小学生が付き合ってた、かよ……。

相手がいずれも中学一年生であり、事情聴取が慎重に進められたことは、三人が西新井警察署に呼ばれて話を聞かれるまでにほぼ一週間を要したことでもわかる。その間にしのぶの葬儀が執り行われている。

初めて三人が警察に出頭したときには親だけでなく、弁護士の鈴原も同行していた。

当初三人は性的ないたずら目的でしのぶを誘いだし、死体発見現場となった空き家に連れこんだ。現場が空き家であることは近所に住む高瀬がたまたま知っていて、三人で話し合っているうちに何となくしのぶを誘おうという話になったという。理由は探検だ。

何を探検するつもりだったのか――小沼は胸のうちでつぶやき、報告書を繰った。

首尾よくしのぶを誘いだし、空き家まで連れていった。当初は門扉の鍵を壊し、裏口の戸を外して中に入ったと三人は口をそろえたが、追及をつづけると、三、四日前――三人とも証言が異なった――に門、裏口とも破壊しておいたという。

あくまでも三人で話し合っているうちに何となくことが進んだと供述していたが、捜査員は空き家があることを知っていたのは高瀬だけなのだから、高瀬がほかの二人を誘ったのではないかと訊いた。三人で話し合っているうちに何となくとか、空き家を探検しようという証言が弁護士に入れ知恵されたもののように感じていた。

高瀬は空き家のことを二人に話したのは自分だが、しのぶを誘おうといい出したのも鍵を壊しておくことを提案したのも小茂田だといった。しのぶと付き合っていたという噂やしのぶの手を引っぱっていたという目撃証言とも矛盾せず、小茂田が主犯格であると断定された。

空き家で何があったかとなるとさらに解明は難しさを増した。

荒れた家の中を歩いているうちにしのぶが着けはじめたばかりのブラジャーを見せてあげるといったという点で三人の証言は一致している。そしてワンピースを着たまま、ブラジャーを外し、三人に見せたというのだ。くだんの行為がきっかけとなり、性的興奮をおぼえた三人はしのぶの躰に触ろうとした。

　ここでもしのぶはあえて逆らうようなことはなく胸を触らせ、下着を脱がされるときも抵抗しなかったという。ところが、陰部に触れようとする――この点も供述が曖昧《あいまい》で誰が最初だったかははっきりしていない――といきなり大声を発し、三人を叱《しか》り、なおかつ親にいいつけると騒いだ。突然の大声に驚いた三人がとにかく黙らせようと口や咽を押さえているうちにしのぶはぐったりしてしまった。

　懸命に蘇生《そせい》させようとしたが、しのぶは一向に息を吹きかえさない。怖くなった三人は床板を剝がし、剝がした板で地面を掘ってしのぶを埋めた。

　つまり一連の行為について、きっかけを作り、エスカレートさせたのは被害者の方だというのだ。しのぶが死亡している以上、反論のしようはない。

　検屍および司法解剖の結果を見れば、三人の供述に矛盾があることがわかる。しのぶの躰には数十ヵ所に及ぶ打撲の跡や擦り傷があり、陰部は著しく損傷していた。陰部に無理に異物を挿入した様子が見られたが、異物の発見にはいたっていない。少年法および刑法四十一条の壁に阻まれ、捜査員たちは手足を縛られた状態で取り調べを行わざるをえなかったためだ。少なくとも現場周辺、および三人の自宅、学校などで異物らしきものは発見されていない。

　床下に掘った穴についても板きれを使ったにしては深いのだが、取り調べは困難を極めた。ことごとく鈴原が騒ぎ立てた結果だとうかがえる。

ホワイトボードには、しのぶの写真の下に小茂田、中野、高瀬の写真が貼られているが、小茂田と中野についてはそれぞれ十枚以上あった。犯行当時のものだけでなく、自宅や学校付近で撮られたと思われるスナップもあった。高瀬のみは卒業アルバムからの拡大コピーが一枚あるだけだ。

写真は、高瀬の事故をきっかけとして捜査一課が乗りだし、小茂田、中野を監視していたことを示すが、事故と断定された事案を追うことになった理由が小沼にはわからなかった。

小茂田というのは色が白く、すらりとしていた。おとなしめの顔立ちだが、なかなかの美男子といえる。一方の中野は太っていて、顔にはニキビがいくつも吹きだしている。

そのとき、小会議室のドアが開き、小沼はふり返った。

「ただいま帰りました」

入ってきたのは二人の男だ。先に入ってきた男を見て、小沼は立ちあがった。

「先輩」

「よお」

先に入ってきた男——吉村潔《よしむらきよし》は笑みを浮かべて近づいてきた。

「お前が来ることは聞いてた。久しぶりだな」

「先輩こそ、どうして」

「おれは今捜査一課だよ」

吉村は小沼が初めて配属された三鷹警察署地域課にいた、警察学校で二期上の先輩である。剣道の達人——少なくとも小沼はそう思っていた——であり、小沼に剣道を諦めさせた男でもあった。

「交通課じゃなかったんですか」

「何年前の話を」吉村は苦笑し、いっしょに入ってきた男を手で示した。「紹介するよ。こちら阿部《あべ》部長」

「どうも」

四十年配の冴《さ》えない顔つきをした男が頭を下げる。

「機動捜査隊浅草分駐所の巡査、小沼優哉と申します」

小沼は背筋を伸ばし、一礼した。

2

ふたたび小会議室のドアが開き、チャコールグレーのスーツを着た小柄で丸顔の男が入ってくると吉村と阿部がその場でさっと姿勢を正したので小沼も従った。長身で長い顔の森合がすぐ後ろに立っているので丸顔が強調されているのかも知れない。

にこやかに小沼に近づいてくる。

「君が小沼君ですね」

「はい。機捜の小沼優哉です。よろしくお願いします」

「特捜二係管理官の佐々木《ささき》登志郎《としろう》です」

管理官といえば、本庁刑事部捜査一課で課長、理事官に次ぐ地位であり、各係を率いている。小沼はさらに一段腰を深く折った。

「そんなにかしこまらないで。さ、さ、顔を上げて」

「はっ」

小沼は上体を起こしたが、まだ気をつけの姿勢のままだった。佐々木が苦笑する。

「ぼくなんて名前の通り素人《トーシロー》で、実質的な仕事はすべてモア長が取り仕切っているんだからね」

「モア長でありますか」

「あれ?」佐々木は小さな目を見開くと、すぐ後ろに立つ森合をふり返った。「部外秘だったかな?」

「いえ」首を振った森合が小沼に目を向ける。「おれのことだ。とくに説明は必要ないと思うが」

長く顎の張った顔はイースター島のモアイ像に似ている。しかも名前が森合で階級が巡査部長と来れば、たしかに説明不要だ。

「はい……、いや……」

思わず目を伏せると佐々木をはじめ、吉村、阿部、それに森合までが爆笑している。

今までにも捜査一課が取り仕切る捜査本部に参加したことはあったが、ずいぶん雰囲気が違うと小沼は思った。とくに第一回目の会議のときなどは、捜査一課、本部が置かれた所轄署の刑事、機動捜査隊員などがそろったところで所轄の署長、刑事課長を従え、管理官は先頭を切って現れ、ひな壇に座る。その間、にこりともせず場内の空気は張りつめていた。会議が始まってからも報告者に対し、管理官は表情を緩めずに聞いていて、時おり厳しく追及するものだ。

ずいぶんイメージが違うなと思っているところへ男性一人、女性一人が戻ってくる。佐々木は手を挙げ、声をかけた。

「いやぁ、ご苦労さん、ご苦労さん」

次いで森合をふり返った。

「それじゃ、そろったようだから早速始めようか」

小沼は目をぱちくりさせた。そろったといっても小沼をふくめてさえ七人でしかない。捜査本部といえば通常でも数十人が集められ、特別捜査本部や合同捜査本部となれば百名を超えることも珍しくない。

「はい」森合が声をかける。「それではこれから捜査会議を始める」

森合の号令に従って、全員——驚いたことに佐々木まで——が各自のキャスター付きの椅子を持ってホワイトボードの前に車座になる。小沼は吉村のとなりに座るようにいわれ、椅子を置いた。

全員が座ったところで森合が口を開いた。

「今日から小沼君が加わることになった」

目を向けられたので、立ちあがろうとすると森合が手で制した。

「座ったままでいい。名前と所属を」

「はい。機捜浅草分駐の小沼優哉です。よろしくお願いします」

森合がつづける。

「吉村部長は以前から知り合いだったな。それと阿部部長も紹介済みか。あとの二人だが、芝野《しばの》部長と中條《なかじょう》さんだ」

芝野が精悍《せいかん》な顔つきをした男、リムレスのメガネをかけたほっそりした女が中條だった。互いに会釈を交わすと、森合が付けくわえた。

「中條さんは西新《こ》井《こ》署の少年係で応援に来てもらっている」

佐々木が芝野と中條に目を向けた。

「鈴原雄太郎の死亡推定時刻は出たか」

「はい」芝野が上着の内ポケットからメモ帳を取りだし、ページを繰った。「遺体の腐敗が進んでおりましてピンポイントで確定するというわけにはいきませんでしたが、十日前……、先月二十四日、プラスマイナス一日というくらいです」

うなずいた佐々木が森合をふり返る。

「現場について鑑識は何ていってるんだっけ？」

「今のところ、あの部屋の床および周辺では明瞭《めいりょう》な足跡《ゲソ》が採れていないんです。掃き清められた跡がありまして、埃は部屋の隅の一ヵ所にかためてありました。現在、埃の分析も進めています」

「鈴原のゲソは？」

やっぱりと小沼は胸のうちでつぶやいた。臨場し、懐中電灯で床を照らしたとき、何年も空き家になっているはずなのに埃が見当たらないのを不思議に思っていた。

「倒れていた踏み台の上にはありましたが、遺体周辺にはありませんでした」

「掃除をしたあと、鈴原は靴底もきれいに拭いて裸足でロープや踏み台をセットしたということか」

「それも考えられます」

「それからきれいにした靴を履いて首を吊った？」

「ええ」森合はうなずいた。「自殺なら、ですが」

佐々木と森合の会話を聞きながら小沼は死体を見つけたときの状況を思いうかべようとしていた。首が伸び、部屋の真ん中に突っ立っていたが、床を踏みしめている足はちゃんと靴を履いていた。

自分がこれから死のうとする場所をきれいにしようとする気持ちはわからなくもない。三年もの間、空き家となって放りだされていたのだ。相当埃が溜まっていただろう。一ヵ所に掃き寄せ、その近くで靴を脱ぎ、踏み台とロープをセットする。次に埃まみれになった靴をきれいに拭《ぬぐ》って、踏み台まで持ってきて、その上で履き、ロープに首を入れる。あとは踏み台を蹴って、ぶら下がる。

「掃き掃除といったが、現場に箒《ほうき》はあったのか」

「はい。柄の長い室内用のものが埃を集めたところのすぐ近くに立てかけてありました」

小沼はふたたび現場を思いうかべた。勝手口に立って懐中電灯で死体を照らしただけで周辺を検索するより先に機動鑑識を呼ぼうと案内してくれた若い警官——重野にいった。方面本部に連絡したあと、重野は刑事課か機動捜査隊が来るまで動くなと命じられたに違いない。

重野は小沼を先導して庭を歩きながらいった。

『たぶん足跡《ゲソ》はあまり気にする必要はないかと思いますが』

重野にしても首吊り自殺だと思っていたのだろう。小沼も自殺と思ったが、首が伸びた死体の異様さと凄まじい屍臭に近づく気にならず鑑識を呼ぶことにしたのだ。二人とも部屋に踏みこまなかったので現場保存に役立ち、掃き掃除をした跡に足跡のないことがわかったわけだが、結果論に過ぎない。

「箒の柄に指紋は？」

佐々木の問いに森合が首を振る。

「出てません」

「掃き掃除を終えてからハンカチかなんかで拭ったとも考えられるか」

ひとりごちた佐々木はふたたび芝野に視線を戻した。

「絞め殺されたあと、首吊りに見せかけた可能性については？」

「皮膚の損傷が激しいため、ロープが食いこんでいた周囲に細かい傷があったかは判別できないとのことです。首に食いこんでいるロープの角度などは自殺だとしても矛盾はないとの所見ですが」

森合が口を挟んだ。

「偽装しようと思えば、方法はある」

「そんな方法があるのかね」

となりで吉村がつぶやき、小沼は思わず口にした。

「地蔵担ぎですよ」

吉村が小沼を見る。小沼を見ていたのは吉村だけではなかった。全員の注目を集めていることに気がつき、小沼は顔が火照《ほて》るのを感じた。

「失礼しました」

「いや、地蔵担ぎも偽装方法の一つだ」

森合がとりなすようにいってくれた。

「それにしても地蔵担ぎとは恐れ入ったな。おれは知らなかったよ」

捜査車輛の助手席で吉村が感心したという口振りでいった。

「自分も分駐所の相勤者に教えられただけで。差し出がましい口を利いて失礼しました」

「かまうことはない。うちはいつでもあんな雰囲気でね。管理官がさばけた人だからさ」

「名前にかこつけてトーシローなんていってましたが」

「ちょっと見、気のいいぼんぼんって感じだけど、キャリアなんだ」

国家公務員総合職試験に合格し、警察庁に入った者をキャリアと称するのは本庁でも変わらないようだ。

「まだ若そうですね」

「四十くらいかな。警視になって、まだ一年かそこらだろう。うちの管理官になったのもこの春なんだ。でも、なかなか肚《はら》は据わってるぜ。捜査に関しては素人だけど、きっちりケツモチはやりますって」

覚えたての不良言葉を使いたがっている佐々木の様子が浮かんで、小沼は頬笑んだ。

捜査会議の終わりに早速担当が割りふられ、小沼は吉村と組んで元医院周辺で聞き込みを行うよう命じられた。鈴原が死亡したと見られる十日前に的を絞って、何か異変を見聞きしたり、不審な車輛を目撃しなかったか訊いてまわるのである。

中條が全員に新聞のテレビ番組欄のコピーを配った。八月二十三、二十四、二十五日の三日分である。異変に気づいたとしても何日の何時頃のことか憶えていられるものではない。そこでテレビ番組欄を見せて、そのとき、テレビを見ていなかったかと訊ねる。番組の内容とともに記憶がよみがえる例も多く、野球中継で誰かがホームランを打ったなどという話と結びつければ、秒単位まで時間を特定できる場合さえある。

「それにしても現場百回が基本といいますけど、捜査一課は基本に忠実なんですね。ついさっき森合部長と現場に行ったばかりですよ」

「何しに？」

「とくにこれといったことはありませんでしたが、勝手口から現場をのぞいただけで」

「なるほどね」吉村が小沼の横顔を見る。「モア長がなぜお前と現場に行ったか、意味わかる？」

「いえ」

「運転したのはお前だろ？　機捜だもの青免なきゃ商売にならないよな？」

「はあ、そうですが」

「お前の運転技倆《ぎりょう》をチェックするのが目的だ」

「げっ、一回エンストやらかしちゃいました」

「あらら、減点一だな。しっかりしてくれよ。おれの立場もあるんだからさ」

「先輩の立場？」小沼は首をかしげた。「自分がエンストしたのが先輩に関係あるんですか」

「大ありだよ。お前をモア長に推薦したのはおれだ。捜一にどうかってね」

「自分が捜一なんて……、ありえませんよ」

吉村が躰を起こし、小沼をのぞきこむ。

「どうしてありえないんだ？　それともお前、あれか。機捜を上がったらどっかの所轄の刑事課でのんびりやりたいとでも思ってるのか」

「先のことなんて考えてません。自分は捜査講習を終えて、今の分駐所に配置になったんです。まだ三年くらいですよ」

「三年やりゃ十分だ」吉村が座りなおす。「二十年もデカやっててもダメな奴はダメだ。もちろん所轄でのんびりやりたいってサラリーマンみたいのもダメだがな。最初にいっとくが、捜一はきつい」

「その前に捜一はエリート集団じゃないですか。デカの中でも選《え》りすぐりが集まるんでしょう」

「その通り。だけど、試験も何にもない。捜一の要員は捜一から引っぱられなきゃ入れないのがしきたりだ」

　捜査一課は希望して異動できる部署ではないことは小沼も知っていた。目をつけた所轄署の刑事に直接アプローチする。

「捜一、捜一というが、何も特別製のデカがいるわけじゃない。所轄の刑事から上がってくるんだし、捜一から所轄に出ることも多々ある。ただし、資格が要る」

「どんな資格ですか」

「デカとしての運だ。さっきいったろ、二十年やっててもダメな奴はダメだって。本人にいくらやる気があって、真面目で、捜査技倆が優秀でも運のない奴がいる」

「運ですか」小沼は息を吐いた。「よくわからないなぁ」

「簡単だよ。デカの中には何もしなくてもでかい事件《ヤマ》の方から飛びこんでくる奴がいるんだ」

「自分にそんな運なんてありませんよ」

小沼は苦笑いして捜査車輌を交番の裏にある駐車場に入れた。元の内山医院に近く、鈴原の死体を発見した桑田が駆けこんだ交番である。

「闇剣士だ。射殺したのってお前だろ?」

吉村の問いには答えず、小沼はエンジンを切った。


最後のフィクサーと呼ばれた老人が谷中《やなか》の寺で斬殺《ざんさつ》される事件が起き、小沼は辰見とともに臨場した。現場でフィクサーの運転手と知り合ったところから事件に巻きこまれていき、初動捜査を担当する機捜隊員ながら犯人を割りだし、追いつめるに至った。日本刀を抜いて迫ってきたため、小沼は拳銃を抜いて威嚇したが、ついに射殺のやむなきに至った。

犯人は国会で虚偽答弁をくり返した現職大臣をも殺していたため、一時ネット上で闇剣士と名づけられ、話題になったものである。だが、高度な政治性を帯びた事件であったため、解決には公安部が乗りだし、射殺された犯人は闇剣士とはまったく無関係とされ、さらに拳銃を使ったのは臨場した自動車警邏隊員だったと発表された。

小沼の名前は一切出ていないし、公安部が扱った事案だけに情報が漏れるとも考えにくかった。

先輩はどうやって知ったのか――小沼は胸のうちでつぶやきながら内山医院の前を通りすぎ、隣家の桑田宅を訪ねた。

玄関の引き戸が開けはなたれているのを見て、吉村をふり返った。

「どうしますか」

「一度、会ってるんだろ？」吉村が口元にちらりと笑みを浮かべた。「お手並み拝見といこうじゃないか」

うなずいた小沼は玄関から声をかけた。

「ごめんください」

「はいよ」

すぐに返事があり、三和土のわきから桑田が顔を出す。

「この間はいろいろとありがとうございました」

「ええっと……」桑田が目を細め、小沼の顔を見る。「あんたは……、たしか……」

「となりの……」

いいかけると桑田が手のひらを見せた。

「ちょっと待った。今思いだすから。ぼけ防止だよ。あんたには見覚えがある」宙を睨《にら》んでいた桑田の顔が輝き、小沼に目を戻した。「一昨日の朝だ。ひでえ臭いがするもんで、おれは安井さんのとこへ行った。そのあとで来た刑事だ」

桑田は小沼の肩越しに吉村を見る。

「今日はあの若《わけ》え美人さんといっしょじゃねえのかい」

稲田が美人か否かはともかく若いとはいいにくいだろう。苦笑して首を振った。

「違います。今日はこの間のホトケさんの件でうかがいました」

「どう見ても首吊りだろ。暗かったし、おっかなかったからちゃんとは見なかったけど天井のロープからぶる下がってるのはわかったぜ」

首が異様に伸びていたのも顔がひどく損傷して歯が剝きだしになっていたのも見ていないのかも知れない。

「どこのどいつだか知らねえが迷惑な話だ。よりによっておれん家《ち》のとなりで首ぃ吊るこたぁねえやな。で、どこのどいつだい?」

「いえ、今それを調べてる最中でして」小沼は上着の内ポケットから折りたたんだテレビ番組欄のコピーを取りだした。「実は亡くなったのが十日前だということがわかりまして。先月の二十四日なんですが」

「そりゃ、無理」桑田が泣きだしそうな顔をした。「年寄りだもの、そんな昔のこと訊かれたって覚えてるわけねえよ」

それでも小沼はテレビ欄のコピーを見せたり、八月下旬の様子を訊いたりしてねばったが、ついに桑田からは何の目撃情報も引きだせなかった。

3

L字に曲がった路地に面する家々を一軒ずつまわり、その後、路地の入り口にあるマンションの管理人を訪ねて入居者についていくつか質問したところで、午後八時となった。聞き込みをいったん切りあげ、西新井署に戻る。小会議室に入ったときには、すでにほかのメンバーは帰ってきていた。

「それじゃ、始めよう」

森合が号令をかけ、昼間と同じように各人が自分の椅子を持ってホワイトボードの前に車座となった。

「それじゃ」佐々木が一同を見渡し、吉村に目を留めた。「どうだった?」

となりに座っているだけなのに小沼は心臓がひゅっと音をたてて縮みあがった気がした。

今までにも捜査一課が仕切る捜査本部に参加したことがある。規模はまるで違ったし、管理官や所轄の刑事課長はひな壇から見下ろしていた。そうした中、捜査の内容によって分けられた班ごとにリーダー役が立ちあがり、報告をしていくのだが、少しでも曖昧なところがあれば即刻質問が飛び、徹底的につるし上げられた。一日中歩きまわってめぼしい成果がなければ動きすぎだと叱責《しっせき》され、監視対象に動きがなく、一日中じっと張りついていれば、今度はもう少しは頭を使えといやみをいわれた。

吉村と小沼の組は半日近く聞き込みをつづけたが、鈴原が死亡したと推定される日に不審な人物や車輌を見かけたとか、物音を聞いたという話は一切聞けなかった。

だが、吉村は平然としていた。

「まるでペケです」

「そうか」佐々木はあっさりうなずき、阿部に顔を向けた。「それじゃ、阿部長、鈴原の足取りについてわかったことを教えてくれ」

「いやぁ」阿部は上着の内ポケットから手帳を取りだし、顔をしかめた。「難儀しましたわ。何せ相手が弁護士センセですからな」

「お察しする」佐々木が苦笑する。「それで?」

「鈴原は二年ほど前に自分の事務所を閉めてます。顧問先が相次いで倒産したとかで一気に収入が減ったようで。不景気なんですな。今はアブソリュート法律事務所に所属しています」

「アブソリュート……、定冠詞のザをつければ、絶対者じゃないか。何だかすごい自信だな」

佐々木が唸ると阿部は手帳から顔を上げた。

「単に電話帳やネット検索で上位に来る名前をつけただけだと思いますよ。五十音ならアだし、アルファベットならａｂですから」

「なるほど。すまん。つづけてくれ」

「アブソリュート法律事務所の代表は岡田徹《おかだとおる》弁護士、現在所属している弁護士は二十三名います。事務所の所在地は神田神保町《かんだじんぼうちょう》。この所属弁護士というのがいささか厄介でして、常駐しているのは岡田弁護士のほかに二人いるだけで、ほかの二十一名は事務所に名前を登録してあるだけで大半の仕事は自宅か顧客先で行うんですね。アブソリュート法律事務所では相談を受けると所属弁護士に連絡を取って斡旋《あっせん》してるんです。仕事の采配《さいはい》なんかは岡田弁護士が一人で行っているようで」

　依頼は電話やインターネットを通じて来る。地方で町に弁護士事務所が一つしかないとなれば、誰もが相談に来るが、競争の激しい東京では個人事務所を探して相談に来るケースはまれになっているらしい。

　佐々木がふたたび訊ねる。

「鈴原の自宅はどこだっけ？」

「南千住《みなみせんじゅ》です」

　阿部が住所をいっただけで小沼は焦げ茶色の高層マンションを思いうかべることがで

きた。管轄区域内というだけでなく、浅草分駐所からもそれほど離れていない。

「家族は？」

「奥さんと小学四年生になる息子が一人。小学四年といっても日本にいれば、の話ですけどね。息子はアメリカのコネティカット州に留学してまして、奥さんもそちらで息子と同居だそうです」

「小学生で留学？」

「国際感覚は幼い頃の習慣に左右されるというのが鈴原の持論らしくて」阿部が首を振る。「子供の性格がねじ曲がってしまいそうな気がしますがね」

「奥さんと子供はときどき日本に帰ってくるのか」

「鈴原が向こうへ行くことが多かったようです。せっかくアメリカで育てているのにしょっちゅう帰国したんでは日本がうつるとか」

伝染病かよ――小沼は胸のうちで吐きすてた。

思いは誰しも同じらしく車座になった面々は一様に渋い顔をしている。阿部はつづけた。

「実は五日前に鈴原の捜索願が出ているんです。ちょうど死亡したと推定される時期……、より少し前か、八月二十二日木曜日に鈴原が事務所に顔を出してまして、そのとき、所長の岡田にしばらく長野《ながの》に出かけるといったそうなんですが、アブソリュートの仕事ではないようで、ひょっとしたらプライベートな用かも知れないという話です。そのときの服装と島根の元医院で見つかったホトケのスーツとが一致したんで、すぐに身元が割れたんです。捜索願なんですが、とりあえず事務所から出されていました」

鈴原は事務所に所属といっても毎日出勤しているわけではなかった。顔を出すのは、顧客との打ち合わせがあるときくらいだという。月末には定例の会議があるのだが、鈴原は何の連絡もないまま欠席した。事務所が連絡を取ろうとしたが、携帯電話も自宅の電話も通じないという。アメリカにいる家族にも連絡したが、何も聞いていないとのことだった。

岡田と鈴原の妻が話し合い、捜索願を事務所から出す一方、妻だけが急遽《きゅうきょ》帰国することになったという。

「奥さんは南千住の自宅に戻って、心当たりに電話したりしてたらしいんですが、昨日、西新井署から連絡したそうです」

「ショックだったろうなぁ」佐々木は中條に目を向けた。「何か聞いてる？」

「いえ」

中條は西新井署生活安全課少年係に勤務している。佐々木はうなずいた。

「そうだよね。失礼。中ちゃんはこっちに張りつきっぱなしだものな。阿部長は奥さんについて何か聞いてる？」

「ここの刑事課が警察病院で対応したんですけど、遺体を見ても騒ぐことはなかったようで」

「損傷がひどかったんでしょ。茫然自失《ぼうぜんじしつ》ってところじゃないのかな」

結局、事務所を出てから内山医院跡で腐乱死体で発見されるまでの鈴原の足取りは解明されていない。

佐々木は本庁に戻り、中條は引きあげることになり、ほかの五人は近所のコンビニエンスストアで夕食を仕入れたあと、捜査報告書作りを行うこととなった。

ペットボトル入りの日本茶で幕の内弁当を食べたあと、それぞれがノートパソコンを開いて向かいあった。もっとも小沼は結城しのぶの事件に関する資料を読みつづけていた。吉村が今日の聞き込みに関する報告書は大した内容がなく、ほかにも書類仕事があるのですべて引き受けるといってくれたためである。

阿部、芝野が引きあげ、やがて森合も出ていって吉村と小沼だけが残った。

「よし、終了」

吉村が唸り声とともにキーを叩き、天井を見上げて大きく息を吐いた。

「お疲れさまです」

「目がちかちかする」吉村は顔を上向きにしたまま、目の間を揉《も》んでいる。「眼精疲労だなぁ」

　手を下ろし、首を左右に倒した吉村が小沼に顔を向けた。目がへこみ、充血していた。

「おれに付き合う必要はないぜ」

「できれば、今晩中に結城しのぶの事案に関する報告書だけは読んでおきたいんです」

小沼は読んでいた報告書を開いたまま伏せた。「終わったんですか」

「終わらせた。書類、書類できりがないよ」

「一つ、訊いてもいいですか」

「何だ？」

「高瀬の交通事故死に疑惑があるんで捜査本部が立ちあがったんですよね。高瀬の写真は古いものだけですが、小茂田と中野のは最近撮ったのがあるじゃないですか。二人が襲われる可能性があるってことですか」

　うんと唸り、吉村はふたたび天井を見上げた。しばらく天井を睨んでいたが、やがて話しはじめた。

「うちらの部署は総勢十名だ。そのうち四人がこっちに来てる。抱えている事案は今回のものだけじゃない。だから佐々木管理官は本庁に戻ったんだが。たしかに鈴原の死体が発見されたことで残る小茂田、中野が狙われる可能性は出てきたな」

　吉村はノートパソコンに手を伸ばすと、マウスパッドに指をやり、ソフトウェアを立ちあげた。

「まずこれを見てくれ」

そういってノートパソコンを小沼に向けた。

「現場は荻窪《おぎくぼ》PS管内……、新青梅《しんおうめ》街道の井草周辺で、平成二十四年三月五日の午前一時半過ぎだ」

画面には道路を撮影した動画が映しだされている。右上に吉村がいった日付と時刻が表示されていた。カメラは高い位置に取りつけられているようで画面の左側には建物の一部とその前の駐車場、ほぼ中央に片側一車線の道路が斜めに映っている。深夜に近い時間帯で周囲は暗く、行き交う車のヘッドライトがハレーションを起こしていた。

「二十四時間営業のファミリーレストランに取りつけられている防犯カメラでね、高瀬の事故の瞬間をとらえていたのはこの一台しかなかった。それほど交通量が多いわけでもないんだが……、ここだ」

動画を停止し、吉村は画面の上部中央付近を指さした。

「わかりにくいけど、歩道を自転車が走っている」

小沼は目を凝らした。ノイズが多い画面で停止するとよけいに見づらくなったが、道路の両側に歩道が設けられていることと、吉村の指の先に黒くにじんだ影が見えた。歩道の上だ。自転車にも見えるし、背の高い人間といわれれば、そのようにも見える。

「後ろからダンプが来てるんで、そのライトに照らされて自転車のシルエットが浮かびあがっている。自転車に乗ってるのが高瀬で後ろから来ているダンプが被疑車輌なんだ。一度、ノーマルスピードで再生する」

動画が再生されると歩道を走っているのが自転車だとわかった。そして二秒後、いきなり自転車がふらついて道路に倒れこみ、直後、ダンプが通りすぎる。ダンプは防犯カメラのある方向に向かってきて、一瞬対向車のライトに照らされた。その後、ダンプも対向車も何ごともなかったように通りすぎる。

小沼は高瀬が轢かれた辺りに目を凝らした。だが、ちょうど街灯の光が届かないところで道路は闇に塗りつぶされ、倒れているはずの高瀬を見分けることはできなかった。

それから数十秒後、画面の右上で車が急停止する。軽自動車のようだ。ライトが道路を照らし、自転車と躰をひねるようにして倒れている人の姿が浮かびあがっていた。ドライバーが降りてきて、倒れている人に近づく。

吉村はパソコンに手を伸ばし、キーを叩くと動画を一時停止させた。

高瀬が轢かれたとおぼしき場所を注視していたが、軽自動車が停まったのは画面の中央に近かった。

「今度はスローで再生する」

小沼は画面の上部中央付近に目を凝らした。スロー再生が始まった。歩道に自転車が現れる。今度は自転車であることがあらかじめわかっているのでハンドルに取りつけてあるらしい小さなライトも見分けることができた。

「で、ふらつく」

まるで吉村のひと言が合図でもあるかのように自転車がよろけ、道路に倒れこむ。画面の上の方だ。ダンプカーはスピードを緩めることなく通りすぎた。

対向車のライトに正面を照らされ、通りすぎる。画面中央付近——先ほど高瀬が倒れていた辺りに視線を向けていた。ダンプカーとすれ違った直後、対向車のライトが一瞬高瀬を照らしていったのがわかった。

「対向車は気づきませんかね」

「無理だろうな。ダンプとすれ違った直後だろ。まだライトの残像が残っていて、何も見えないだろう。でも、この車のおかげでダンプのナンバーが読みとれたんだ」

そこで吉村は一時停止をかけた。

「車道に自転車ごと倒れた高瀬はまずダンプの左前輪に轢かれた。高瀬は自転車ごと前輪に巻きこまれ、ダンプの腹に叩きつけられた。それから両足の膝から下をダンプの後輪に轢かれた。ダブルタイヤだったから両足ともぺちゃんこになってたよ」

小沼はワイシャツのカラーのボタンを外し、ネクタイの結びに指を引っかけて緩めた。いつの間にかじっとり汗ばんでいる。

吉村が小沼を見る。

「どう見た？」

「歩道を走っていて、左側に何かあるのを避けようとしてふらついたように見えましたが」

「そう。交通事故係も同じ結論を下した……、というか下さざるをえなかった」

吉村が手を伸ばし、ふたたび巻き戻しをする。動画の最初に戻った。画面は静止したままである。

「これは自転車に乗った高瀬がカメラにとらえられて一・五秒後なんだが、ここを見てくれ。ちょうど高瀬がふらついた辺りだ」

吉村が画面を指さす。

「住宅の門にダンプのライトがあたって影になってるだろ。だけどよく見ると人影のようでもある」

マウスパッドに指をあてた吉村は今度は画像閲覧ソフトを起動させ、内蔵されている画像を選んで表示した。吉村が一時停止させている動画と同じシーンを切り取り、拡大したものだとわかる。

「今のシーンをキャプチャした画像を、科学捜査研究所《かそうけん》に依頼して極力ノイズを消してもらったものだ。門の影を見てくれ」

目を凝らした。

「人影といわれれば、そう見えないこともありませんが……」小沼は腕を組んだ。「門の影のようでもありますね」

「そう、それがいっぱいいっぱいだよな。でも、事故処理係は不審を抱いている。高瀬の自転車がふらついた理由がわからないってね。もし、ここに人が立っていて高瀬が避けようとハンドルを切って通りすぎた直後に突き飛ばされたとしたら車道に倒れこんだことも納得できるというんだな。もともとモア長の知り合いでね。うちらの部署が未解決事案の継続捜査やってるのを知ってて相談に来たってわけさ」

モア長の知り合いって——小沼は腕を組んだ——捜査一課《ソウイチ》ってそんなことで動きはじめるのか。


肩を揺すられ、小沼ははっと起きあがった。いつの間にか机に突っ伏して眠りこんでいたようだ。

ふり返ると森合が立っている。

「すみません。眠ってしまいました」

「いいさ。機捜隊だって一当務中に四時間の休憩は認められている」

森合はにやりとし、唇の端を指さした。手をやると濡れている。よだれを垂らして寝ていたのだ。あわてて手で拭った。

「ほら、差入れ」そういってコンビニエンスストアの袋を持ちあげてみせた。「腹、減ったろう」

「ありがとうございます」

受けとった袋には菓子パンと紙パック入りの牛乳が入っている。森合は吉村の椅子を引いて腰を下ろし、捜査報告書綴《つづ》りを積みあげた机に目をやった。

「だいぶ進んだか」

「ほとんど読みおえました」

「そうか」森合が長い顎をしゃくる。「食えよ」

「いただきます」

小沼はあんパンと牛乳を取りだし、食べはじめた。腕時計に目をやる。午前三時を回っていた。

森合が目を細める。

「しのぶちゃん事件か。子供が子供を殺すなんてなぁ」

「ひどい事件です」

検屍報告書には発見された被害者の写真もあった。少女の躰には何十ヵ所もの傷があり、帰るといいはじめたのであわてて口を押さえたら死んでしまったという状態ではないことがわかる。さらに小沼を驚かせたのは、しのぶが死亡したのは埋められたあとだと書かれていた点だ。生き埋めにされたと知ったとき、その前に意識を失ったことを祈ったほどだった。

「小町が初めて出会った事件もひどいもんだった。四歳の女の子がトイレの浄化槽に投げ捨てられて溺《おぼ》れ死んだ」

「班長を昔からご存じなんですか」

「ああ。あいつが初めて刑事課に来たのは大森だ。おれが最初の相勤者だよ」

「そうだったんですか」

「でも、最初の事件のとき、あいつは警察官ではなかった」

「はあ？」

食べかけのあんパンが咽に詰まりそうになり、小沼は牛乳パックにストローを差して吸いこんだ。嚥《の》みくだし、息を吐く。

「失礼しました。警察官でもないのに殺人事件に臨場したんですか」

「小町はね、短大を卒業したあと、保育園の保母になったんだ。誘拐されて殺されたのはそこの園児だった。そして殺したのは同じ保育園に通う女の子の母親だ」

森合が目だけを動かして小沼を見る。

「事件後、小町は保育園に行けなくなった。べつにあいつが目を離した隙《すき》にやられたわけでもないのに事件を背負い込んだんだよ。それでうつになった。自分を救うためにはお巡りになるしかなかったんだな」

「知りませんでした。班長が来たのは今月の頭ですし、相勤になった日はいろいろあって」

「何年いっしょにいても自分からは喋らない。そういう奴だ」

　森合は両手で顔をごしごしこすった。手を下ろすと目元がへこんで深い二重になっていた。

「忘れちまえといったんだ。保母時代の事件はとっくに解決してる。だけど、事件の方があいつを追いかけてきた。といっても保母時代の事案じゃないがな。おれたちが大森にいた頃だ。幼女の連れ回し事件があってな。あいつは三日三晩、不眠不休で走りまわったよ。誘拐事件だから極秘の捜査本部《チョウバ》だった。毎晩真夜中まで動きまわって、へとへとになって署に戻ってきて報告会だ。そのあと寝るんだが、小町はこっそり抜けだして近所の公園だとか不審車輛を探して歩きまわった。結局、被疑者《マルヒ》は静岡県で自動車警邏隊《ジラタイ》の職務質問《ショクシツ》に引っかかって、女の子も無事保護された」

　森合は立ちあがり、大きく伸びをすると呻《うめ》きにも似た母音を漏らした。手を下ろし、首を左右に倒す。

「そして機捜に行ったとたん、今度の事案だ。あいつは引きが強い」

吉村の言葉が脳裏を過ぎる。

『デカの中には何もしなくてもでかい事件《ヤマ》の方から飛びこんでくる奴がいるんだ』

稲田も同じということだろうか。

腕時計に目をやった森合が眉を上げた。

「もうこんな時間かよ。年寄りにはつらいね。おれはとなりの応接のソファで寝る。お前さんも適当なところで切りあげて寝とけよ」

「はい」小沼は立ちあがった。「お疲れさまでした」

「おう」

片手を挙げ、森合は小会議室を出ていった。

4

現場近くの交番裏駐車場に捜査車輌を乗りいれ、小沼はエンジンを切った。先に吉村が降り、つづいた小沼はドアにロックをかけた。

交番に入りながら吉村が声をかけた。

「おはようございます」

机の前に立っていた安井がふり返った。

「おはよう」

「捜一の吉村といいますが、今日も裏に車を置かせてください」

「了解。ご苦労さま」

そういって顔を上げた安井が小沼に気づいた。

頭を下げた。

「おはようございます。先日はお世話になりました」

「あんた、機捜じゃなかったっけ？」

自分でいっておきながらふいに気づいたように安井がうなずいた。

「隠密捜査に駆りだされたわけか、なるほどね」つづけて二度、三度とうなずき、安井がにやりとした。「そりゃ、気張らんとな」

安井は吉村に顔を向けた。

「これから地取りかい？」

「ええ、まあ」

吉村が言葉を濁しても安井の表情は変わらなかった。

「戒名無しの捜査本部だもんな。隠密行動ってわけだ」

捜査本部に掲げられる看板には事件の名が大書される。被疑者が検挙され、成仏せえよという意味で戒名と呼ばれた。

隠密とくり返されても吉村は平然としていた。

安井が言葉を継ぐ。

「ホトケが見つかった状況は自殺だけど、死んだのが鈴原とわかれば何かあると思うのが刑事《デカ》の性だわな」

空き家となっていた元医院で発見された死体が弁護士の鈴原であることはすでに公表されていた。もっとも自殺という見方が強いとされたので今のところ新聞での扱いは小さく、テレビは取りあげてもいない。

「しのぶちゃんの事案が発生したとき、おれは深川でデカやってたんだ。だけど五十を過ぎるとさすがにしんどい。それで交番勤務を希望したんだ」

「そうだったんですか」

吉村はうなずいた。

交番に勤務する地域課員も機動捜査隊と同じく二十四時間の当務に就く。一方、刑事は午前八時半から午後五時半までの日勤で、一見すると刑事の方が楽そうだが、あくまでも表面上に過ぎない。

所轄署の規模や体制にもよるが、刑事には一週間に一度の割合で当直がまわってくる。当直明けが非番となるわけではなく、そのまま日勤に就かなくてはならない。定時に仕事が終わることは難しく、日々書類仕事に追われて、深夜に及ぶことも珍しくなかった。

さらに管内で重大事件が発生し、捜査本部でも立とうものなら犯人が検挙されないかぎり最初の一ヵ月は署に泊まり込みとなる。

その点、当務制ならば二十四時間勤務のあとは非番、労休とローテーションが決められており、よほどの大事件でもないかぎり日常が崩れることはない。

安井は顎のわきを掻きつつ、目を細めて吉村を見ていた。

「あの子の事案のときはとなりの所轄にいたし、やったのがガキばかりの三人組だったろ。マスコミも大騒ぎしたが、おれ自身も気にはしてたんだ。おれだけじゃなく、子を持つデカは皆やりきれない思いを抱いてたよ。いや、デカにかぎらんか。殺された娘の親もたまらんかったろうが、やった方の親もなぁ」

「内山医師のところへは結城しのぶも通っていたと聞きましたが」

吉村が口を開いた。

「おれが赴任してくる前の話だね。ここに来たのは四年前なんだ。その頃には内山先生もさすがに毎日の診察は無理だった。それでも火曜日から木曜日の午後は診察してたよ。偉いもんだといったら、張り合いがなくなると一気に歳《とし》をとるって。看護師も雇ってたけど、半分は先生の介護をやってたようなもんだった。火曜、水曜は先生は病院で寝てたからね」

「結城しのぶについて何か話をしたことはありましたか」

「ないよ。おれが来たときには事件から二年も経《た》ってたからな。もうすっかり忘れてたよ。あそこで死んでたのが鈴原だと知ってしのぶちゃん事件を思いだしたくらいのものさ」

「鈴原は八月二十四日に死亡したと推定されていますが、今のところ前後二十四時間の誤差を見ています」

「二十三、二十四、二十五日ね……」

宙に目をやった安井は制帽を持ちあげ、白いものが混じった髪に指を通して被りなおした。

「二十三日が勤務で二十四日が非番だったけど、とくに大きな騒ぎもなかったし、不審人物も車も見なかったと思うが……、どうせ交番の記録簿なんて全部調べあげてるんだろ?」

「ええ」吉村はあっさりうなずいた。「近所で内山医師について知ってる人はどれくらいいますか」

「病院がある路地の連中に入れ替わりはないからだいたいは先生の患者だったろう。入り口のマンションに住んでるのはここ最近来た奴らが多くて、内山先生の患者はいないと思う。それでもこの辺り一帯で古い一戸建てがあれば、一度や二度は先生の診察を受けてる可能性はあるね」

「犯人の三人組もこの界隈《かいわい》に住んでたんですよね」

「名前、何ていったっけな。一年半くらい前に交通事故で死んだのがいただろ」

「高瀬ですね」

「その両親はまだ住んでると思うが、あとの二人の家族は引っ越していった。あれだけの事件を起こしたんじゃいられないよ。まあ、被害者んとこよりはましだけどね」

「そうですね」

昨夜読んだ資料の中に結城家のその後について報じた新聞記事の切り抜きがあった。事件からちょうど一年後、父親が電車に飛びこんで自殺している。愛娘を失った心痛にくわえ、勤めていた会社が倒産、その後の就職もうまくいかなかったようだ。

「今日も暑くなりそうだ。こまめに水分補給してな」

安井の言葉に送りだされ、小沼と吉村は交番をあとにした。

未明に準強制わいせつ犯を逮捕した。小町にすれば偶然ではなく、狙っていた逮捕だ。三日前、初めて当務に就いたときに西新井薬師裏のアパートで自室に入ろうとした女性が見知らぬ男に抱きつかれるという事件があった。そのときは事件発生から通報まで一時間以上の空白があったが、今回は同様の手口ながら部屋に駆けこんだ女性がすぐに一一〇番通報し、小町と村川の組が数分で臨場できた。

もっとも逮捕を目論んでいたのは小町だけではない。前島、笠置の両班もとくに事件がないかぎり午前一時過ぎには管轄の北側を警邏していたのである。二日間は動きがなかった。

あるとすれば、今夜だと小町も村川も睨んでいた。

そして午前二時に指令が入った。事件が発生したのは三日前の現場から西に二百メートルくらいしか離れていなかった。小町たちにつづいて臨場した西新井署地域課の警察官に被害女性をまかせ、小町と村川はただちに周辺検索に移り、蒸し暑い夜だというのに黒っぽいパーカを着てフードを被って歩いている男を見つけ、職務質問したのである。

大当たり。

男は曖昧な言い逃れをしようとしたが、応援に駆けつけた自動車警邏隊員や交番の警察官に囲まれて観念した。西新井署刑事課の当直員が別件で出ていたため、小町と村川が取り調べまで行わなくてはならず、おかげで午前九時に笠置班と引き継ぎをしたあとに昨夜臨場した事案の報告書に加え、男の逮捕手続書、弁解録取書までも作らなくてはならなくなり、すべてを終えたときには午後二時を回っていた。

日本堤交番を裏口から出た小町は表口で立哨《りっしょう》についている制服警官と互いに目礼を交わし、土手通りを泪橋《なみだばし》に向かって歩きだした。ぶっ通し三十時間の勤務を終え、午後三時になろうというのに真夏を思わせる太陽がじりじり照りつけていたが、疲れはなく、強い陽射《ひざ》しも苦にはならなかった。

未明に逮捕したのは、事件現場から数百メートル離れたところに住んでいる四十二歳の独身男で三日前に西新井薬師裏での抱きつき事案も同一犯によるものだった。驚いたことに三日前、パトカーが周辺を検索しているのを自分の部屋から見ていたのである。

『だってパトカーが来たのは二時間近くもあとですよ。まさかおれを探しているとは思いませんよ』

嘘だった。その後、追及した結果、二日間は警察が怖くて我慢していたのだが昨夜、またふらふらと外へ出たのである。

『九月になったっていうのに蒸し暑くて眠れやしない。だから夕涼みがてら散歩しようと思ったんですよ。本当です。嘘じゃありません。信じてくださいよ。最初はそんなつもりは全然なかったんですから』

本当という言葉を差しはさむときほど人は嘘をついている。

まだ余罪がありそうだったので戻ってきた西新井署の刑事に引き継ぎ、取りあえず二件の準強制わいせつについては小町から書類をあげることになった。

泪橋交差点をまっすぐ抜け、常磐線の線路をまたぐ巨大な横断歩道橋を渡ると南千住の駅に着く。

小町は地下鉄の改札を通りぬけた。

ドロケイに始まり、ドロケイに終わるとしょっちゅういわれてきた。泥棒刑事の略で盗犯係を指すことはわかっていても最初に聞いたときにはちょっと驚いた。警視庁に百二ある警察署のすべてに刑事課があり、小規模署でも二十人の刑事が配属されているが、どこでも盗犯係が半分以上を占める。

刑事として最初に配属された大森署で小町は盗犯係を命じられている。相勤者であり、指導係となった森合も長年ドロケイを勤めていた。警察署には毎日百件を超える通報が寄せられるが、大半が窃盗関連である。駅前に置いてある自転車をちょっと拝借しても立派な刑法二百三十五条違反、窃盗罪になる。

嘘つきは泥棒の始まりといわれるが、小町の実感としてはあらゆる犯罪者の始まりが窃盗だ。窃盗も最初は万引きというケースが圧倒的に多い。一個数十円の消しゴム一個を万引きしても大した罪にはならないだろうという感覚があり、たとえ現場を押さえられても代金さえ払えば見逃してもらえたり、ときには居直って居丈高になる犯人もいる。小町も小学生から主婦、一部上場企業の重役、老人まで万引き犯として扱ってきた。

年金がなく、三日間何も食べていないという独居老人を逮捕したこともあった。取り調べでは、ゴミの集積所に行っては古新聞や段ボール、空き缶などを集めて売り、何とか暮らしていたが、昨今ではゴミすら管理が厳しくなってついにコンビニエンスストアで菓子パンを万引きするに至ったと泣かれた。

それ以来、ゴミの集積所を回って大量の空き缶を集めている老人を見ると日本という国が豊かなのかと思ってしまう。

『盗《と》ってくれと誘惑される気持ちがするんだよね』

一部上場企業の取締役で財布には何枚もの一万円札がありながらゴルフボールを万引きした男がのうのうと供述したこともあった。女では生理が近づくと自分でも訳がわからなくなってつい手を出してしまうというのもいたが、七十歳を過ぎており、生理があるとは思えなかった。

『ほら、感覚よ、感覚。あんたも女なんだから生理が近づくともやもやした感じになることがあるのがわかるでしょ。女は灰になるまでっていうけど、本当よねぇ』

ため息を吐いてみせたが、女は病的な常習犯で十を超える前科があった。女の供述が真実であるとすれば、ほぼ毎日生理が来ることになる。

泥棒はたいてい嘘をつく。少しでも罪を軽くするためであったり、さらさらと余罪を白状すると思ったらより大きな犯罪を隠すためだったり……。盗犯係をやっていると、人を見たら泥棒と思えという言葉が心底染みつくし、何でも疑ってかかるという刑事の資質はそうして養われるのだとも思う。

森合には厳しくも細かい指導を受けた。ある被疑者の取り調べをまかされたときのことだ。小町は報告した。

『三月十五日はそのスーパーには行ってません』

『三月十五日はそのスーパーに行ってないとあいつがいっている、だ』

何をいわれているか最初はわからなかった。やがて取調官が行っていないと報告書を挙げてしまえば、アリバイになってしまうのだと気づいた。供述を取ったら今度は裏付け捜査をしなくてはならない。

『供述が先、証拠は後付けだ』

森合はそういった。これも最初は意味がわからなかったが、先に証拠を被疑者にぶつけてしまうと証拠に合わせて供述するようになり、公判で否定されるケースがある。まず供述があり、裏付け捜査をして証拠をそろえ、供述を決して翻せないようにしなくてはならないのだ。

「来ちゃったか」

東武伊勢崎線西新井駅で降り、地上に出た小町はつぶやき、苦笑した。自宅は六本木にあったが、南千住駅で何となく足が二番線に向いてしまった。帰宅するのであれば、一番線から電車に乗らなくてはならない。

環状七号線を東に向かってぶらぶらと歩きだす。

窃盗犯は盗みをくり返す。警察としては犯人を検挙し、検事に送致したところで仕事は終わる。検事は立件し、裁判で判決がいい渡され、刑務所で服役する。出所してもまともな働き口はなく、ふたたび窃盗によって生活費を稼ぐようになる。つまり盗みは生活の糧《かて》を稼ぎだす仕事でもある。

殺人なら粗暴犯や病的な嗜好《しこう》でもないかぎり一生に一度ということが多い。量刑が重く、死刑もある。だが、窃盗は日常的にくり返さないかぎり生活が成り立たない。そのため余罪も多く、警察にとっては上客ともいえた。

やむにやまれぬという点で窃盗犯とわいせつ事犯は似ているのかも知れない。

そう思いながら小町は島根の交差点を左へ折れ、歩きつづけた。しばらく歩くと右手に交番が見えてくる。鈴原の死体が見つかった現場から徒歩二分にある交番だ。通りを横断し、交番の手前で路地に入った。さらに三日前に駐車したマンションの前を過ぎてL字型の狭い路地を進んだ。

幽霊屋敷と噂された元医院の門には黄色と黒のテープが張られ、立ち入り禁止の札が下がっていた。

小町は桑田宅を訪れた。引き戸が開けはなたれている玄関口で声をかけた。

「すみません」

「はい」

すぐに返事があり、玄関わきの戸口から桑田が顔を出した。小町を見て、目をぱちくりさせる。

「おや、今度は美人さんの方か」

「美人さんだなんて」小町は笑った。「照れるじゃないですか」

「自分でも認めてるのか」桑田が苦笑する。「昨日、あんたの相方が来たぜ。何でも十日前がどうとかいってたが、年寄りがそんな昔のことを覚えてるはずがないって勘弁してもらったんだ。あんたに訊かれても答えは変わらんな」

「捜査じゃないんです。近くまで来る用事があったものですからちょっと様子を見に来ただけで。いろいろ騒ぎがあって大変だったでしょう」

「まあね。ちょっとした退屈しのぎにはなったよ。それで用ってのは済んだのかい」

「は？　ええ、まあ、済みました」

「そんならちょっと上がっていきなよ。刑事ドラマの再放送を見てたんだが、もう何遍も見てるから犯人もわかってるし、犯人を落とすときの刑事の決めぜりふも知ってる。本物の方がよっぽど面白い話をしてくれるだろ」

「いやぁ、私は結構地味ですよ」

「さあ、上がったり上がったり」桑田は家の奥をふり返ると大声でいった。「おい、婆《ばあ》さん、お客さんだ」

「奥さんにご迷惑じゃないですかね、突然」

「心配は要らねえ。仏壇に向かっていっただけだ。婆さんは五年前に逝っちまいやがった。さんざ悪さしたからね、おれは。とんだところで意趣返しだ」

桑田に促され、小町は三和土でパンプスを脱いだ。

「それがこのクソ暑いのにパーカですよ。ごていねいにフードまで被って。あれじゃ警察じゃなくたって怪しいと思うじゃないですか」

小町は昨夜のわいせつ事犯逮捕の顛末《てんまつ》を語っていた。

六畳の居間には大型テレビと座卓、茶簞笥《ちゃだんす》が置かれていた。桑田はひとり暮らしだというが、掃除が行き届いている。

座卓の前に小町が座ると台所に立った桑田は茶碗《ちゃわん》二つと一升瓶を持ってきた。勤務は終わっている。一杯だけといって注いでもらった。一杯が二杯になり、三杯、四杯と茶碗を空けていった。考えてみれば、捜査状況報告書を書きながらコンビニエンスストアのおにぎりを一つ食べただけなのだ。空きっ腹に日本酒がしみわたった。

小町と桑田は座卓を挟んで向かいあっている。どちらもあぐらをかいていた。一升瓶はほとんど空になっている。

「パーカってのは何だい？」

「何ていえばいいんですかね。運動着にフード……、頭に被るあれがついたものですよ。

若い子なんかがよく着てる。でも、昨日だって熱帯夜ですよ。それなのに真っ黒なパーカを着て」

「真っ黒なパーカねぇ。そういえば、二月くらいだったかパーカってえのかい、そんなのを着た若い男がうちの前に来たっけな。ほら、うちの前は行き止まりだろ。こんなところで何してるんだと思って声かけたら道を間違えたって。朝早かったからね。おれには寒そうな格好に見えたなぁ」

「若い男って、見覚えのある顔でした?」

「おやぁ」桑田が片方の眉を上げた。「何だよ、姉さん。警察みたいな口利きやがって」

「私は警察です」

敬礼をしてみせたが、躰がぐらぐらしてまるで締まらなかった。

第三章　ＪＲ御徒町《おかちまち》刺殺事件

1

「えー、鈴原則子《のりこ》の話によりますと、息子の雄介《ゆうすけ》とともに一時帰国したのが八月十一日でありまして、翌十二日は群馬県嬬恋村《つまごいむら》にあります知人所有の別荘に行っております。何でも息子がすっかりアメリカでの暮らしに馴染《なじ》んでしまい、東京の蒸し暑さに耐えられなくなっていたからだそうです」

手帳を見ながら阿部がいうと、西新井署三階の小会議室でホワイトボードの前に車座となった刑事たちは一様に面白くなさそうな顔をする。則子は首吊り自殺したと見られている鈴原雄太郎の妻だ。

何年かアメリカに住んだだけで東京の蒸し暑さに耐えられない？——小沼は胸のうちで毒づいた——体質までアメリカ人になったのかよ。

午後十一時を回り、刑事たちの顔には一日中歩きまわった疲れが脂《あぶら》とともににじみ出ていた。

すでに吉村・小沼組の報告は済んでいた。L字型になった路地の入り口にあるマンシヨンをはじめ、周辺での聞き込みを行ったが、不審人物、車輛どころか、何ら手がかりになりそうな情報は得られなかった。

「別荘には十八日まで滞在していたそうです」

「鈴原……、亭主もずっといっしょだったのか」

森合が訊ね、阿部が首を振った。

「いえ、鈴原は仕事があるので東京に残ったそうで、十六、十七、十八日の三日間だけ合流したそうです。それで十八日に家族三人で東京に戻ったといっております」

小沼は会議室の壁に貼ってある一年カレンダーに目をやった。八月十六日は金曜日だ。鈴原は週末だけ妻子と嬬恋で過ごし、日曜日には東京に帰ってきている。

阿部がつづけた。

「十八日に東京に戻った則子と雄介ですが、二十日には成田空港からボストンに向かったといっておりました。雄太郎は南千住の自宅玄関で見送ったとのことで、生きている雄太郎を見たのはそれが最後になります」

「鈴原に何か変わったところは？」

「とくになかったといってますね。その日、鈴原は仕事があったらしく、妻と子供が出ていくときにはすでにワイシャツを着てネクタイを締めていたそうです。便は成田空港を午前十一時三十分に出るのですが、空港で土産を買う時間を見て午前八時に自宅を出たといっています」

小所帯の捜査本部では唯一の女性である中條が口を開いた。

「息子は帰国したんですか」

「昨日の夜、帰ってきた。当初は行方不明というだけだったんで則子だけが帰国したんだけど、さすがに死んだとなるとね。ただ遺体の状態があれだから息子には見せないと決めたみたいだ。それに葬儀も茶毘《だび》に付したあとにすると」

「そんな……」

中條が絶句する。阿部は手帳を閉じた。

母親としては無理もないかも知れない、と小沼は思った。元医院で突っ立っていた鈴原の遺体を見ている。腐敗が相当進んでいたこともあるが、顔面の損傷も激しく歯が剝きだしになっていたし、眼球も失われていた。

「逆単身赴任って感じですかね」

阿部とともに鈴原の妻に会ってきた芝野がいった。

「息子が留学した当初はインターネット上の無料テレビ電話サービスを利用していたらしいんですが、最近ではそれも滅多になかったそうで」

腕組みした森合が芝野に目を向ける。

「鈴原は自宅で仕事してたんだろ」

「離れているととくに話題なんかないそうですよ。向こうはサマータイムなんで時差は十三時間、アメリカで午前八時なら日本は午後九時ですから通話はだいたいそれくらいにしていたようですが、約束してあっても鈴原からメールが来て仕事の都合でキャンセルしたいといってきたことがたびたびあったそうです」

「メールは頻繁にやり取りしてたのか」

「そんなには……」芝野が首を振る。「ほとんど業務連絡みたいなものだったそうです。最後のメールは八月二十一日の昼、こっちは二十二日の未明になりますが、無事に向こうの家に着いたと妻から打ったそうです」

「返信は？」

「了解とだけ。時間帯からすると二十二日の午前八時頃に返信しています」

「テレビ電話にメールか。時代だね」森合はつぶやき、阿部に目をやった。「それで奥さんは鈴原の自殺について何といってる？」

「自殺の原因は思いあたらないといってました。健康面でも鈴原は少し血圧が高いくらいで、ほかに病気はないようです。二ヵ月に一度くらいの頻度で新橋にある内科医院に通っていたというので、そっちも裏を取りました。女房がいう通りです。ほかの病院に通っていたかはさらに調べてみないとわかりません」

「一応、精神科とか心療内科とかの通院歴がないかをあたってくれ」

森合の言葉に阿部がうなずく。

芝野が報告をつづけた。

「鈴原は二年前に自分の事務所を閉めてますが、仕事はそれなりにあったようです。南千住のマンションのローンはとっくに完済してますし、女房と子供がアメリカでごくふつうに暮らす分には困らない程度の収入はあったとのことです。借金はありません。それと鈴原が仕事で使っていた部屋も見せてもらったんですが、ずいぶんたくさんのファイルがありました。見せて欲しいと頼んでみましたけど、弁護士のファイルなんで顧問先の了解を得るのが難しいと断られました。見るんなら捜査差押許可状《ガサじょう》が要るでしょう」

鈴原に関しては今のところ自殺とされているため、裁判所が捜査差押許可状を出すのは難しいように思われた。

森合が小さくうなずいた。

「事務所の方もダメだったんだよな?」

「あっちはファイルは共同管理しているといってましたからね。それに鈴原が今どんな仕事をしていたかについても正式な照会がなければ答えられないといってます」

「厄介だな」

森合が顔をしかめ、頭を掻いた。

「則子なんですがね」阿部がふたたび口を開いた。「みょうに落ちついてるんですよ。平然としているって感じですね。亭主が首を吊ったんだったらもう少し取り乱してもよさそうなもんでしょう？」

「冷たい感じか」

「そうです。すっかり冷めてるって感じですね。まあ、私が女房と別れたときも終盤は似たような感じでしたがね。もし、あの頃に私が首吊っても女房は似たような顔してたのかなと思いました」

「うちもそうだったな」森合が苦笑する。「離婚ってのは相手を憎み合ってするもんじゃない。相手に関心がなくなるだけだ」

「日本とアメリカに分かれて住んでるから何とかもってる、ってるんですかね」

「案外そんなものかもな」

「鈴原は則子を受取人とする一億円の生命保険に入ってまして、自殺でもカバーされるようです。それと南千住のマンションが３ＬＤＫですから、売れば数千万にはなるでしょう」

「当面アメリカ暮らしにも困らないわけか」

　そのとき、森合のワイシャツのポケットで携帯電話が鳴りだした。取りだした森合が開いてつぶやく。

「ちょいと失礼」

立ちあがって耳にあてると窓の方へ歩いていった。

「はい……、そうだ。今は捜査本部にいる。え？　本当か」

声のトーンが変わり、小会議室の空気が張りつめた。電話を切った森合がふり返る。

「ヨシケツ、小沼君、これからすぐにJR御徒町に行ってくれ」

吉村の名前は潔《きよし》。ふだんはヨシケツと呼ばれているようだ。二人は立ちあがった。森合がつづける。

「繁華街で男が刺された。犯人は逃走、緊急配備がかけられた」わずかに間をおいて森合が告げた。「中野純平が刺された」

中野はしのぶちゃん事件の犯人の一人である。

小会議室を出ようとしたとき、森合の声が追いかけてきた。

「二人とも防刃ベスト着用、それとヨシケツ、拳銃携行を忘れるな」

吉村は森合をふり返り、ちらっと苦笑いを浮かべてうなずいた。

「へい、親分」

駐車場に出て割りあてられた車のところまで来ると吉村がいった。

「後ろを開けてくれ」

「はい」

　小沼はドアロックを外すと運転席を開け、トランクオープナーを引っぱりあげて後方に回った。

「ほれ、防刃ベスト」

「すみません」

　二人はその場で上着を脱ぎ、防刃ベストを着用するとバンドをきっちり締めた。小沼はふたたび上着を羽織ったが、吉村は上着を腕に引っかけたまま、トランクから防刃手袋を取りだした。

「一応、こいつも持っとくか」

「そうですね」

　吉村が差しだした分厚い手袋を受けとった。

「お前、腕章は？」

「機捜のがあります」

「了解」

　吉村は助手席に向かい、小沼は持参したバッグから臙脂《えんじ》色の地に機捜と黄色の糸で刺《し》繡《しゅう》された腕章を取りだした。バッグを放りこんでトランクを閉め、運転席に回る。乗りこんでドアを閉めたとき、吉村はダッシュボードに作り付けになっている保管庫のキーを押していた。シートベルトを引きだしながら見ていると吉村は保管庫を開け、中からショルダーホルスターと拳銃を取りだす。

「いつもそこに入れてるんですか」

サイドブレーキが引いてあるのを確かめ、クラッチを踏んでイグニッションキーを回す。エンジンがかかった。

「ああ」ふたたび窮屈そうに背中をかがめた吉村がショルダーホルスターを装着する。「いつでも、どんな事案でも拳銃《チャカ》ぶら下げて臨場するのがデカだってのがモア長の方針でね。毎日だし、捜査本部に駆りだされたときは一ヵ月も着けっぱなしだぜ」

ごそごそと上着を着た吉村がシートベルトを留めるのを見て、車をゆっくりと出した。

「こんなところに放りこみっぱなしってのは規則違反だが、同じようなことをやってる奴は結構多いんだ」

「わかります」

小沼の相勤者辰見が肩こりを理由に捜査車輌の保管庫に拳銃を放りこんだままにしていることが多かった。

駐車場を出て左折する。

「尾竹橋通りを行きます」

「まかせる。ここらはお前の管轄だ」

吉村は捜一と刺繍された腕章を着けた。上部に黄色いラインが一本入っている。小沼の腕章にラインはない。上部に一本で巡査部長、上下に入ると警部補を表した。小沼をふり返った吉村がにやりとした。

「いずれお前にもこの腕章を巻いてもらわないとな」

「あ……、いえ」小沼は頰が火照るのを感じた。「赤色灯とサイレンをお願いします」

「ほい来た。派手に行こう」

センターコンソールに手を伸ばした吉村が並んでいるスイッチをはねあげた。すぐにサイレンが鳴りだし、天井辺りでごとごと音がして赤色灯が回転し始める。

助手席にもたれ、窓の枠に肘《ひじ》を載せた吉村が前方を顎で指した。

「最大戦速で行こう」

もちろん最大戦速など警察用語にはない。

尾竹橋通りを突っ走り、千住警察署入り口の交差点で国道四号線に入って、さらに南下した。サイレンを吹鳴し、赤色灯を回しているとはいえ、時おり時速百キロを超えた。道路交通法違反である。

助手席で左右に視線を飛ばす吉村が尋常ではなく急がせるためだ。元白バイに乗っていただけに道路状況の判断は素早く、加速、減速の指示は的確だ。なぜ異様に急がせるのか、訊く間もなく下谷《したや》、上野を過ぎ、JR御徒町駅付近までやって来た。走行中、ひっきりなしに交信が行き交い、無線機のスピーカーからは緊迫した声が流れた。被疑者は現場付近に潜伏中でいまだ確保にいたっていないことはわかった。

現場はどこかなどと訊ねる必要はなかった。そこら中にパトカー、無印の警察車輛、救急車などが停められ、赤色灯を回しっぱなしにしている。

「これだけ集まってるのを見るのは久しぶりだ」

吉村がセンターコンソールに手を伸ばし、サイレンのスイッチを切る。赤く光る誘導灯を手にした制服警官の指示に従ってゆっくりと捜査車輛を右折させた小沼はミニパトカーの後方に停めた。北口改札口に通じるガード下には四、五台停まっている。

シートベルトを外した吉村が車を飛びだし、小沼もつづいた。近隣の警察署だけでなく、動員できる警察官はすべて呼集されているのだろう。二人は制服警官を掻きわけるようにして進んだ。やがて前方に黄色と黒のテープによる規制線が見えてきた。

くぐり抜け、さらに人垣の方へ進もうとしたときに声をかけられた。

「小沼君」

足を止め、ふり返った。吉村も立ちどまっている。

近づいてきたのは稲田だ。腫《は》れぼったい顔で化粧をしていない。左腕には二本ライン入りの機捜腕章を着けている。

「ご苦労さま。どうしたの？　捜査本部じゃないの？」

「森合部長に臨場するよういわれてきたんです」

吉村がかたわらに立ったので紹介した。

「自分の上司、稲田班長です。こちらは捜査一課の吉村部長。初任地三鷹でお世話になった先輩です」

互いに目礼したあと、吉村がつぶやいた。

「なるほど小町だ」

「どうも」稲田は素っ気なくうなずき、吉村と小沼を交互に見た。「すでに被害者《ガイシャ》は病院に搬送された」

「どんな状態です？」

吉村が訊いた。稲田の眉が曇る。

「たぶんダメね。真っ先にこの先の交番から駆けつけたんだけど、その時点ですでに心肺停止だった」

稲田が簡潔に説明する。

被害者――中野純平は男の友達二人と繁華街を歩いていたときに背後から襲われた。被害者とともにいた二人の男によると被疑者は若い男で身長百八十センチ前後、やせ形で黒のＴシャツ、ジーパン姿でスニーカーを履いていたという。髪は短く刈っていて、サングラス、メガネはかけていない。

小沼は規制線の外側に集まっている野次馬たちに目をやった。男たちだけを見れば、ほとんどが黒のTシャツを着ている。吉村がふたたび訊いた。

「凶器は？」

「刃渡り二十センチから三十センチのサバイバルナイフのようなもの」

「通り魔ですか」

「わからない。でも、少なくとも喧嘩《けんか》ではなさそう。二人のうち、一人が手に怪我をしたけど、被疑者がナイフを振りまわしたときに当たったって感じね」

「クソッ」吉村が顔をしかめる。「そっちの怪我はひどいんですか」

吉村の苦々しげな表情が小沼の目を引いたが、稲田は気にする様子もなく答えた。

「手のひらをざっくりやられた。でも、命に関わるほどじゃない。止血処理をして、こっちもすでに救急車で運ばれてる」

小沼は稲田が酒の匂《にお》いをさせているのに気がついた。今日は非番、明日は労休だから酒を飲むのは問題ないが、臨場してきたことに驚いた。

「班長は、どうしてここへ？」

「緊急配備がかかったでしょ。携帯に連絡があったんだ」

臨場するのが当然といった口振りだ。稲田は言葉を継いだ。

「すでに笠置班からは二組が臨場して周辺の検索にあたってる。周辺からもどんどん応援が来ている」

招集され、周辺の警戒にあたっている警察官の人数を見れば、十を超える警察署から動員されているのがわかった。機動捜査隊、自動車警邏隊も集められているだろう。

五年前の春先、茨城県土浦《つちうら》市でサバイバルナイフと出刃包丁を持った男がＪＲ駅で通行人と警察官、計八名を次々に刺し、そのうち一名が死亡するという通り魔事件が起こっている。犯人は凶行の数日前にも男性一人を刺殺しており、指名手配がかかっていた。事件はＪＲ駅構内で起こり、逃走した犯人が警察官がいない交番に飛びこみ、自ら電話して所在を知らせ、逮捕されるという結末を迎えた。

指名手配された被疑者を逮捕できず、みすみす連続殺傷事件を起こさせてしまった上、被疑者からの電話によって身柄を確保したことによって警察の面子《メンツ》は丸つぶれ、世論の大批判にさらされた。二度と同じ失態をくり返すわけにはいかない。

午前一時を回ろうとしているのに周辺には歩行者が多く、現場周辺には野次馬が集まっている。そうした中で人一人を殺した犯人はなおもナイフを抱えて身を潜めているのだ。

吉村が小沼の腕を引いた。

「おれたちは車で検索に回ろう」

「はい」

一礼して稲田から離れ、車に戻ると現場を大きく囲むように回りはじめた。繁華街の間にも車を入れて検索をつづけた。

三十分もしないうちに無線が告げた。

〝御徒町で発生した刺殺事件にあっては被疑者と思われる者を一名確保。被疑者は結城《ゆうき》直也《なおや》、二十二歳……〟

無線を聞いたとたん、吉村は罵《ののし》り、ダッシュボードに拳《こぶし》を叩きつけた。小沼は取りあえず車を路肩に寄せて停めた。

「先輩、今、結城といいましたが……」

「そうだ」吉村は凄まじい形相で前を睨んだまま、声を圧《お》しだした。「直也は結城しのぶの兄だ」

2

「それじゃ」

管理官の佐々木が缶ビールを持ちあげた。西新井警察署小会議室の窓際に置かれた簡素な応接セットを囲んだ全員が缶ビールを手にする。

「いろいろあったけど、取りあえず本日も一日ご苦労さん」

「お疲れさまです」

皆が唱和し、缶ビールを掲げる。小沼は咽の奥に冷たいビールを放りこむ。泡の刺激が渇いた咽に心地よく、なかなか手を下ろせない。ようやく口から離したときには中味は半分以下になっていた。

佐々木と森合が黒いビニール張りのソファに並んで座り、テーブルを挟んで向かい側には阿部と中條が並んでいる。小沼は自分の席から椅子を持ってきて中條のわきに腰を下ろし、吉村と芝野は手近な椅子を引きよせていた。

一日の仕事が終わり、全員が顔をそろえて缶ビールで乾杯しているというのに誰もが沈んだ表情をしていた。

結城直也はビルの隙間《すきま》でうずくまっているところを検索にあたっていた警察官に発見された。ビルの隙間は人ひとりが肩をすぼめてようやく通りぬけられる程度しかなかったという。血の付いたナイフは持っていたが、警察官の命令に従って足元に捨て、こちらへ来いといわれて素直に従い、身柄を確保されたようだ。

結城を確保したという連絡が無線機から流れた直後、森合から吉村の携帯電話に連絡が来て、西新井署に戻るようにいわれた。小会議室にはほかの四人が残っていただけでなく、本庁から駆けつけたばかりだという佐々木も顔をそろえていた。ビールは警察署の食堂にある大型冷蔵庫で冷やしてあったものだが、佐々木が森合に金を渡し、買っておくようにといってあったらしい。テーブルには新聞が敷かれ、小袋に入ったつまみが盛りあげられている。

佐々木はスナックの小袋をつまみ上げ、やぶいて柿の種を取りだすと口に放りこんだ。音をたてて噛《か》み、ビールで流しこむ。それから森合に目を向けた。

「中條君と小沼君は事情をまったく知らない。もう話しておいてもいいだろう。これから我々は難しい局面を迎えなくちゃならないんだからさ」

「そうですね」うなずいた森合が顔を上げ、中條、小沼と見た。「二人ともある程度事情を察しているとは思うが、改めて話をしよう。六年前、当時小学六年生だった結城しのぶが殺された。強姦《マルカン》だった」

小沼と中條がうなずく。

森合が話をつづけた。

「犯人は小茂田聖、中野純平、高瀬亜輝羅。事件当時三人はいずれも中学一年だった。一方、結城しのぶには四歳上の兄、直也がいた。今夜、中野純平を刺して身柄を確保された結城直也がしのぶの兄だ」

静まりかえっている小会議室では、森合が言葉を切ると佐々木が噛みつぶす柿の種の音だけが響いた。

森合はビールを飲みほし、缶をテーブルに置いた。ソファの背に躰をあずける。

「実は我々……、特捜二係は一年半前から結城しのぶの事件に関わっている」

小沼の脳裏をダンプに轢かれる自転車の映像が過ぎった。荻窪署交通課からの相談がきっかけだったといった吉村の言葉を思いだす。

森合は小沼をちらりと見て、小さくうなずき、つづけた。

「一年半前、結城しのぶちゃん事案の犯人の一人、高瀬亜輝羅が死んだ。交通事故だ。自転車で歩道を走っていて転び、車道に倒れこんだところを後続していたダンプに轢かれた。車輪に巻きこまれて即死だが、運転手は一切止まらずに逃げた。逮捕されたときには気づかなかったといい張ったが、衝撃は感じていたはずだ。実際、交通課の捜査員が落としたときにはバックミラーで見たといっていた。怖くなって逃げたんだ」

両手を太腿《ふともも》になすりつけた森合が佐々木に目を向ける。うなずいた佐々木が中條に頬笑みかけた。

「西新井署が施設内全面禁煙なのはわかってるけど、モア長に落ちついて話をさせたいんだ。ちょっと目をつぶっててくれるかな」

「はい。こうすればいいんですね」

中條はメガネの上から両手で目元を隠し、全員が低く笑った。

「すまんね」

そういうと森合は背広のサイドポケットからハイライトのパッケージと百円ライターを取りだし、一本をくわえると火を点けた。深々と吸いこみ、天井に向けて大量の煙を噴きあげる。

「高瀬の死亡轢き逃げ事故を扱ったのは荻窪PSなんだが、そこの交通課事故係に警察学校同期がいてね」

なるほどと小沼は思った。警察学校の同期というつながりは、職掌範囲や部署を超え、相談を持ちかけられるほど強くて深い。

「そいつから話を聞いたんだ。どうしても気になることがあるってね」

森合はタバコを吸った。

「何だったんですか」

中條が身を乗りだして訊ねる。どうやらビデオを見てはいないようだ。

「ちょうど事故の瞬間をとらえた防犯ビデオの映像があったんだ。それだと高瀬の自転車がよろける寸前、黒い影が駆けよったように見えるんだな。科学捜査研究所《かそうけん》が総力をあげて解析に取り組んだが、はっきり人影だと断定することはできなかった。現場は住宅街でね、そばにはファミレスが一軒あるだけで、そこの防犯カメラだったんだがね」

森合はふたたびタバコを吸い、目の前に置いた空き缶に灰を落とした。背広の前に落ちた灰を払う。

「知っての通り我々特捜二係は継続捜査が専門だ。高瀬の事故について再捜査し、それから結城しのぶちゃん事案に関しても洗い直しを始めた。高瀬がからんだ大きな事件だから、どうしたって怨恨《えんこん》の線が考えられるわけだ」

　森合が顔をしかめる。

「だが、この高瀬って奴はろくな野郎じゃなくて、しのぶちゃん事案で放りこまれた施設から出たあとも学校には行かず、定職にも就かなかった。事故で死んだ日に乗っていた自転車も実は最寄りの駅前で盗んだものだったんだ。逮捕されるには至らなかったが、暴力沙汰《ざた》を何度か起こしている。あんた、少年係だから高瀬みたいな奴がどんなもんか想像がつくだろう？」

「中味が幼児のままで躰だけ大きくなったたって輩《やから》は何人も見てきました。ちょっとしたきっかけがあれば更生できる者もいますが、大半はダメです。ネグレクト状態だなと感じることも多々あります」

　ネグレクトは通常幼児や老人に対する保護の放棄という意味で使われることが多いが、対象が自分自身となる場合もあった。健康や身なりを気にかけず、部屋の掃除もしなくなり、将来のことなどまるで考えなくなる。

　自分を見捨てた人間ほど厄介なものはない。

「高瀬も似たようなもんだ。だからしのぶちゃん事案だけが怨恨の線とはいえなかった。

ほじくったらいろいろ出てきやがる。ところが、ここへ来て鈴原が遺体で見つかった」

「つながりができましたね」

中條の言葉に森合がうなずいた。

「それで我々が乗りこんできたというわけだ。しのぶちゃん事案が起こったのもここの管轄だったしね」

森合が中條を見たが、彼女は小さく首を振った。

「私が来る前の事件ですから直接担当はしませんでした」

「それはわかってるんだ」森合が小沼に目を向けた。「実は鈴原の着衣……、上着の背中の部分に鈴原のものではない汗が付着していることがわかった」

背中？――小沼は目を見開いた。

森合がうなずく。

「そう。地蔵担ぎといったのはお前さんだったよな」

「はあ」

スナックの小袋を握りつぶした佐々木が躰を起こした。

「我々としては高瀬の事故、鈴原の自殺とつづいた時点で結城直也に目をつけていた。鈴原は身長百五十八センチ、一方、結城は百八十二センチある。地蔵担ぎをするには二人の間に体格差が必要なんだ。背負ってぶら下げるんだからね。それと鈴原の遺体が発見された現場からは鈴原の尿と思われる痕跡も出ている。ちょうど鈴原の足がついていたところだから位置的には首を吊ったあと失禁したともいえるが、それでは誰が小便を拭いたかということだ」

佐々木は小沼、そして吉村を見た。

「君たち二人は明日から上野署に行ってくれ。刑事課に話はついている。結城直也の取り調べを見ておいてくれ」

「はい」

小沼と吉村は背筋を伸ばし、うなずいた。

ガラスの向こうの取調室はコンクリート打ちっ放しで三畳ほどの広さがあり、中央にスチール製のグレーの机が置かれている。小沼から見て机の右に結城直也、左に取り調べを担当する中年の刑事がそれぞれ折りたたみ椅子に座っていた。結城の後ろにある窓には曇りガラスが入れられ、鉄格子がはまっていた。刑事の後方は出入り口でわきに机が置かれ、別の若い刑事が座っていた。入り口付近の刑事は椅子を横向きにして、結城に躰を向け、机の上にはノートパソコンが広げられていたが、ディスプレイにはスクリーンセーバーがかかっていた。

結城の髪は黒く、短く刈りこんであった。取調室に隣接する小部屋に通され、マジックミラーがはまった窓越しに結城を見たとき、小沼は意外に思った。百八十センチを超える長身だとは聞いていたが、肩幅が広く、胸板が厚かった。妹を殺された男ということで知らず知らずのうちに青白い顔をした貧弱な男を想像していたのだ。

結城は顔の左側を小沼に向けていたのでがっしりとした顎の左側が腫れ、中央が暗紫色になっているのがよくわかった。唇の端、きりっと持ちあがった太い右眉の端に絆創膏《ばんそうこう》が貼ってあった。そのほか顔面には細かい傷があり、小豆色のかさぶたができている。黒いTシャツは確保されたときのままのようだ。白い埃が付着し、剝きだしになった腕にもあざや擦り傷が見られた。

半ば無意識のうちに巡らせていた想像のうち、色白という点は合致していた。青白いというよりもう少し健康的な感じではあったが、ほとんど日焼けしていない。それだけにあざや傷が目立った。

警官の指示に素直に従い、ナイフを捨て、自ら近づいてきて確保されたのではなかったか。それにしては傷が多いようだが、ひょっとしたら顔や腕の傷は取り押さえられたあと、警官と揉み合っているうちにできたものかも知れない。押さえつけた結城を複数の警官がよってたかって殴り、蹴ったともいえる。

無理もないと小沼は思う。警官たちは大型のナイフを持った男を捜してビルの狭間《はざま》や飲食店の裏側、ゴミの集積場をのぞいて回ったのである。防刃ベストを着用しているとはいっても腋《わき》の下や太腿を突かれれば、ひとたまりもない。大量のアドレナリンと、ともに検索にあたっている同僚警官たちの姿が恐怖を抑えつけていただろう。

被疑者確保、凶器も押収となれば、今まで抑えつけていた恐怖が一気に表面化し、暴力となって爆発する。結城が袋叩きにされたことは容易に想像できたし、自分も同じ場所にいたら殴りつけていたと思う。

マジックミラーをはめた窓の下には長机が置かれ、ノートパソコンやスピーカーが載せてある。刑事が二人、座っており、小沼と吉村はその後ろに立って取調室をのぞいていた。

「まず最初にいっておくが、君には訊かれたことに答えなくてもいい権利……、黙秘権が認められている。また、この部屋で話したことは後日裁判で君にとって不利な証拠として採用される可能性がある」

中年の刑事の声がスピーカーを通して流れた。

結城は顔を上げずにうなずいた。

「わかったかね」

「わかりました」

刑事がつづけた。

「一応、形式だから確認させてもらうけど、名前は？」

「結城直也です」

「生年月日は？」

「平成三年八月二十一日」

「自宅は？」

「東京都足立区梅田《うめだ》……」

結城の身元は確保したあと、所持していた財布の中にあった運転免許証、健康保険証などですでに確認されている。

「勤務先は？」

「北千住にあるんですが、コスモケアセンターというところです」

「仕事の内容は？」

「お年寄りの介護施設なんですが、ぼくは一年半前から介護士としてそこで働かせてもらってます」

「さて、自宅の住所からするとアパートかマンションのようだが、いっしょに暮らしている人は？」

「いません。ひとり暮らしです」

「家族は？」

中年刑事が無造作に発したひと言に小沼ははっとしたが、結城の表情は変わらなかった。

「父と妹は死んじゃいました。母は大阪の方にいます。しばらく連絡していないので今何をしているのかはわかりません」

いつの間にか若い方の刑事は机に向かい、ノートパソコンのキーを叩いている。指が凄まじい速さで動いた。

「すごいもんだ。おれじゃ、とてもあんな風には打てない」

となりで吉村がつぶやいた。

中年の刑事は結城の顔をわずかの間眺めていた。唇をちらりと嘗《な》め、意を決したように切りだす。

「自分が何をしたか、わかってるか」

「中野を刺しました」

「中野……、知っている奴なのか」

「中野純平です。六年前に妹を殺した奴です」

「なぜ刺した？」

「殺そうと思って。でも、一回しか刺せなかった。あいつがすぐに倒れたんで。刺した感じがしなかったんで、もしかしたら刺せなかったかも知れない。もう一回刺そうとしたんだけど、ダメでした」

ナイフは中野の右の腎臓《じんぞう》を貫いており、ショック状態を引きおこしていた。中野はほぼ即死している。

　鋭利な刃物で人体を突き刺したときにはまるで抵抗を感じないことがあるという。殺人犯が被害者に対して何度もナイフや出刃包丁を突きたてるのは、確実に殺そうという意図や相手に対する憎悪や恐怖もあるが、あまりに手応えがなく、刺さっていないと思ってしまう場合もあった。手応えがないだけでなく、音もしない。テレビドラマで人を突いたり、斬《き》ったりしたときに聞こえるのは演出上あとで付けられた効果音に過ぎない。

「どうして？」

「あいつの連れが邪魔したんで。だからナイフを振りまわして逃げました」

　中年刑事は中野が即死したことは告げなかった。最初の取り調べでは被疑者に比較的自由に喋らせる。供述がいくらでたらめだと思えても口を挟まず辛抱強く耳を傾ける。質問するにしても特定の方向に誘導するような内容は避けた。公判が維持できなくなる恐れがあるからだ。

　もっとも被疑者が素直に取り調べに応じなかったり、内容の辻褄《つじつま》が合わなければ、さまざまな手法を使って落としにかかる。被疑者取り調べは無理に喋らせるのではなく、自ら語らせるのが基本で、それゆえ口を割らせるではなく落とすと称する。

　それでも大半の被疑者たちは罪から逃れようとするし、逃れられないとなれば、少しでも罪を軽くしようとして、平気で嘘をつき、一切喋らないこともある。刑事は被疑者の表情、話しぶり、仕草を観察しながら嘘を見破り、自ら進んで語らせるように仕向けていく。

その点、結城は素直に自分の罪を認めているように小沼には見えた。

「連れはどうなった？」

「わかりません」結城は首を振った。「振りまわしただけなんで。手応えとかなかったし」

出合い頭か、と小沼は胸のうちでつぶやいた。中野といっしょに歩いていた男のうち一人が手のひらを切られているが、動きまわる人の手をナイフで斬りつけるのは練達の者でも難しい。

「確実に殺したかったのに……」

結城は目を伏せ、まったく表情もなくぼそぼそといった。

「どうして殺したかった？」

「妹の仇《かたき》を討ちたかった。ずっとそればかり考えてました」

「刺した相手が中野純平であることはわかっていたのか」

「はい。昨日は土曜日だからあいつが行く店はわかってましたから」

スピーカーから流れる声に吉村が小さく首を振り、つぶやいた。

「おいおい、行動確認《こうかく》でもやってんのかよ」

警察は特定の被疑者を監視し、立ち回り先や一週間の行動を把握する。ときには二十四時間体制で監視することもあった。だが、今の場合はストーキングの方が適切だろうと小沼は思った。

結城は淡々と話しつづけていた。

「御徒町にあるガールズバーに毎週金曜日と土曜日、ルナって子が出てるんですけど、中野はその子が好きなんです。でも、金曜はバイトがあるから土曜しか行けなくて。いつも十時か、十一時頃までいて出てくるんです。昨日も同じところで見つけました」

「いつ頃から中野を張って……、見張ってたんだ?」

結城が首をかしげた。取調室で初めて見せた動きだ。

「一年くらいかな。昔の友達から中野が金曜日に居酒屋でバイトしてるって聞いて。でも、あいつは働きたいわけじゃなくて先輩がやってる居酒屋なんで頼まれて仕方なく行ってるって。金曜日はバイトが終わったあと、遅くまで店の中にいるし、店の人たちとかと飲みに行くことも多いんで」

「居酒屋をやってる先輩か」

「先輩って、どの人かわからないんで」

中年刑事による取り調べはつづいた。

結城は訊かれたことには素直に答えていた。中野とは同じ小学校に通っていて、妹の同級生であり、当時は自宅も近所だったので顔は知っていたという。共通の知り合いも多く、金曜日にアルバイトをしていることを教えたのもそのうちの一人だった。

「さて」中年刑事が腕時計を見た。「そろそろ昼だ。昼飯を食って、休憩したあと、また話を聞かせてもらう」

「はい」結城が顔を上げた。「一つ、いいですか」

「何だ？」

「ぼく、人を殺したのは中野で三人目なんですけど、死刑になりますか」

取調室にいる二人、となりの小部屋にいる四人、計六人の刑事が息を嚥《の》んだ。

「死刑……」結城がふたたびうつむく。「ですよね、やっぱり」

ダンプに轢かれた高瀬、元医院で首を吊った鈴原につづいて三人目ということか――

小沼は結城を凝視したまま、胸のうちでつぶやいていた。

3

結城の取り調べが中断したところで小沼は吉村とともに西新井警察署の小会議室に戻り、森合に報告することにした。取り調べの最後で中年刑事が中野以外の殺人について被害者を確認すると、結城ははっきりと高瀬、鈴原の名を挙げた。

報告を聞き終えた森合は机を前にして腕組みし、しばらく宙を睨んでいた。吉村と小沼は森合のそばに立ち、ほかの捜査員たちも自分の席についたまま、三人に目を向けている。

やがて森合は宙を見据えたまま、低い声でいった。

「思いがけない展開だな」

「われわれも驚かされました」

吉村の言葉に森合はうなずき、目を向けた。

「お前たちは午後も引きつづき結城直也の取り調べに付き合ってくれ。その間、こっちは引っ越しの準備にかかる」

引っ越し？――訳がわからず小沼は森合と吉村の顔を見た。

森合が言葉を継ぐ。

「これからは結城の自供の裏付け捜査になる。身柄《ガラ》を押さえているのは上野PSだけど、鈴原の事案は西新井だし、高瀬の件は荻窪が担当してきた。三人殺されてる上に所轄がばらばらだ。被疑者《マルヒ》は一人だから合同で捜査本部《チョウバ》を立てることになる。ガラを押さえているることと連絡なんかの利便性を考えれば、上野に立てるのが妥当だろう。そしておれたちが基立《もとだ》ちになる」

基立ちは捜査本部の中核となって捜査方針を決める部署である。佐々木管理官の下、森合たちは高瀬の事故、鈴原の自殺について事件の見直しを行ってきた。三件をとりまとめるとすれば、森合たち以外にない。

「小沼君にはもう少し我々に付き合ってもらうことになりそうだ。うちから機捜への正式連絡はあとで行くと思うが、小町にはおれからも電話しておくよ」

「わかりました」

小沼はうなずいた。

「課長事案になりますかね」

吉村の言葉に森合が大きな顎を撫《な》でた。

「その辺が妥当だろう。すでに被疑者は確保されているとはいえ、所轄をまたぐことになれば、捜査一課《そういち》の仕切りにするしかない」

これまでは内密に捜査を進めてきたが、今後は合同捜査本部を立ちあげて、より大規模で広範な捜査が行われることになる。

捜査本部は事件の内容、社会的影響の大きさによって誰が本部長となるかが決められる。中野の刺殺事件だけなら上野警察署長が指揮する、いわゆる署長案件の捜査本部になったろうが、今回はすでに結城が逮捕されており、しかも自供によって三つの所轄署にまたがるだけに合同捜査本部設置は必至で、そうなると捜査一課長指揮となる。

すでに被疑者が逮捕されていることからすれば、緊急性はそれほど高くないともいえるが、過去にさかのぼり、三件の殺人のほかにしのぶちゃん事案までからんでくるだけに実質的な指揮官となる佐々木には大きな負担がかかることが予想された。

西新井署を出て、途中で食事を済ませると小沼と吉村はふたたび上野署に戻り、取調室のわきにある小部屋に入った。午後は引きつづき中野刺殺について取り調べることになったが、容疑は傷害致死から殺人に切り替えられている。

被疑者を逮捕してから四十八時間以内に検察庁に書類送検しなくてはならない。まずは中野殺しについて上野署刑事課が送致することになる。検察庁に送致された段階で十日間の勾留《こうりゅう》が決定し、その間に合同捜査本部が中野の事案もふくめ、あとの高瀬、鈴原の事案について裏付け捜査を行うのだ。

夕方、結城の身柄はいったん検察庁に送られ、その後、ふたたび上野署に戻された。今後は検察官と合同捜査本部による取り調べが上野署で行われることになる。

結城が検察庁に送致されている間に上野署に合同捜査本部設置が決定、翌朝には発足することとなり、準備が始まった。本部は上野署中講堂に置かれ、小沼はほかの特捜二係メンバーとともに西新井署と上野署を数度にわたって往復し、捜査資料やパソコン類を運んだ。その間、森合と中條はどこかに出かけていたが、小沼にはどこで何をしているのかは知らされなかった。

中講堂には正面にひな壇、長机を寄せた島が四つ作られた。ひな壇は捜査会議のときに指揮官たちが座り、背後にはスクリーンが降りてきて必要な捜査資料が映しだされるようになっている。ひな壇から見て右側の島は通称デスクといい、基立ちが座る。各捜査班から集まる報告書をまとめ、幹部が集まって捜査方針を立てるほか、指揮官のスタッフとなって動く部署になる。

デスクのとなりには鈴原担当の島が置かれた。本来であれば、発生したばかりの中野事案担当が置かれそうなものだが、最前まで森合たちが鈴原事案を追っていたこと、中野事案は上野署刑事課が中心となって捜査を行うことなどから配置された。鈴原事案の島の後方が中野事案担当の席となる。

デスクの後ろが高瀬事案担当となり、ここには荻窪署の刑事課と交通課の捜査員が座ることになる。事故から一年半が経過しており、すでに徹底的な捜査が行われているため、新たな証拠を見つけるのは難しくなりそうだ。

それぞれの島のわきにホワイトボードが二面ずつ配置され、現場見取り図や被害者の写真などが貼られている。デスクのわきには三面のホワイトボードが並べられ、捜査方針が書き出されるほか、結城しのぶ事件の資料が貼られている。西新井署の小会議室にあったものと同じだ。小沼たちが運びこんだ資料はホワイトボードわきのスチール棚に並べられた。

電話機の設置やパソコンの電源、通信用ケーブルの敷設と上野署の警務課、刑事課は大わらわとなり、同時に機器類のテストがくり返されていた。

一通りの準備が整ったときには午後九時をまわっていた。その頃、管理官の佐々木がやって来て、少し前に森合と中條が戻っていた。

佐々木は六人の刑事を自分の周りに集めた。

「今日も一日、ご苦労さま。昨日までは事件解決に大いなる困難が予想されていたが、昨夜から今日にかけて急展開した。被疑者が確保されたとはいえ、事件の全容を解明するまでにはまだまだ幾多の困難が予想される。我々は捜査本部の基立ちとして本三件に全力を傾注し、すべての事実関係を明らかにしていかなくてはならない」

佐々木は六人を見まわした。

「しかし、君たちであれば、必ずやすべてを解決してくれるものと期待している。明日からは当面二十四時間体制で捜査に取り組んでもらうことになると思う。本日はこれで解散とする。各人におかれては明日以降のための準備と、たった一晩ではあるけれど、躰を休めてもらいたい」

佐々木は森合に目を向けた。森合がうなずき、周囲を見まわす。

「今の時点で何か質問のある者は？」

全員が首を振った。森合が佐々木に向きなおる。

「それでは、本日はこれで解散とします」

「お疲れ」

六人はそろって佐々木に一礼した。


当務日の朝、小町はほかの班員より早く出勤し、分駐所の隅にある応接セットでテレビを見ていた。

「一昨日夜遅く、ＪＲ御徒町駅付近で起こった死傷事件について警視庁は……」

リモコンを取りあげ、わずかにボリュームを上げる。前日当務に就いていた前島班は全員分駐所に戻っていた。リモコンを置き、画面に目を向けた。

眉間《みけん》に浅く皺《しわ》を刻んだ女性アナウンサーがカメラを見つめている。淡い桜色のサマーニットに清潔感があった。

「昨日までの取り調べで犯人と被害者の間に以前から何らかのトラブルがあったことが判明し、容疑を傷害致死から殺人に切り替える方針を発表しました。この事件は一昨日午後十一時過ぎに繁華街で人が刺され、犯人がナイフを所持したまま逃走、家路を急ぐ客で混みあっていたＪＲ駅に間近であったため、警視庁はただちに百名を超える警察官によって周囲を警戒しましたが、一時現場は騒然となりました」

向かい側に人の座る気配を感じて目をやった。辰見が小さく頭を下げる。

「おはようさん」

「おはようございます」

辰見がテレビに目を向けた。

「御徒町の？」

「そうです」

小町もテレビに視線を戻した。さすがに六年前の事件については被害者が小学生、加害者が三人組の中学生であるためか一切触れず、犯人が被害者に恨みを抱いていたと述べるにとどまっていた。

辰見が低い声でいった。

「上野PSに捜査本部《チョウバ》が立つと聞いたが」

「被疑者《マルヒ》がいきなり三件の殺しを自供したそうです。結城直也というんですが……」小町は辰見を見やった。「六年前に起こった結城しのぶちゃんの事件についてはご存じですか」

「小学生の女の子が中学生三人に殺された件だったな」

「そうです。結城直也はしのぶちゃんの兄なんです」

「三件の殺しというのは？」

「一年半ほど前、荻窪署管内で高瀬亜輝羅がダンプカーに轢き逃げされ、死亡する事件が起きました。直也は高瀬も自分が殺したと自供しています。それと私が臨場した変死体の件も」

「弁護士だったな」

「ええ、鈴原といいます。しのぶちゃん事件を担当しました。一昨日、御徒町で刺された中野純平も高瀬とともにしのぶちゃん殺害に加わった一人です」

「中野、高瀬は妹のかたきか。だが、弁護士をやるかね。やるならもう一人の奴にしそうだ」

テレビは次のニュースに移っていた。辰見はリモコンを取りあげ、音量を絞った。

「あとの一人は小茂田聖という男で、しのぶちゃん事件の首謀者と見られていました」

低く唸り、辰見は腕を組んだ。

「首謀者を外して、弁護士か。どうせやるなら真っ先に小茂田を的にかけそうなもんだが」

「その辺のところは今度のチョウバが明らかにしていくんじゃないでしょうか。直也は取り調べに素直に応じているようですし」

「詳しいね」

辰見は目を細めて小町を見ていた。小町は正面から辰見の視線を受けた。

「鈴原の事案には私が臨場しました。だから気になっていたんです」

「御徒町の事案じゃ、現場に行ったそうじゃないか。あのとき、鹿島《かじま》から携帯に電話が来てね。稲田班長が臨場されてるけど、辰見さんは来ないんですかって」

そういって辰見はうっすらと苦笑いを浮かべた。鹿島はあの日当務に就いていた笠置班の一員でメガネをかけた小柄な男だ。

「ところがこっちはすっかり酔っ払ってた。刃物持った奴が人混みに紛れてるんだ。こりゃ、緊急配備《キンパイ》だなと思ったが、躰がいうことを聞かん。取りあえずテレビを点けたらマルヒが確保されたってニュース速報が流れたんで、まあ、いいかと思って寝ちまったよ。デカ失格《デキアガッテ》だな」

「私も現場に行っただけで何をしたってわけじゃないです」

小町は腕時計に目をやった。

「そろそろ引き継ぎですね」

「はい、班長」

辰見はリモコンをさっと取り、テレビの電源を切ると立ちあがった。小町もつづいて立ちあがる。

それにしてもどうして？――小町は思わざるを得なかった。

高瀬の件は事故で処理されており、鈴原についても自殺という見方が公表されている。いずれ中野を刺した件と結びつけられると思って先に自白したのか、それとも自己顕示なのか。

小町は自分の席に戻るとバッグからバインダー式の分厚い手帳を取りだした。

午前九時ちょうど、上野警察署中講堂の入り口付近に置かれた長机の前に立った警務課長がワイヤレスマイクを手にして号令をかけた。

「起立」

講堂内にいた刑事たちが一斉に立ちあがり、直立不動の姿勢となる。

直後、捜査一課長が入り口に姿を現した。つづいて上野警察署長、管理官の佐々木、上野警察署刑事課長が入ってくる。ひな壇中央に捜査一課長が立ち、向かって左に上野署長、右に佐々木、刑事課長が並んで刑事たちと向かいあう。

警務課長が号令をかけた。

「礼」

刑事たちはおはようございますと声を発して一礼する。小沼も背筋を伸ばしたまま、頭を下げた。

「おはよう」

壇上から捜査一課長が声をかけ、ひな壇の幹部が座ると警務課長がふたたび号令をかけた。

全員が腰を下ろし、椅子の鳴る音が講堂に重く響きわたった。

刑事たちは四つの島に分かれていたが、誰もがひな壇を向いていた。デスクには森合以下、六名が座り、鈴原事案と中野事案の担当班は十名ずつ、高瀬事案担当は八名である。予想通り捜査一課長が捜査本部長となり、副本部長には上野警察署長、佐々木管理官が就いた。本部長以下、上野署刑事課長もふくめ総勢三十八名が合同捜査本部の陣容となる。

警務課長がマイクを口元にもっていった。

「これより御徒町刺殺事件ほかの事案に関する合同捜査本部の第一回会議を開催します」

「着席」

警務課長に目をやった捜査一課長が立ちあがった。

捜査一課長は五十代半ばくらい、階級は警視でピンストライプが入ったダークグレーのスーツに下ろしたてのワイシャツ、黒っぽいネクタイをきっちりと締めていた。襟には捜査一課を表す赤いバッジが着けられている。合同捜査本部発足とともに公開捜査に切り替えられ、佐々木、森合をはじめ、捜査一課員は同じバッジを着けていた。

捜査一課長は身長こそ百七十センチそこそこだが、肩幅が広く、首が太かった。潰れた耳を見れば、柔道の猛者《もさ》であることは容易に想像できる。捜査一課長は代々現場から叩き上げの警視が就任する決まりになっていた。個性豊かで、事件捜査に関しては職人的な技倆を持つ刑事たちを号令一下指揮する仕事は、いわゆるキャリア組には手にあまる。

「諸君も知っての通り……」

捜査一課長はマイクを使わず声を張った。体格に似合った太い声が講堂内に広がる。

「一昨日、ＪＲ御徒町駅周辺において午後十一時四十三分に殺人未遂で検挙した結城直也は御徒町の事案以外に二件の殺人を自供した」

言葉を切り、捜査員たちをひとわたり見まわす。

「さて、結城は六年前、当時小学六年生だった妹を強姦された上、殺されている。その後、父親は娘が殺害された一年後に自殺、現在は母親とも音信が途絶え、一家離散の状況にある。家族を殺された者のショック、その後の家庭崩壊には同情すべき余地があるが、結城がおかした犯罪はとうてい許されない。我々は結城の自供に基づく裏付け捜査をきっちりと行い、罪をつぐなわせなければならない。結城が殺害したとしているのは高瀬亜輝羅、中野純平、そして鈴原雄太郎の三名だ。このうち高瀬と中野は妹を殺害した犯人、鈴原は当該事案を担当した弁護士である。殺害の動機は妹のかたき討ちとしているが、復讐《ふくしゅう》による殺人など認められない。三件のうち、高瀬事案が発生してからすでに一年半の時間が経過し、なおかつ現場の状況からダンプによる死亡轢き逃げ事故として処理されている」

捜査一課長は高瀬事案を担当する島に目を向けた。

「同件については荻窪署交通課、刑事課の尽力によりすでに犯人を検挙、裁判も済み、現在は服役中であるが、殺しを目的とした結城の行動によって高瀬が死亡したとなれば、今一度事件の洗い直しをしなくてはならない。この点、高瀬事案担当には多大な努力が必要とされるが、当時の捜査資料を現在の技術をもって再度精査することにより結城の自供を裏付けられるものと確信している。なお、同件および鈴原事案については鑑識課、科学捜査研究所が全力を挙げて取り組むこともあらかじめ申しあげておく」

咳払《せきばら》いをした捜査一課長はさらに声を張った。

「すでに結城は御徒町における中野純平殺害容疑で送致されており、十日間の勾留が決定している。この十日をまずは第一期として、ほか二件について徹底した捜査を行い、追送検にまで持っていく。私からは以上だ。今後の捜査方針、各担当については副本部長の佐々木管理官から説明がある」

捜査一課長が着席すると、刑事たちは座ったまま、一礼した。次いで佐々木が座ったまま、スタンド式マイクを口元に引きよせた。

「おはようございます。捜査一課の佐々木です。それではまず六年前に起こった強姦殺人について概略を説明いたします」

結城しのぶが中学生三人組によってなぶり殺しの目に遭った事案について佐々木が話している間、小沼は講堂内を眺めわたした。

今までにも何度か捜査本部に駆りだされたことはあったが、いずれも所轄署の地域課員、機動捜査隊員としてであり、今、それぞれの島にいて佐々木に注目している刑事たちの立場にあった。

一人の捜査員として捜査の一部分を割りふられ、与えられた任務を全うすることに専念してきた。とくに機動捜査隊員になってからは通常勤務をこなしつつ、街中を常時警邏するという任務の特性を生かして捜査にあたってきた。与えられる任務は犯人につながる証拠や証人を見つけるというより、割りふられた範囲内に犯人はまったく関与していなかったという事実を調べること、いわゆるつぶすことが多かった。見落としが許されないという点で気骨《きぼね》が折れ、それでいて検挙にはつながらないのだから空《むな》しさを感じなかったといえば嘘になる。

だが、今回のように実際の捜査も行いつつ、指揮側のスタッフとして全体を見渡すようになると、三十八名の陣容はまるで違ったものに映った。捜査一課の指揮の下、これだけの刑事が結城の行動を調べあげるのである。

つぶし切れないところに結城の真実がある——小沼は背筋に戦慄《せんりつ》が走るのを感じた。

4

また西新井警察署《PS》管内だな——紺色、ワンボックスのワゴン車で三列並んだシートの真ん中に座った小沼は胸のうちでつぶやいた。デスクと鈴原事案担当班の一部が結城直也の自宅に家宅捜索を行うことになった。住まいは足立区梅田にあり、西新井署が管轄している地域なのだ。

上野署の駐車場でワゴン車に乗りこむとき、小沼は声をかけられた。鈴原の遺体発見現場に近い交番に勤務している重野だ。制服ではなく、新品らしいスーツを着ていて、借り着のように見えた。合同捜査本部が設置され、西新井署の刑事たちだけでは手が足りず駆りだされたという。

ワゴン車の助手席には鈴原事案を担当する西新井署の中年刑事、涌井《わくい》が座っている。

五人の刑事が乗りこんだワゴン車が国道四号線を北上し、千住新橋を渡りきったところで涌井が声をかけた。

「そこそこ、左に交番があるから手前が駐車スペース」

「はい」

ハンドルを握っている重野にすれば、となりの交番であり、勝手も知っているだろうが、素直に返事をして減速した。ベテランの涌井といっしょであり、同時に大事件に関わることになって緊張しきっているようだ。

交番の駐車スペースにはミニパトカーが停められていた。重野がハザードランプを点けて交番のわきに停車すると、すぐに水色の制服に黒いメッシュベストを着けた警官が小走りに近づいてきた。

涌井が窓を下ろし、手を挙げた。

「お疲れさん。例の御徒町の被疑者《マルヒ》んとこに家宅捜索《ガサ》でね」

交番の警官とは顔見知りのようだ。

「聞いてます。私が先導しますんでついてきて下さい」

「よろしく」

制服警官はミニパトカーに乗りこむとエンジンをかけ、赤色灯を回した。ワゴン車の前にするすると出てくる。涌井は窓を閉め、顎をしゃくった。

「それじゃ、ミニパトのあとをくっついてって」

「はい」

ミニパトカーは四号線を西に外れ、西新井大師方面に向かう斜めの道路に入った。信号のある交差点を直進すると、右手に大きな病院が見えてきた。前方のミニパトカーが右折のウィンカーを出し、ワゴン車も従った。

「奴《やっこ》さんの自宅《やさ》はこの病院の東っ側になるんですが、何しろ一方通行《いっつう》ばかりでね。面倒だが、回りこまなきゃならない」

涌井は誰にともなくいった。

ミニパトカーは一車線しかない一方通行路を進み、タバコ屋の前で右折する。ワゴン車もつづいたが、道幅はさらに狭くなった。歩いていた老婆が迷惑そうな顔をしてミニパトカーを避けたが、後ろにさらに大きなワゴン車がつづいているのに目を剝いた。

路地の入り口を一つ通りすぎ、次の交差点でふたたび右折し、これで病院のまわりをぐるりと回ったことになる。しばらく進んだところでミニパトカーがハザードランプを点けて停車し、ワゴン車がすぐ後ろにつけた。

二階建ての古びたアパートは道路からわずかにへこんだところにあったのでミニパトカーとワゴン車が並んで停まってもそれほど道路にははみ出さず、車の通行を邪魔するほどにはならなかった。

シートベルトを外した小沼はスライディングドアを開けて降りた。吉村がつづき、最後列に座っていた阿部が降りてからドアを閉める。アパートの前には交番の警官といっしょに小柄な老人が立っていた。

阿部が近づくと交番の警官が紹介した。

「こちらが大家さんです」

「どうも」阿部はちょこんと頭を下げた。「お手数かけます」

「いやぁ、びっくりしちゃってさぁ」大家は垂れさがった頬を震わせた。「ニュースを見たときはあんな人通りの多いところで物騒だと思ったけど、まさか結城さんが犯人だなんて思わなかったもの」

「結城さんはこちらに長く住んでるんですか」

「二年前かな。勤め先の老人介護施設の紹介で来たんだよ。介護士って、よく辞めるのかね、しょっちゅう空き部屋がないかって問い合わせが来るんだ」

「そうですか。それで結城さんの部屋は？」

「一階の真ん中」

大家につづいて五人の刑事が玄関先まで行った。大家が鍵を取りだすと阿部が声をかけた。

「すみません。私が開けますんで、見ていただけますか。規則で大家さんの立ち会いが必要なもんで。それとこちらが裁判所が出した捜索差押許可状……、つまり家宅捜査令状です」

すでに白い手袋を着けている阿部が大家の前に書類を示した。家宅捜査に入る前に必ず見せなくてはならない。

大家は目を細めて書類を一瞥《いちべつ》し、うなずいて鍵を差しだした。

「はい。どうぞ」

阿部が鍵を受けとると、重野が前に出て肩から提げたデジタル一眼レフカメラをドアノブに向かって構えた。それから阿部はいったんドアノブをつかんでひねって動かないのを確かめる。

「施錠されている」

低くいってから鍵を差しこんで、ドアを開けた。阿部につづいて、カメラを持った重野が玄関に入っていく。家宅捜索を始める前の状況を一通り撮影しておくのだ。

ほかの刑事たちは玄関前で待った。小沼の後ろでは涌井と交番の警官、大家がひそひそ話をつづけていた。

「うちは代々この辺で百姓をしてたんです」大家が話した。「ちょうど東京オリンピックのときに畑から住宅地になりましてね」

「オリンピックの前？」

涌井が訊いた。

「いや、あとです。オリンピックの建物は東京の真ん中の方ばかりだったでしょ。でも、あの頃から人が増えて。それで前のアパートを建てたんです」

「前の？」

「昭和四十年に畑にアパートを建てましてね。それを平成になった頃に今のアパートに建て替えたんです。ちょうどバブルで銀行がいくらでも金を貸したもんで」

大家の言葉にはかすかに北関東風の訛《なま》りが感じられた。

「それでももう四半世紀も前になるんですな」

「昭和は遠くに……、ですか」

涌井が笑いを含んだ声でいった直後、阿部が入ってこいと声をかけてきた。


「ちょっと寄っていきたいところがあるんですが、いいですか」

ハンドルを握っている小町は助手席の辰見に声をかけた。

「どうぞ」

辰見が答えると、小町は捜査車輌を減速し、対向車が切れるのを待って右に切れ、路地に入った。普通乗用車がようやくすり抜けられる程度の道を進んでいく。やがて左に公園が見えてきた。小町は公園のわきに車を寄せて停めて降りた。

公園に面して建っている五階建ての比較的新しいマンションを小町は見上げた。辰見がかたわらに立った。

「こんなところに何の用があって？」

「ここ、もともとは結城一家が住んでいた借家があったんです。二軒長屋でしたけどね。しのぶちゃんの事件がきっかけとなったかどうかはわかりませんが、持ち主が土地を売りはらいました。買い取ったのはディベロッパーで、このマンションを建てたんです。分譲ではなく、賃貸ですけど」

「土地の有効利用って奴だな。よくある話だ」

暗に結城しのぶ事件がきっかけではないといっているように聞こえた。小町はマンションを見上げたままつづけた。

「ここにあった借家で直也としのぶの兄妹《きょうだい》は生まれました。父親は機械部品を扱う商社の営業マンをしていたそうです。それほど大きな会社ではなかったそうですが、なかなか堅実だったようです。母親も近所のスーパーでパート勤めなんかしていたといいますから裕福とはいえないまでも一家四人でそれなりの暮らしだったでしょうね」

「くわしいね」

「本件がちょっと気になってネットでいろいろ調べたんですよ」

小町は周辺を見まわした。鈴原の死体を見つけた元の内山医院からだと北へ歩いて七、八分といったところだ。

「しのぶちゃんも生きていれば、高校三年ですね」

「まさしく死んだ子の歳を数える、だな」

小さくうなずいて言葉を継いだ。

「直也が生まれたのは二十二年前です」

「二十二年か」

辰見が沈んだ声でいうのを聞いて小町はふり返った。辰見は鼻をつまんで引っぱるような仕草をしている。

「どうかされたんですか」

「この歳になると二十二年といってもそれほど昔って感じがしなくなる。おれはもう所轄署でデカをやってたな。それが今でも似たような現場をうろつき回っている。進歩や変化がないと時の経つのが速い」

小町にも少し実感があったが、まったく別のことを切りだした。

「高瀬がダンプカーに轢き殺されたのは東京でも西の方……、荻窪ＰＳ管内なんですよね。結城があっちに土地勘があるようには思えないんですよ。それなのに住宅街を自転車で走っていた高瀬を突き飛ばした。よく見つけられたもんだと思いませんか」

「さてね。妹のかたきをとりたい一心だったんじゃないか。高瀬の自宅さえ突きとめりゃ、監視はできる」

「結城は相当執念深い性質《たち》といえますね」

「妹をなぶり殺しにされたんだ。執念深くもなるさ」

「たしかに」

小町はうなずいた。

結城が老人介護施設で介護士として働いているというのはテレビのニュースで知った。実際、どのような勤務体系なのかまではわからないが、長時間勤務が必要ではないのか。いずれにせよ仕事の合間を縫って高瀬を見張るのは大変だったろうと思う。たとえ妹のかたきを討ちたいという強い気持ちがあったにしても、だ。

小町は辰見に顔を向けた。

「すみませんでした。警邏に戻りますか」

「そうしよう」

二人は捜査車輌に乗りこんだ。

大家によれば、結城の部屋は六畳の和室に台所、風呂とトイレが別々になっていて、トイレわきには全自動洗濯機を設置できるようスペースを取り、給排水の配管も回してあるという。家賃は三万九千円で、相場より少し低く設定しているのは最寄りの私鉄駅まで徒歩で十二分かかるためだ。

三和土が狭い上に下駄箱《げたばこ》代わりにカラーボックスが置いてあるため、刑事たちは玄関の外で靴を脱いで入らなくてはならなかった。大家は部屋の様子を見たいといったが、家宅捜索が終了するまで玄関の外で交番の警官といっしょに待ってもらうことにした。

「エアコンは前に住んでた奴が置いていったんだ」

大家が玄関口から怒鳴り、中に入った五人の刑事は失笑した。

窓が施錠されたままであることは阿部が確認し、重野が一通り撮影してあるので窓はすべて開けはなたれ、浴室、トイレのドアも開かれていた。

玄関を入ってすぐ右が台所になっていてガスコンロを置くスペースにはガスボンベを使用するコンロが一台置いてあるだけだ。台所のシンクに洗い物などは残っておらず、三角コーナーも空っぽになっている。台所のわきに食器棚とツードアの小さな冷蔵庫、冷蔵庫の上には小型の電子レンジが載せられていた。

引き戸を通って六畳間になる。ローベッドはベージュのシーツできっちり覆われていて、窓の方に頭を向けてあった。足元には八段の木製整理ダンスがある。カーテンは厚手のグリーンの生地で、大家のいうエアコンは壁に取りつけられていた。エアコンの下にビニール製の衣裳ケース、その横にローチェストが並んでいて二十インチほどの液晶テレビが置かれていた。チェストにはガラス戸がはまっていて、雑誌や文庫本、ＤＶＤのケースがそれぞれ少しずつ積み重ねてあるのが透けて見えていた。

壁際に幅半間の押入があり、上下二段に分かれていた。下段には半透明のプラスチック製衣裳ケースが三段積み重ねられており、上段には冬用らしい布団が積み重ねてある。壁にはスーパーの名前が入ったカレンダーがかかっていた。二ヵ月分を一枚に印刷してあるタイプだが、とくに書き込みはない。ほかにポスターの類いは見当たらなかった。

二十二歳の男がひとり暮らししているわりには少し地味じゃないかと小沼は思った。だが、自分の部屋にもポスターなど貼っていないし、カレンダーも近所の酒屋でもらったものが一つあるきりでしかない。

帰ってきて、寝るだけの部屋ってことかと思いなおした。

阿部がテーブルの前に立ち、残りの四人が横一列に並んだ。

「ざっと見たところ、少々殺風景ではあるが、独身者《ひとりもん》の部屋としてはこんなもんだろ。台所がきれいに片づいてる感じがする」阿部が小沼に目を向けた。「なかなかきれい好きに見えるが、同じ独身としてどう思う?」

「飯は外で食うか、コンビニの弁当じゃないですかね。調理も洗い物もしなくていいですから。缶ビールならコップも汚れない」小沼はざっと部屋を見た。「たしかにきれい好きだとは思います」

「そう。だが、きれいすぎるような気がする」阿部は開けはなした窓を指さした。「軒下に物干し竿《ざお》がかかってて洗濯物を吊るハンガーもあるんだが、洗濯物は一切かかってない。さっき洗濯機をのぞいたけど、中もわきにあるカゴ……、おそらく汚れ物を放りこんでおくんだろうが、両方とも空だった。ゴミ箱も空っぽでね」

「そういえば……」吉村が床を見まわした。「掃除もきちんと行き届いている感じですな」

阿部があとを引き取った。

「奴さん、覚悟を決めていたんじゃないかな」

最後に部屋を出たのが何日の何時なのかはまだわからなかったが、たしかに阿部がいうように隅々まで掃除し、洗濯物は所定の場所にしまい、入念に点検して出ていったという印象があった。

部屋を見まわし、すべてをチェックし終えた結城が部屋を出ていく様子が浮かんだ。

「よし」阿部は右の拳《こぶし》を左の手のひらにぶつけた。「おれは衣裳ケースとチェストを調べる。ヨシケツと小沼は押入とベッドの足元にある整理ダンス、西新井のお二人は台所、トイレ、浴室を頼む。第一の目的は奴が自供した事案に結びつきそうな物証を探す。いいかな」

「はい」

捜査員たちは手分けして室内の捜索にかかった。

阿部が衣裳ケースのジッパーを下ろして、中をのぞきこみ、西新井署の二人は台所に行った。吉村が押入の上段にある布団を何枚か重ねて引っぱり出し、小沼に回してくる。受けとって訊いた。

「取りあえずベッドの上に置くしかないですかね」

ベッドをちらりと見やった吉村がうなずく。

「そうだな」

小沼は布団をベッドの上に置いた。もう一度布団を受けとり、ベッドの上に置こうとしたとき、吉村が声を上げた。

「ちょっと、アベッチョ」

阿部巡査部長を略して阿部長、それがアベッチョと聞こえるのだろう。衣裳ケースをのぞいていた阿部が押入に近づく。布団を置いた小沼と台所から顔をのぞかせた西新井署の二人も押入に注目した。

吉村が躰をずらし、阿部が押入に上体を入れると黒い手提げ鞄《かばん》を取りだした。多少古びてはいたが、重厚な革製で結城の持ち物にしては似合わない気がする。

阿部は鞄をテーブルの上に置き、留め金に手をかけた。かすかな金属音がして、ロックが外れる。鞄は上方が開くタイプで、阿部と吉村がのぞきこんだ。

「これ、ひょっとして……」

吉村がいい、うなずいた阿部が中に手を入れると中味を取りだし、テーブルの上に並べはじめた。西新井署の二人も小沼のそばへ来て見ている。

取りだされたのは鈍く銀色に輝く薄型のノートパソコン、ファイルが三冊——背にも表紙にも何も書かれていないが、分厚い書類が挟みこんであるのがわかる——、スマートフォン一台、折りたたみ式の携帯電話一台、革製の財布、鍵束、名刺入れ、最後に鞄の底を探った阿部が何か小さな物をつまみ上げ、テーブルに置いた。
小沼にも馴染みがあるもの——弁護士バッジが転がって、鈍い光沢を放った。

第四章　対　峙

1

介護士とは、社会福祉士及び介護福祉士法の第三章介護福祉士の第三十九条で認められる資格を有する者を指す。正式名称が介護福祉士であり、看護師のように師ではなく士を使うことを小沼は初めて知った。

長机の上に介護士資格を取るための参考書を置き、手袋を着けて一ページずつ繰っていた。結城の部屋で押収された一冊で、テレビが載っていたローチェストの中にあった。ページにはところどころ黄緑やピンクのマーカーで線が引いてある。

となりでは吉村が同じような書籍を一ページずつ丹念に見ていた。二人とも本の内容ではなく、事件につながりそうなメモなどが書きこまれていないかに注目していた。捜査本部に隣接する会議室が資料分析用に充《あ》てられており、結城の部屋から押収した物品が持ちこまれていた。ただし、鈴原の鞄にあった携帯電話とノートパソコンにはパスワードを打ちこんで解除するロックがかけられていたため、科学捜査研究所に持ちこんで解析作業が行われることになった。

　小沼にとって捜査本部で犯人に直接かかわる証拠品を調べるのは初めての経験になる。今まではつねに外回りで、現場周辺の聞き込みばかりしてきた。

　結城の部屋にあった本は書籍が十冊程度、雑誌は数冊で、いずれも介護士に関係するものであり、ＤＶＤは三枚あったが、そちらも実際の介護、介助の方法を解説するものばかりだった。

「何だか寂しいですよね」小沼は参考書をめくりながら低い声でいった。「本だけでなく、雑誌まで介護関係ですよ。若いんだからファッションとか車関係とかあってもいいんじゃないですかね。今の若い奴ってこうなのかな」

「若い奴《やつ》って」吉村が忍び笑いを漏らす。「お前も歳とったんだな。でも、考えてみろ。二十歳《はたち》かそこらだぞ。お前の部屋にだって小説とかなかったろ」

「自分は寮暮らしでしたし、部屋も狭かったですよ」

「本棚は各人にあったろうが」

「法律関係の参考書とか六法とか……、やっぱりその程度か」

　小沼はちらりと吉村を盗み見た。マーカーで線を引いたページをめくっている。

　嘘《うそ》をついていた。寮暮らしをしている間も現在の自宅にも小説は置いてあった。中学三年生のときに古本屋で買って夢中になって読んだ吉川英治作『宮本武蔵』の文庫版全八巻である。

警察学校を出て、三鷹警察署に正式に配属になったあとも時おり取りだしては適当に開いて拾い読みしていた。すでに十回以上通読しているのでストーリーはすべて頭に入っているし、どこであれ読みはじめればすぐにどのシーンかわかった。だが、ある日を境にほとんど読まなくなってしまった。

小沼にとって宮本武蔵――正確にいえば、吉川英治が描いた武蔵――は史上最強の剣豪であり、憧れてやまなかった。三鷹署に配属され、毎朝勤務前に剣道の稽古《けいこ》をするようになったとき、吉村に出会った。ふだんは気さくな先輩だったが、竹刀《しない》を手にして対峙《たいじ》すると豹変《ひょうへん》した。

型通りの稽古なら吉村を打つことはできた。ところが、互いに打ちあう地稽古になったとたん、吉村の姿は実体のない影になってしまう。何度打ちこんでも小沼のくり出す竹刀の先に吉村はいなかった。面、小手、胴をきっちり着けた吉村の鳩尾《みぞおち》あたりまで竹刀が入っていくように感じたほどだ。

そして吉村に打たれるときは竹刀が消え、面や小手であれ、胴を抜かれたときであれ、目の前でフラッシュを焚《た》かれたように白光が広がるのである。

小沼にしても高校時代に三段を取っており、それなりに腕に覚えがあると自惚《うぬぼ》れていたが、吉村は桁違《けたちが》いに強かった。

警察官を目指したのは正義感が強かったからではない。高校三年になった春、進路を考えなくてはならなかった。大学へ進むのは何やら無駄な気がしたが、それではどのような仕事がしたいという気持ちもなかった。はっきりと決められないまま、ずるずる時間が経っていき、インターハイの県大会に出た。団体戦では早々と負けてしまったものの、個人戦では過去二年間にないほど調子がよく、あと一度勝てば、生まれて初めて全国大会に出場できるというところまでいった。しかも相手は同じ市内の高校に通う三年生で中学生の頃から二、三度対戦しており、一回も負けたことがなかった。

試合開始となったとき、小沼の心は早くも全国大会に飛んでいた。慢心していたとしかいいようがない。開始という号令の直後、中央に進んでいったところで小手を決められ、その一瞬で高校時代の剣道は終わった。

もし、と考えてもしようがないことだが、考えずにはいられなかった。全国大会に出場していれば、おそらく一回戦で敗退していただろうが、十分に剣道をやったと満足することができただろう。悔しくて眠れない日々がつづいていた頃、剣道部の部長をしていた教師から警察官となって剣道をつづける道があると教えられた。

宮本武蔵は六十四回立ち合って一度も敗れたことがないという。敗れれば、命を落とすのだから当然だ。たとえフィクションであれ、小沼の中に立っていた武蔵は無敵の男だ。このままでは引き下がれない、と思ったのが警視庁を受験するきっかけである。

警察学校ではどれほど勉強で疲れていても剣道の稽古だけは手を抜かなかった。おかげでそこそこ腕前を認められていたのである。またしても自惚れ、慢心があったのかも知れない。そして初任地である三鷹署で吉村と出会った。

圧倒的な強さを見せつけられ、小沼は警察官としての職務に専心することを決めた。剣豪への道を諦めたともいえる。

次のページを開こうとしたとき、手袋をしていた指が滑り、三、四ページまとめてめくれた。舌打ちしそうになったが、ページが飛んだ理由がわかってはっと息を嚥《の》んだ。写真が挟まっていたのだ。サービスサイズで縁はなく、半光沢仕上げとなっていた。古い写真なのか全体に赤っぽくなっていた。

写っているのは四人。小学校低学年の女の子と少し年上の男の子、両側を父と母が挟んで全員がカメラを見ている。背後には湖と山があるようだが、写真の大半は家族が占めている。写っているのは上半身だけで、どうやら湖畔でしゃがみ、記念撮影したようだ。父親と息子はおそろいのブルーのトレーニングウェア、娘はピンクのワンピースに黄色のウィンドブレーカーを着て、母親はTシャツに黄緑のサマーニットを羽織っていた。

息子が結城直也である。取調室でマジックミラー越しに見た面差しと重なった。娘は殺されたしのぶであろう。

小沼は写真の縁をつまんで取りだし、声をかけた。

「先輩」

「何だ?」吉村が小沼の手元に目を向けた。「どうしたんだ、それ?」

「本の間に挟まってました。たぶん結城の家族でしょう」

「そうだろうな」

吉村は小沼に写真を持たせたまま、顔を近づけてしげしげと眺めた。

「背後は湖のようですが」

「たぶんな。その向こうに山か森みたいのが写ってるから。しかし、これだけじゃ場所を特定するのは難しそうだ」吉村は顔を上げずにいう。「見つかったのはこの一枚だけか」

「今のところは」

「これが結城直也の母親なのかね。ずいぶん美人じゃないか」

吉村はまだ顔を上げなかった。美人という点には小沼も異論はなかった。

「日付が入ってるぞ。2、0、0、1、8、5……、二〇〇一年だから平成十三年八月五日か。夏休みでどこかにキャンプに行ったのかな。何曜日だったんだろう」

のちの調べで日曜日だとわかった。


捜査会議は午後十時に上野警察署中講堂において始まった。ひな壇には管理官の佐々木、上野署の刑事課長が並び、長机を寄せた島には担当の刑事が座っている。午前九時に行われた第一回目の会議に較《くら》べると出席者は三分の二ほどに減っている。

「それでは捜査会議を始めます」佐々木がスタンドマイクを使って告げた。「最初に結城宅の捜索について」

「はい」

返事をして立ちあがったのは鈴原担当班に所属する西新井署の涌井だ。家宅捜索に関して内容をすり合わせた結果、報告は涌井が行うことになった。

小沼と吉村が見た範囲では、直接事件につながりそうなものはなく、介護士の勉強をしていたことと十二年前の家族写真が一枚見つかっただけでしかない。一方、西新井署の二人組は台所、浴室、トイレを検索したあと、鈴原の鞄の中味を調べている。報告すべき内容は涌井の方が多かった。

「結城直也の自宅は足立区梅田……」

涌井は住所とアパートの名前をいい、後背地、間取りについて説明したあと、大家を立会人として家宅捜査に着手した時刻を告げる。

「押収した証拠品の中に鈴原雄太郎のものと見られる革製鞄がありました。中には財布、名刺入れ、携帯電話二台、弁護士のバッジが入れられており、こちらは被疑者《マルヒ》が事後鈴原の背広から抜き取った可能性があるため、現在鑑識において指紋を調べています。そのほかにはノートパソコン一台、プラスチック製ファイル三冊がありました。ファイルは離婚調停に関するものが二冊、一冊は交通事故の示談に関するものでした。いずれも現在鈴原が担当しているものと見られます。携帯電話およびノートパソコンにおいては科学捜査研究所《かそうけん》において解析中です。次に結城の所持品としては書籍十一点。このうち写真を多用したムック形式の本が三点、残りが書籍ですが、いずれも介護士の資格を取得するため、結城が高校卒業後に通っていた専門学校で使用した教科書、参考書、また介護士実務に必要な参考文献であります。このほかＤＶＤが三枚見つかっておりますが、こちらも……」

　涌井の報告を聞きながら小沼は手元にある結城に関する資料に目をやった。

　捜査用の基本資料として作られたもので住所、氏名、年齢、職業、勤務先、略歴などが記載されている。平成三年八月二十一日生まれとあるから二十二歳になったばかりだ。足立区内の都立高校普通科を卒業したあと、江戸川区にある介護士の専門学校に通っている。

　高校は偏差値や進学率から見ると都立高校としては真ん中から下といったところにランクされ、卒業生は六割が進学、残りが就職となっていた。進学する生徒のうち、四年制大学に進む者は四分の一程度、あとは短大、各種専門学校となっている。中でも介護士の専門学校に進む生徒の比率が高かった。

結城が入学したのは江戸川区にある専門学校で、二年コースと三年コースがあり、結城は二年コースを選んでいる。二年で介護士になれるが、三年コースではより広範な知識が得られ、将来社会福祉士、いわゆるケースワーカーの資格を取得したりするのに有利だとされていた。

写真にあった日付からすると小学五年生だが、もう少し高学年に見えた。子供の頃から背が高かったせいかも知れない。高校一年生のとき、妹が殺害されている。高瀬の事故——結城の自供によれば、殺人——は二十歳のときで専門学校を修了しようとしていた。

そして今年、八月に鈴原を殺し、九月に中野を刺殺している。

すべて結城の自供通りだとすると疑問があった。しのぶちゃん事件では首謀者は小茂田聖とされている。真っ先に、そしてもっとも殺したい相手のはずだが、事件資料を見るかぎり手つかずで残っている。

付け狙っていて果たせなかったのか、殺せなかった理由があるのか、チャンスにめぐまれなかっただけか……。

涌井の報告はつづいていた。

「自宅からは都銀の通帳が見つかっておりますが、記帳されていたのは最初に口座を開くときに入金した百円のみで、以降は一切記載がありません。開設したのが昨年の三月二十五日であるところから就職を機に新たに口座を設けたものと思われます。給与明細は去年の四月から先月分まですべて残っておりましたが、ガス、水道、電気、携帯電話の請求書はほとんどありませんでした。すべて見つかった通帳の口座から引き落とすようになっております。なお、家賃についても同口座から自動送金するように設定されておりました」

預金通帳を銀行に持ちこめば、出入金記録は把握できそうだと小沼は思った。

「以上は台所にあった食器棚の抽斗《ひきだし》に入っていたもので、そのほかコンビニエンスストアのレシートが十数点見つかっております。内容としては弁当と飲み物がほとんどで、見つかったレシートに酒、タバコといった記載はありませんでした。また、部屋にあった書籍の間から十二年前、平成十三年八月に撮影されたと見られる家族写真が一枚出てきております。そのほかに写真、アルバム等は押収されておりません。新聞を購読している形跡はなく、見つかったコンビニのレシートには雑誌と打ちこまれているものもありましたが、古雑誌の類《たぐ》いも部屋にはありませんでした。現時点では、以上です」

佐々木が身を乗りだし、スタンドマイクに手をかける。

「結城の自宅についての印象は?」

涌井がちらりと吉村を見る。吉村がうなずくと佐々木に向きなおった。

「部屋の片づき具合からしてマルヒが元々几帳面《きちょうめん》な性格であることは類推できます。一方、掃除が行き届いている観があり、部屋を出る前に片づけたという印象を持ちました」

「部屋を出たのは、御徒町での犯行のときなのか」

「それが……」中年刑事は顔をしかめた。「大家は当該アパートに隣接する自宅に居住しておりますが、アパート住人の日頃の出入りについてはすべてを把握しているわけでもなく、同じアパートに住む住人からもマルヒの行動について証言は得られませんでした」

「わかった。ご苦労さま」

涌井は椅子に腰を下ろし、ズボンの尻ポケットからハンカチを出してひたいを拭った。

佐々木が次をうながした。

中野事案の担当班から事件当日の被害者中野の足取りについて報告があり、結城の自供と一致していることが報告された。次いで高瀬担当班が立ったが、一年半という時間の壁に阻まれ、周辺の聞き込みが難航していることが告げられた。

その後、佐々木から各班に対し、翌日の捜査に関する大まかな指示があり、捜査会議は一時間ほどで終了した。

高瀬担当班は荻窪署に引きあげ、残った刑事たちは班ごとに分かれて翌日の捜査について細かい打ち合わせを行ったあと、仕出し弁当の夕食をそそくさと済ませ、捜査報告書の作成となった。

すべてが終わったときには日付はとっくに変わり、合同捜査本部の刑事たちが上野署の地下にある道場に降りてきたときには午前二時になろうとしていた。道場の隅には布団が積みあげてあり、各人が適当に引っぱり出して雑魚寝《ざこね》するようになっている。

布団を敷き終えると、皆が森合を囲むようにして車座になった。道場で寝るのは九名である。森合以下、基立ちとなった五人——佐々木は本庁に戻り、中條は女性用の宿直室に泊まることになった——のほか、いっしょに結城の部屋へ行った涌井、上野署の刑事が三人残っていた。

全員が缶ビールを手にしている。

「それでは今日も一日お疲れさまでした」

森合がいい、全員が缶ビールを差しあげた。

夜も深く、一日中動きまわった上、パソコンのディスプレイを睨んで文書作成を行ったため、誰もが疲れきり、目をしょぼしょぼさせていたが、就寝前の一杯は欠かせなかった。小沼も缶に直接口をつけ、冷たいビールを咽《のど》に流しこんだ。だが、半分も飲まないうちに缶を下ろして大きく息を吐いた。

上野署の刑事が森合に向かっていった。

「捜一は本件を小学生の女の子が強姦《マルカン》の挙げ句に殺されたときから追っかけてるんでし

よ」

「いや、もうちょっと後……、高瀬が轢《ひ》き逃げにあったときからだ。でも、あれは事故という以上の証拠が挙げられなくて」

「荻窪の連中は苦労しそうだなぁ」

上野署の刑事の言葉に全員がうなずいた。

「でも、本人が自供《ゲロ》ってる以上、もう一度裏付けを取らなきゃならない」森合は芝野に顔を向けた。「鈴原の足取りの方も苦労してるみたいだな」

「鈴原の携帯電話が解析されれば、通話記録である程度はつかめるんじゃないですかね。自供通り結城が鈴原を殺したのだとすれば、携帯電話で連絡を取りあっていた可能性もありますから」

「そうだな。科捜研からの結果待ちか」

森合は先ほどしのぶちゃん事件を持ちだした上野署の刑事に顔を向けた。

「明日は午前中に検事が結城の取り調べを行うんだが、午後からはうちらが取り調べを引き継ぐことになった。宇奈木《うなぎ》部長によろしく伝えてくれ」

宇奈木という巡査部長がこれまで結城の取り調べをしてきたのだろう。上野署の刑事がにやりとする。

「ウエマンっていうんですよ。上野の鰻《うなぎ》であだ名で」

「宇奈木で鰻か。ストレートだな」

「脂っこくてしつこい。それとつかみどころのないおっさんでしてね」

「それくらいじゃないとデカは勤まらん」

「ウナ長は、うちでは落としの名人で通ってるんですが、今回の犯人《タマ》には少しばかり拍子抜けしてたようです」。

「自分からぺらぺら喋《しゃべ》ってるからか。わかるような気がする」

ビールを飲みほすと、森合が吉村と小沼に目を向けた。

「ヨシケツ、それと小沼……、以後は面倒だから君は抜きにする」

「はい」

小沼はうなずいた。

「お前たち二人は明日午前中結城の勤め先に聞き込みに行ったあと、まっすぐここへ戻れ。取り調べはおれがやるが、お前たちは交互に補助につけ」

「わかりました」

吉村が返事をし、肘で小沼をつつく。被疑者の取り調べはベテランが担当する。だが、単に歳をとっていればいいというわけではない。自供を引きだすことを落とすと称するが、それぞれの所轄署には取り調べのうまい刑事がいて、先ほど上野署の刑事がいっていたように落としの名人といわれる。

取り調べばかりは定石があるわけではなく、個人技の世界といえた。また、刑事になったからといって誰もがさせてもらえるわけでもない。学習し、上達するには取り調べを得意とする刑事の様子を見ることだが、被疑者と駆け引きする場であり、なかなか立ち会う機会がなかった。

「はい。頑張ります」

「いや」森合は首を振った。「頑張るのはおれだ。お前さんはぼうっと座ってればいい」

車座になった全員が笑った。

2

小町は手にしたSIG／SAUER P230をじっと眺めていた。直線と曲線が優雅に融合したデザインはいつまで見ていても飽きることがない。回転弾倉式ではどうしても左右にふくらんでしまうが、その点、自動拳銃はスマートだ。

拳銃を手にしていると、十五年も前、警察学校での初任科研修を終え、立川警察署に配属された初日の、拳銃貸与式の光景が脳裏に浮かんでくる。

『稲田小町』

警務課長が凛《りん》とした声で名前を呼び、勢いよく返事をして小町は署長の前に進みでた。

署長のかたわらにはテーブルがあり、赤い布の上に三挺の回転式拳銃が並べられていた。拳銃はいずれも空っぽの回転弾倉を左に開かれていた。新たに配属された警察官は七名で、小町は四番目に呼ばれた。

署長は一挺を取りあげると、小町に向きなおり、まっすぐに目を見てきた。刑事畑の長い、五十半ばの署長は二十二歳になった小町から見れば、ずいぶんと年寄りに見えた。だが、眼光は鋭く、射すくめられるのを実感した。

『自分と市民を守る必要が生じた場合はためらわず使用するように』

『はい』

小町は両手を差しだした。署長が小町の右の手のひらに拳銃を載せる。小町はすぐに左手を添えた。署長が手を離した瞬間、感じた。

軽い。

貸与されたのは米国スミス《S》・アンド《&》・ウェッスン《W》社製のM37である。S&Wの回転式拳銃ではもっとも小さなJフレームに二インチの銃身が付けられていた。フレームを小型化するため、装弾数を五発としている。

M37はアルミ合金フレームを採用することで軽量化が図られている。警察学校で射撃訓練に使っていたニューナンブは鉄製で重かった分、同じく三八スペシャル弾を五発装《そう》塡《てん》するといっても頼りないほどに軽く感じられた。

つづいて署長から五発の実弾を渡された。鉛が剝《む》きだしで弾丸がまったく艶《つや》のない灰色の訓練弾と違い、執行実包は弾丸を銅で全被甲してある。文字通りの赤銅色は顔が映りそうなほど磨きあげられていた。

右の手のひらにM37を載せているため、左手を差しだした。署長が無造作に五発の執行実包を小町の手に載せた刹那《せつな》、はっと息を嚥んだ。

重い。

弾丸は銅の薄い皮膜に覆われているだけで重量はそれほど違わないはずなのにずっしりと重かった。

警察学校に入った時点で警視庁巡査を拝命しているが、所詮《しょせん》学生、見習いに過ぎない。銃より執行実包を重く感じたとき、小町の警察官人生が始まった。

『自分と市民を守る必要が生じた場合』といった署長の言葉が改めて浸《し》みてくる。訓練弾は標的にしか向けない。だが、執行実包はたった一発で人の命を奪うこともある。

執行実包の重量感は、そのまま職務の重さを象徴していた。拳銃を手にするとき、小町はいつも銃そのものの重量ではなく、装塡されている弾丸一発一発の重さを感じていた。

「班長」

声をかけられ、小町は顔を上げた。目の前に辰見が立ち、小町が手にしているP23

0を見ていた。

「あら、失礼」小町はP230を腋の下のホルスターに収めた。「ちょっと考えごとしてたものだから」

「考えごとするのに拳銃《チャカ》が要るのか」

「私の場合は……、いえ、何でもない」

「昨日の報告書」辰見は書類を差しだした。「何もなければ、これで引きあげるが」

すでに笠置班との引き継ぎは終わっており、小町のほかは辰見が残っているだけである。壁の時計に目をやった。そろそろ昼近い。

書類を受けとった。

「とくに何もない。私も辰見部長の報告書に目を通したら今日は上がります」

「考えごともいいが、おもちゃじゃないんだから」

「わかってます。私の悪い癖なの」

お疲れさんといって辰見が分駐所を出ていった。

直後、机に置いた携帯電話が鳴りだす。取りあげて耳にあてた。

「もしもし、小町さん？」

女の声がいった。

「はい」

「用意できたよ」

「了解。お昼までにはそっちへ行く」

「私、抜けられないかも」

「大丈夫。まかせて」

電話を切ると小町は辰見の報告書に決裁印を押し、既決の箱に放りこむと勢いよく立ちあがった。

「結城直也君はとても真面目で、当センターの職員になってもらってから一度も遅刻や欠勤はなかったと思います」

しばらく考えこんだあと、コスモケアセンターの所長はゆっくりといった。所長は七十年配の男でメタルフレームのメガネをかけている。ピンクのポロシャツには右胸に羽を広げた鳥とカタカナで施設名が刺繍《ししゅう》されていた。

「彼を採用したのは所長ご自身ですか」

吉村が訊《たず》ねると、所長は警戒するようにメガネの奥で目を細めた。まるで結城の犯罪について責任の一端を問われるのを恐れているように映る。

吉村が顔の前で手を振る。

「最初にここに面接に来たときの結城を面接したり、採用を決めたりされたのかと思いました。そのときの印象をお訊《き》きしたかったんです」

「そうですねぇ」

所長は宙に目をやった。

コスモケアセンターはこぢんまりとした二階建てで十八名の老人を受けいれているほか、三十日未満のショートステイが五名、そのほか送迎付きのデイサービスも行っている。

吉村と小沼が訪ねると受付の職員がすぐに所長に連絡を取った。受付では用件を告げず、ただ警察といっただけだったが、御徒町での事件があった直後であり、結城についての聞き込みであることはすぐにわかったようだ。

通されたのは所長室だったが、さほど広くなく、調度もスチール製のロッカーと所長の執務机もスチール製、その前に布張りの応接セットがあるだけの簡素な部屋だ。所長は応接セットで二人の刑事と向きあっていた。

所長は吉村に視線を戻した。

「現在、老人介護施設といわれるものは六千を超えるといわれていて、年々数が増えています。当然、介護士の需要も高まっています。そのせいもあって定着率がますます低くなっています」

「定着率が低いんですか」

「二十四時間体制の重労働ですからね。施設の大きさや利用度合いによって介護士の人数も厳格に決められています。うちはきちんと人数がそろっているんですが、それでも採算ベースから見ればぎりぎりですよ。収益を上げるどころか維持が大変なくらいです。介護士だって人の子ですから病気になったり、それこそご家族の介護が必要になるという笑えないケースもあります。そうなると現状のメンバーで何とかしのがなくてはならない。うちみたいな個人事業でやっているところは、誰かが休めば、ほかの人間の負担が増える。より働く人間に負担が集中するような次第で。その上、給料が安い。職員となる人は使命感を持ってやって来るんですが、現実を知ると厳しさに打ちのめされて、辞めていく人も多いんです」

「わが社も同じですなぁ」

ぎょっとして吉村の横顔を見た。たしかに刑事は仕事がきついため、なり手が少なくなっているのは事実だが、聞き込みに来た先でぼやくことか……。

「刑事といえば、憧れの職業でしょう」

「使命感を持ってやって来るんですが、現実に打ちのめされて挫折する根性なしが多いんですよ。まったく所長がいわれるのと同じ状況ですよ」

「そうなんですか」所長は深くうなずいた。「先ほど結城君の面接の話をされましたけど、彼を面接して採用を決めたのは私です。正直に申しあげれば、それほど期待していたわけじゃありません。学校の成績も見ましたが、中の下くらいでしたし。でも、資格は取得していましたからあとは使ってみないとわからないと思いました。結城君にかぎりません。ほかの人たちもそうですよ。結局、長く働いてもらえるというのは、ウマが合うか合わないか、相性の問題だと私は思います。その点、結城君は掘り出し物だと思いました。急に勤務を入れたいと相談しても気持ちのいいくらい二つ返事で引き受けてくれて」

それが、といいかけ所長はうつむくと首を振った。

所長室を出て、玄関に向かう途中、日当たりのいいロビーを通りかかった。テーブルを囲んだ数人の年寄りが編み物をしている。廊下に近い場所にピンクのポロシャツにエプロンを着けた二人の女性職員が立っていた。

足を止め、吉村が声をかける。

「ちょっとすみませんが」

「はい」

二人のうち、年かさで太った方が返事をした。小沼と吉村が刑事であることはわかっているようだ。どちらも緊張しつつ好奇心いっぱいの顔つきをしている。

「お訊ねしたいことがありましてね。お二人とも結城さんの同僚ですか」

「そうです」

年かさが答え、もう一人がわきに寄り添ったままうなずく。

「今、所長さんと話をしてきたんですが、結城さんのことでね。失礼ですが、お二人とも介護士の方ですか」

「そうです。資格がないとここでは働けません。お年寄り相手だといつ緊急事態が発生するかわかりませんからね」

年かさがにやりとする。刑事相手に喋っていることを意識して、あえて緊急事態という言葉を使ったようだ。

「私は母が認知症になりましてね。介護に必要な勉強をするうちにちゃんと資格を取った方がいろいろ便利だと思いまして。それで母が片付いたあと、せっかく資格があるんだからと思って自宅の近くにあるここで仕事をするようになったんです」

あっけらかんとした物言いに小沼は少々驚かされた。

それから吉村は話の焦点を結城へと持っていった。二人の職員は互いに顔を見合わせながら答えたが、結城が非常に真面目で入所者にも親切だったという。結城に遠慮している風でもなく、何かを隠している様子もない。

「プライベートはどうだったんでしょう。彼、なかなかイケメンでしょ。彼女がいるとか、そういう話をしたことはありませんか」

「そっち方面はないわねぇ。入所しているお婆《ばあ》ちゃんたちには結構人気があって、お爺《じい》ちゃんたちがヤキモチ焼いたりってのはあったけど」

　年かさが冗談めかしていうと、はっと気づいたように若い方がいった。

「そういえば、すごい美人が訪ねてきたことがありました」

「ああ、あった、あった」年かさが若い方に顔を向ける。「一年くらい前だっけ」

「それくらいですかね。でも、そのとき一回だけでしたけど」

「彼は何と？」

「自分の母親だといってましたが」若い方は首をかしげた。「結城君のお母さんにしては若すぎると思いました」

「あれ、絶対ちょっと年上の彼女よね」

　年かさの方がそういっている間に吉村は自分のスマートフォンを取りだし、写真を表示した。後ろからのぞいていた小沼ははっとする。吉村が画面に表示したのは、結城の部屋で見つけた湖畔の家族写真である。

　いつの間に取り込んだのか、と思った。

　吉村は画面に指を滑らせると写真を拡大し、結城の母親だけを表示して二人に見せた。

「この方ですか」

　のぞきこんだ職員が同時にうなずき、若い方が指さした。

「そうそう、この人です。結城君のお母さんというには若いでしょ」

写真は十二年前のものだから若いのは当然としても、少なくとも一年前まではそれほど印象が違わなかったようだ。小沼は捜査資料の内容を思いだした。母親の名前は慶子《けいこ》、昭和四十四年生まれとなっていたから現在四十代半ばになる。

「髪はこの写真よりぐっと短くしてたけど。こっちの方が似合うね」年かさの方が写真をのぞきこんでいる。「結城君の彼女なんですか」

「いや」吉村は答えをはぐらかし、スマートフォンを懐にしまった。「彼、もてたんじゃないですか」

「全然浮いた話はなかったですね。こんな美人の彼女がいたら仕方ないかもね」

「一年前に来ただけですか。そのとき一回だけ？」

二人の職員はうなずいた。

さらに結城について二、三点話を聞いたあと、小沼と吉村はコスモケアセンターをあとにした。


上野警察署中講堂のドアを開けた小町は台車を押して中に入った。

「失礼します」

中にいたのは数人でしかない。前方の島で椅子《いす》に腰かけていた森合が顔を上げる。

「おう、どうしたんだ？」

「差入れを持ってきました。近くに用があったもんで」

台車を押しながら小町は森合の席に近づいた。台車の上にはスタミナドリンクの箱が三つ重ねてあった。一箱五十本入り、しめて百五十本になる。

「毎日暑くて大変でしょう」

台車に目をやった森合が苦笑する。

「もっと働けってか」

「せっかく人が持ってきてあげたんだからもっと素直に感謝した方がいいんじゃないですか」

「すまん。さっき用っていってたが？」

「当務明けなんです。ちょっと買い物があって。それでここに捜査本部があることを思いだして」

「夜勤明けの看護師はや、り、た、く、て仕方ないというが、デカも同じかね」森合が目を細める。「これじゃ、セクハラで訴えられるか」

「まさかぁ。モア長を訴えるなんて……」小町は大きな声で笑い、ぼそりと付けくわえた。「射殺します」

「お前がいうと冗談に聞こえない。ありがとう」森合は顔を上げた。「中條さん、すまんが、小町といっしょにこいつを冷蔵庫に入れてくれないか。聞き込みから帰ってきた連中に自由に飲むようにって」

「はい」

立ちあがった中條が先に立ち、捜査本部を出る。廊下に出たところで中條は小町のジャケットのポケットに何かを入れた。

「ありがとう」

小町は低声《こごえ》でいった。

「同期の絆《きずな》は強いですよね。小町さんの方が三つ年上だけど」

「最後がよけいだ」

小町は台車を押し、中條と並んで冷蔵庫のある部屋に向かって歩いていった。


「ただいま帰りました」

吉村が森合に声をかけ、小沼も後ろで一礼した。

「ご苦労さん。どうだった」

回転椅子を動かし、森合が二人に向きなおる。

「所長に会いまして、そのあと同僚からも少し話を聞いてきました。所長がいうには結城は掘り出し物だったそうで」

「ほう」森合は長い顎を撫でた。「成績がよかったか」

「成績は中の下といってましたが、とにかく遅刻しない、休まない。急に勤務を頼んでもいやな顔をしない。辞める辞めるといわない」

吉村の報告を聞きながら森合が眉間に皺を刻む。

「デカにしたいくらいだ」

またかよ――小沼は胸のうちでつぶやいた。

以前に較べると刑事志望者が減っているというのは小沼も聞いていた。その以前というのが数年前なのか、昭和の御代《みよ》なのかまではわからなかったが、刑事も厳しいわりに給料が安いという点で敬遠されがちなのだ。だからといって捜査本部が立ちあがれば、一ヵ月は帰宅できないという状態は変わっていない。妻や子供が着替えを届けに来る光景は今でも珍しくない。一方、独身者であれば、聞き込みの間に自宅へ戻ったりクリーニング店に立ち寄ったりすることが許されるようになっていた。

「まあ、所長からは額面通りというか、結城が無遅刻無欠勤で働いていたくらいの話しか聞けませんでしたが、同僚によれば、一年ほど前に勤め先に母親が訪ねてきたようです。写真を見せて確認しました。でも、同僚といっても女二人ですが、彼女たちから見ると母親という年齢には見えなかったと」

「たしかに美人ではあったが……、一年前というと高瀬の事案があってから半年後か」

「やっぱりやったのは母親の方じゃないですかね」

やっぱりとはどういう意味か——小沼は吉村の横顔を見た。だが、吉村は小沼の視線など無視してつづけた。

「奴は母親をかばってべらべら喋ってるんじゃないかと思うんですが」

「予断は禁物だ、ヨシケツ」森合は立ちあがった。「飯にしよう。午後からはおれが取り調べをする。取調室にはヨシケツが入れ。小沼はこれまでと同様、小部屋から見てろ」

「わかりました」

小沼が返事をすると、歩きかけた森合が小沼を見た。

「お前の上司が差入れを持ってきたぞ」

「班長が？」

「ああ、スタミナドリンクをたっぷりとな。冷蔵庫に入ってるはずだ。好きなだけ飲んでいい」

もっと働けってことかよ、と吉村がつぶやいた。

小町の住まいは六本木にあった。六本木といってもメインの通りから南へ外れ、飯倉《いいくら》片町《かたまち》寄りの住宅街できつい坂道の途中にある古びたマンションである。おしゃれな街並みとはほど遠く、周囲には下町のような雰囲気さえあった。

玄関を入るとダイニングのテーブルに鍵を置き、そのまま奥の寝室に入る。窓際に置いた机の上のノートパソコンにつないであるインターネットケーブルを外してから電源を入れた。次にベッドの上に放りだしてあるエアコンのリモコンを取り、冷房を最強にセットしてスイッチを入れる。ベランダ――出窓と呼んだ方がいいくらいに狭い――に設置してある室外機が唸《うな》りはじめる。

ショルダーバッグを机に置き、上着を脱いでベッドの上に放りだすと椅子を引いて座った。バッグから全長二センチほどのメモリースティックを取りだした。上野署で中條逸美《いつみ》がポケットに入れてくれたものだ。

パソコンが立ちあがると画面の右下にインターネットとの接続ができないという警告が出ているのを確認してメモリースティックを差す。エクスプローラーを起動させ、さっそくメモリースティックの内容を確認した。

文書ファイルがずらりと並んでいるが、いずれも結城直也の事案に関わる捜査状況報告書である。

N・YUUKIと記された画像を見つけ、ダブルクリックした。

逮捕されたあとに撮影されたバストショットである。プリンタの電源を入れると小町は立ちあがり、台所に向かった。冷蔵庫の扉を開け、中から缶ビールのロング缶を取りだす。リングプルを開け、缶を口につけると一気に咽へ流しこんだ。

泡の刺激がたまらない。半分ほどを飲み、ようやく口から離すと大きく息を吐く。直後、げっぷが出た。

小町は缶を手にしたまま、ノートパソコンの前に戻った。

3

取調室に隣接する小部屋には小沼しかいなかった。マジックミラーのはまった窓の下に置かれた長机には小型三脚に載せたデジタルビデオカメラが据えてある。窓には吸盤でマイクが張りつけてあり、ケーブルがカメラに伸びていた。さらに別のケーブルがノートパソコンとつながっている。

取調室の中央にある机には向かい合わせに二脚の椅子が置いてあったが、森合は入り口わきの机の前で椅子に腰かけ、腕を組んで床の一点を見つめており、かたわらに吉村が立っていた。

取調室のドアがノックされると小沼はビデオカメラのスイッチを入れた。ノートパソコンにつないだ小さなスピーカーから音が流れてくるが、マジックミラーはそれほど厚くはなく、取調室の音はほぼ聞こえる。

吉村がドアに向かい、森合が立ちあがった。ちらりと小沼に目を向けたが、視線がずれているところを見ると鏡に映った自分の姿をチェックしたのだろう。小部屋は照明を落としてあるので取調室からこちらを見ることはできない。

吉村がドアを開けると声が聞こえた。

「結城直也を連れてまいりました」

「ご苦労さま」

留置場係が結城を連れてきたのだが、ドアの陰になって姿は見えない。結城だけがうつむいて入ってくる。

森合がふり返り、窓側の椅子を手で示した。

「そっちへ」

結城は小さくうなずいて机を回りこみ、椅子を引いて腰を下ろした。向かい側に森合が座り、さっきまで森合が使っていた椅子の向きを直して吉村がかけた。

そのとき、ノックもなく小部屋のドアが開き、上野署刑事課の宇奈木が入ってくる。右手にスチロールのカップを持っていた。小沼と目が合うと、小さく頭を下げる。会釈を返し、小沼は取調室に視線を戻した。

となりに宇奈木が立ち、カップの蓋《ふた》を取る。コーヒーの香りが広がった。

両手を膝《ひざ》に置いた結城は目を伏せ、机を見ている。森合はしばらくの間、結城を見ていた。となりで宇奈木がコーヒーをすすった。

森合が口を開いた。

「今日から取り調べの担当が代わった。森合だ」

「はい」

「ここで二晩過ごしたことになるが、飯はちゃんと食ってるか」

被疑者の取り調べにマニュアルは存在しない。事件の内容はもとより被疑者の個性や体調、精神状態、取り調べの進捗《しんちょく》具合によって状況は刻々と変化する。被疑者から自供を引きだす手法は刑事個人の手腕にかかっている。それでも取り調べのとっかかりには食事と睡眠について訊ねることが多い。

小沼もこれまで何人もの被害者、被疑者に相対し、話を聞いてきたが、本格的な取り調べをした経験はなかった。経験と適性が必要とされるため、所轄署の刑事課でも取り調べが行えるのは二、三人でしかない。

「はい」

顔を上げず、結城は答えた。声は低かったが、弱々しいという印象はない。

「三度の飯はきれいに平らげてるし、夜もぐっすり眠ってるらしい」

宇奈木がぼそぼそという。

取調室の声が聞こえる以上、こちらからの声も筒抜けになっている。時おり被害者を連れてくるが、うかつに声を聞かれると中にいる被疑者に恫喝《どうかつ》されるケースもあった。

「そうですか」

小沼も低声《こごえ》で応じた。

「神経が図太いのか、すっかり観念してるのか」宇奈木が独り言のようにつぶやく。

「それがどっちにも見えないんだがな」

ふたたびコーヒーをすする音が聞こえた。

取調室では、森合がワイシャツのポケットに手を入れ、タバコとライターを取りだすと結城の前に置いた。すかさず吉村が立ちあがり、森合の前にアルミの薄っぺらな灰皿を置いた。

「喫《す》うか」

森合は結城から目を逸《そ》らさず訊いた。結城が首を振る。

「ぼくは喫いません」

「そうか」森合はあっさりいうとタバコに手を伸ばした。「それじゃ、おれは失礼させてもらっていいかな。署内で堂々とタバコを喫えるのは取調室くらいなんだ」

「どうぞ」

森合がタバコをくわえ、火を点《つ》けると宇奈木がほうと声を漏らした。

「さすが一課は腹が据わってるな。被疑者《マルヒ》がタバコを喫わないのにデカだけがやると、あとで弁護士が小うるさい。ガス室に放りこんでの拷問なんていいやがる」

直後、すぐわきでライターを擦る音がしてタバコの煙が小沼の鼻先に漂ってきた。小部屋は取調室の三分の一ほどでしかない。しかもエアコンを効かせるため閉めきってある。

こっちがガス室だろ――腹の底でぼやいたが、口にはしなかった。

森合は火の点いたタバコを目の前に立てた。

「今まで一度も喫ったことがないのか」

「ありません」

「友達に誘われて、いたずらしたことも?」

「はい」

「人生の楽しみを一つ知らない……、とはいわん。昔からいう通り、百害あって一利無し。金の無駄遣いだ」

森合はじっと結城を見つめていたが、結城は顔も上げず、身じろぎもしなかった。森合はタバコを横ぐわえにして立ちあがると窓の近くへ行き、細く開いた。とたんに騒音が満ちる。

となりでは宇奈木がタバコを喫ってはコーヒーを飲んでいた。やがてジュッと音がした。カップに残ったコーヒーに吸い殻を放りこんだのだろう。

森合は二、三度窓の外に向かって煙を吐くと閉め、椅子に戻って灰皿でていねいに押しつぶした。

「足立区の生まれなんだって？」

「そうです」

「小学校、中学校、高校も足立区だ」

「はい」

「おれは大田区でね。羽田だよ。といっても空港のあるところよりもっと南に下がったところでな。漁師町だ。親父《おやじ》は区役所の職員だったけどね。もう十年くらい前に死んだ。今でもお袋はひとり暮らししてる。小さな、昔のままの家で」

森合は結城に目を向けたまま話しつづけた。

「おれがガキの頃に住んでた家だ。ひでえぼろ家だが、お袋も齢《よわい》八十を過ぎてね、今さらほかのところには行けないって。年寄りになってから引っ越しするとぼけることがあるって聞いたが、本当かね」

「そういうケースもあります」

「やっぱりそうなのか」森合は顔をしかめ、首を振った。「そういうケースっていったけど、たとえば、どんな例がある？」

「そうですね……」

結城は首をかしげ、わずかの間考えこんだあと、話しはじめた。

「寝室を出て、左にトイレがあるというのは頭だけでなく、躰も憶《おぼ》えてるんです。施設に入って環境が変わるとトイレに行こうとしてロッカーの戸を開けて入ろうとしたり……、でも、根気よく面倒を見てあげれば、たとえ何歳であろうと新しい環境に対応できるようになるものです」

結城の部屋で押収した介護士のための教科書や参考書を思いだした。コスモケアセンターに就職して一年半だが、その間も熱心に仕事をしていたのだろう。結城の言葉には静かな自信が感じられた。

「そりゃ、いいことを聞いた。お袋を今のままにしておくのも心配になってきてたんだ。介護施設に入ってもらうのもちょっと可哀想《かわいそう》だし、おれが同居できればいいんだろうが、我が家にも事情があってね。うちに呼ぶのも……、まあ、無理だな」

「理想的にいえば、刑事さんがお母さんの家で同居するのがいいとは思います。一人で身の回りの始末ができるうちにいっしょに暮らした方が後々楽ですよ。うち……、ケアセンターに入所される人も自分のうちに帰りたいっていいます」

「それが人情だろうな。やっぱり家族いっしょに暮らせるならそれに越したことはないか」

森合は右の耳たぶを引っぱった。

「でも、子供……、とくに男の子は家から独立させてやらないと、古ぼけた言い方かも知れないが、一人前になれないような気がするんだ。うちは息子が二人いるんだが、どっちもうちを出て自活してる」

森合は言葉を切り、結城の顔をのぞきこんだ。

「お前さんも二十歳のときからひとり暮らしを始めたんだったよな？」

結城の表情がかすかに強《こわ》ばった。


刑法第四十一条には十四歳に満たない者の行為は罰しないとある。たとえ人を殺しても十四歳未満であれば、刑事罰を与えないということだ。平成十二年、少年法ともども改正され、十六歳未満が十四歳未満と二歳引き下げられたが、刑事罰を科さないという点に変わりはない。

どれほど凶悪な犯罪であっても特例は認められない。

刑法では犯罪者を責任能力のある個人と認めた上で罰を与えることを原則としている。そのため犯行時に通常の判断能力を欠く、いわゆる心神喪失、心神耗弱といった状態にあった場合は刑の減免が行われる。

結城しのぶをもてあそんだ挙げ句、殺害した三人は犯行当時いずれも十三歳だったため、刑法犯とはならなかった。だからといって復讐《ふくしゅう》は決して認められないが、犯人を八つ裂きにしても飽き足らないという遺族の感情も理解できる。

警察官の職務は法律を犯した者を逮捕し、法廷に送りこんで裁きを受けさせることにある。罪刑法定主義である以上、法の定めがなければ、動きようがない。生身である以上、事案に対して喜怒哀楽を感じる。だが、圧《お》し殺すしかないのだ。

小沼はマジックミラーのはまった窓を前に立ち尽くし、森合と相対している結城を観察していた。ひとり暮らしを始めたといわれた直後、顔を強ばらせたもののすぐに元の落ちついた表情に戻っている。だが、膝にあてた両手を盛んに握ったり、開いたり、手のひらをこすりつけたりしていた。

森合は腕組みしたまま、結城を見ていた。

いつまでもシラを切り通せると思うな、警察をなめんじゃねえと怒鳴ったり、机を叩《たた》いたりはしない。たまに外部に漏れ、大騒ぎになるのはまれなケースだ。無理に引きだした自供は裁判で翻されたりする。また、相手にとって都合のいいこと、いわゆるおいしい話を餌《えさ》に被疑者を釣っても同じように公判を維持できない。肝心なのは被疑者が取り調べる刑事に心底同調し、自ら語ることなのだ。それゆえ口を割らせるより落とすといわれる。

結城の観察をつづけているので時計に目をやる暇がなかった。そのため結城が黙りこくって何分になるのか小沼にはわからなかったが、少なくとも宇奈木がタバコを二本喫い、飲み残しのコーヒーに落とすだけの時間はあった。小部屋はますますガス室めいてくる。咽がむずむずしたが、咳払いをするわけにもいかなかった。

結城が顔を上げ、森合をちらりと見て、すぐに目を伏せた。

「あの……」

「何だ？」

「水をもらえませんか」

「わかった」

森合が長い顎《あご》をしゃくり、吉村が立ちあがる。いったん取調室を出た吉村は高さが十五センチほどもありそうな紙コップを持ってきて、結城の前に置いた。一礼して紙コップを取ると、結城は顔を仰向《あおむ》かせて一気に飲み、ふうと息を吐く。

「もう一杯？」

「いえ」首を振った結城は紙コップをテーブルに置き、口元を拭った。「大丈夫です」

ふたたび目を伏せたが、沈黙は長くはつづかなかった。

「できれば、ぼくも母といっしょに暮らしたかったんです。ケアセンターは給料も安いし、前に住んでいた家からでも通勤できましたから」

森合は口を挟まず結城に喋らせた。

「だけど、事情が変わりました。ちょうどぼくが専門学校を終える頃、母とぼくが住んでいた長屋が取り壊されて、マンションが建つことになったんです。大家さんが前の年の暮れに亡くなって、息子さんの代になったこともありまして。立ち退き料をもらえることになりました。息子さんは大家さんとは別のところに住んでたんですが、大家さんの家というか、実家も合わせるとまとまった土地になるといってました」

「息子というのは一人なのか」

「詳しいことはわかりません。息子さんと話をしていたのは母ですから。大家さんの奥さんは健在だったようですけど、息子さんといっしょに住む方がいいと思ったみたいで。母は無理ないといってました」

「立ち退き料というのは、いくらぐらいだったんだ?」

　森合の問いかけに結城はかすかに首をかしげた。

「たぶん百万くらいじゃないかと思います。引っ越しに必要な額にお詫《わ》びの印を上乗せしてもらったといってましたので。それと敷金が戻ってきました。二十年くらい住んでたから家も傷んでたんですが、どうせ壊すだけだからって、まるまる戻ってきました。それが二十万円くらいだったと思います」

「大家の息子っていうのも悪い人間じゃなさそうだ」

「そうでしょうか」結城はまた首をかしげた。「息子さんは母とぼくに出ていってもらいたがってるみたいでした。妹の事件のこととか、父のこととか、いろいろありましたからね」

　当時、しのぶちゃん事件から四年が経過し、事件の一年後には父親が自殺している。大家が結城母子に同情的だったとしても息子は快く思っていなかったということか。あるいは単に父が残した不動産をより有効に活用しようと考え、事件を理由にしたのかも知れない。

「お前さんとお母さんが悪いことをしたわけじゃあるまい」

「でも、気持ち悪いというのはあったと思います。縁起でもないっていうか」

「それでも百二十万じゃ、新しい住まいを見つけて引っ越すだけで右から左へ消えてしまいそうだな」

「父の保険金がまだ残っていたと思います。父が死んだとき、三千万円の生命保険が降りたんです。それでぼくは高校をやめなくて済んだし、専門学校にも通うことができました」

「お母さんは働いてたのか」

「父が亡くなってからは清掃会社で働くようになりました。新橋にあるホテルに派遣されてたんです。近所にいるとどうしても周りの目が気になりますから」

「二十歳になってお前さんがひとり暮らしを始めたのはわかったが、そのとき、お母さんはどこに住んでた？」

「清掃会社の寮です。築地の方にあった古いワンルームマンションの一室だといってました」

「お前さんは訪ねたことがない？」

「ええ。母がいやがったんです。ワンルームマンションといっても会社の寮ですから仕事の都合で帰りが遅くなった人とかが泊まることがあったそうで、落ちつかないといってました。それで住民票もぼくのアパートに置くことにしたんです。郵便物もぼくのところに届いた方が安心するといって」

「郵便物を他人に見られる可能性があったということか」

「たぶん」結城はかすかに首をかしげた。「それでも来るのは役所からの書類くらいのものでした」

「請求書の類いは？　公共料金とか、電話代とかいろいろあるだろ」

「そっちは寮あてにしていたんじゃないかと思います」

「専門学校を卒業する前もお前さんは働いてたのか」

「高校時代はアルバイトしてましたが。土曜、日曜とか祝日だけでしたけど、知り合いが引っ越し業者をやってて手伝うくらいでしたけど。でも、専門学校に通うようになってからは母が勉強に専念して確実に資格を取ってくれといいまして」

「お母さんの住民票は、今もお前のアパートのままか」

「はい。とくにほかへ移したいとかはいわれてません」

宇奈木が鼻を鳴らした。

「ずいぶん母が、母がっていいやがるな。今の若い者はそんなもんかね」

「母一人、子一人だし、事件もありましたからね」

奴は母親をかばってべらべら喋ってるんじゃないかと思うんですが——吉村が取り調べに入る前にいい、予断は禁物だと森合にたしなめられていたのを思いだす。

その後も森合と結城は穏やかに話しつづけた。


午後十時に捜査会議が始まったが、結城の取り調べについては特別報告することがないとされた。

調書は吉村が作成し、森合が確認している。捜査会議が始まる前に吉村は中條にメモリースティックを渡していた。書類はすべてデスクとなった中條が整理することになっている。

鈴原担当班の報告では、結城の自宅にいっしょに行った涌井が立ちあがった。

「えー、鈴原の妻の了解がようやく得られまして、結城しのぶちゃん事案に関する書類だけは任意で提出してもらうことができました。同件にあたっては、鈴原は加害者である三人の代理人となっておりまして、民事の方も担当していたことが判明しました。現時点におきましてすべての書類を見られたわけではないのですが、わかったことを申しあげますと、鈴原は三人の加害者に、被害者の遺族に対する慰謝料と損害賠償あわせておのおの五千万円ずつを斡旋《あっせん》しています」

涌井は手にしたノートのページを繰った。

「それに対し、裁判所は一人三千万円、合計九千万円の支払いを命じる判決を下しました。ところが、高瀬と中野につきましては親が低収入ということもあり、現在にいたるまで一円たりとも支払われておりません。唯一、小茂田の家族が請求に応じ、事件が発生した翌年の平成二十年から毎年五百万円の年賦で支払うことになりました。これは毎年六月にきちんと支払われており、本年六月、最後の振り込みが行われていることが判明しております」

小沼は目を瞠《みは》った。

結城は自殺した父親の生命保険金については触れたが、小茂田の保護者が毎年振り込んでいたという五百万円についてはひと言もいっていない。

知っていて話さなかったのか、知らなかったのか——いずれにしても明日の取り調べで森合は持ちだすだろう。

高瀬担当班の報告はほとんど進捗なしというもので、むしろ取り調べを担当している森合に対し、犯行当日の結城の行動について知りたいという要望が出された。

森合は腕組みしたまま、何度かうなずいたが、何とも返事はしなかった。

4

鏡に映る窓には五センチほどの間隔の鉄格子が内側に取りつけられていた。鏡の奥には吉村が立ち、その前には昨日と同じようにビデオカメラが置かれている。

小沼は視線を下げた。

補助机の椅子に座った森合は窓の方に躰を向けている。白髪交じりの髪から頭頂部がほんのわずか透けて見えた。

ドアがノックされ、小沼は近づいて内側に開いた。うつむいた結城と制服姿の留置場係が立っている。留置場係の申告にうなずき、結城を取調室に招じいれるとドアを閉めた。森合が黙って中央に置かれた窓側の椅子を指す。結城も無言で机を回りこんで座った。森合が椅子を引き、ゆっくり腰を下ろし、小沼は補助机についた。机上にはノートパソコンと縦書きの罫紙《けいし》、ボールペンが三本転がっている。

手書きにしようと決めて、椅子の向きを変え、森合と結城に目をやった。結城を左斜め前から見る格好になる。

「おはよう。昨夜《ゆうべ》はよく眠れたか」

「はい……、あ、いえ……」

結城の顔色は冴《さ》えず、まぶたが厚ぼったい。昨日と較べて声にも精彩を欠いている。そろそろ拘禁反応が出てきたのかも知れない。留置場生活も四日目になる。

一家の収入について、昨日、結城は自殺した父親の保険金が降りたといった。そのほか母親は新橋のホテルで清掃の仕事をし、結城自身も高校時代は引っ越し業者でアルバイトをしていたと話した。しかし、小茂田の保護者が支払いつづけた慰謝料、損害賠償あわせて三千万円には触れなかった。ひょっとしたら結城は小茂田からの金については知らないのかも知れない。

昨日の話では家計は母親が握っており、加害者から毎年五百万円ずつ受けとっていたことを息子には教えていないのかも知れない。斡旋したのは鈴原だ。

「高校までは、どうやって通っていた？」

「どうやって？」

結城が森合に目を向ける。怪訝《けげん》そうな顔つきをしている。

「交通手段だよ。同じ足立区内といってもお前の家から高校まで歩いていくには少し遠すぎる」

「バスを使ってました。中学生の頃から乗っていた自転車があったんで、交通費を使うのは馬鹿馬鹿しいから自転車で通うと母にいったんですけど、危ないからダメだって」

母が母がといい過ぎると宇奈木が吐きすてたのを思いだしながら小沼は机に向かうとボールペンを取りあげ、結城が話したことを書き殴った。あとで読むのに苦労しそうだとは思ったが、パソコンのキーを叩いていたのではとうてい間に合わない。

「たしかに危ないな。ふいにわきから出てきた奴に突き飛ばされて、ダンプの前に転がることもある」

森合が高瀬の事案を持ちだしたが、結城は何もいわなかった。森合が言葉を継いだ。

「さて、平成二十四年三月五日のことだ。午前一時三十八分、高瀬亜輝羅は……」

森合は荻窪署管内で発生した轢き逃げの現場住所を正確に告げた。

「当時、お前さんと母親が住んでいた家からは結構な距離がある。そこまでどうやって行った？」

「原動機付自転車《ゲンチャリ》です。高校を卒業して葛西《かさい》の方にある専門学校に通うようになったんですけど、バスや電車だと不便だし、高校三年の夏休みに自動車免許を取ってたんで原チャリには乗れました。それで中古の原チャリをアルバイトで溜《た》めた金で買いました」

「お母さんは認めたのか。自転車でもダメだったのにバイクはＯＫしたのか」

「十八歳になったんだから自分で決めなさいといわれました。でも、卒業するまでは高校にはバスで通うことを約束させられました」

「高瀬のことだが、何通りだった？」

「憶えてません。いや、知りませんでした。ガソリンスタンドがあって、その先にファミレスがあったのは憶えてますけど、通りの名前は知らなかったんです」

事故の状況報告書には新青梅街道と記載されていた。かつて小沼は三鷹署に勤務していたのでだいたいの場所はわかる。一、二度通ったことはあるかも知れないが、はっきりと現場周辺の光景を思いだすことはできなかった。

「高瀬はその頃中野のアパートに住んでたんです。時々見に行ってました」

結城の声にわずかに力がこもる。妹を殺されたことへの復讐を果たすため、ストーキングをしていたようだ。小沼はふり返り、ちらりと結城を見やった。相変わらず目を伏せていて表情はよくわからなかった。

机に向きなおる。

それから結城は夜遅くに高瀬がアパートから出てくるのを見て、取りあえず追いかけようと思ったといった。高瀬はアパートの玄関先に停《と》めてあった自転車——登録証が剥《は》がしてあったので盗難自転車と推測されたが、持ち主の特定には至っていない——で走りだした。

ボールペンを握る手が痛くなってきたが、我慢して書きつづけた。

「途中で高瀬を追いこしました。原チャリの方が速いんで。でも、どこへ行くかわからなかったんでガソリンスタンドの手前にあるマンションの前に原チャリを停めて、高瀬が来るのを待つことにしたんです」

「どうしてマンションの前に？」

「スタンドは二十四時間営業で明るかったんで、その手前で停まったんです。マンションの玄関前にはバイクとか自転車とか何台かあったんで、ぼくの原チャリも目立たないと思いました」

「とっさの思いつきか」

「そうです」

「それからどうした？」

「となりのマンションとの間に隠れて、高瀬を待ちました。すぐに歩道を走ってくる高瀬の自転車が来ました」

「高瀬が乗っているのはわかっていたのか」

「街灯だったか、車のライトだったかに照らされたんです。あいつ、紫色の派手なジャージを着てました。追いこしたあともバックミラーで後ろを走っているのを何度か見ましたから間違わなかったんです」

新聞にも載ったので死んだのが高瀬であることはわかっただろう。

「それから突き飛ばそうと思った？」

「いえ。高瀬が通りすぎたらまた原チャリで追いかけるか、その日は遅かったんでもう帰ろうかと思ってました。そうしたら高瀬の後ろからトラックが近づいてくるのが見えて……」

結城が絶句する。小沼はふたたびふり返った。うつむいた結城は両手で膝を揉んでいる。顔を歪《ゆが》めていた。

トラックではなく、ダンプだが、闇の中でライトしか見えなければ、判別できなくて不思議はない。

「それで？」

森合がうながす。

「怖くなったんです。高瀬を突き飛ばせば、トラックに轢かれると思ったら……」

罫紙に向かってボールペンを動かし始めると、森合がいった。

「高瀬が死ぬと思って、怖くなったのか」

「それも怖かったんですけど、ここでやらなかったら二度とやれないんじゃないかって……、そっちの方が怖かった」

午前中いっぱい取り調べはつづいたが、森合は結局、小茂田の親が払っていた金については一度も触れなかった。

「クソッ、何て書いたんだよ、お前は」

小沼は罫紙を睨みつけて罵《ののし》った。お前とは小沼自身のことだ。自分で書いた字が読めずに苦労していれば世話はない。視線を罫紙に向けたまま、かたわらに置いた割り箸《ばし》を取りあげ、弁当に伸ばす。

午後一時から午後の取り調べが始まる。その前に罫紙の殴り書きをパソコンで浄書しておきたければ、昼食は捜査本部の島でノートパソコンと罫紙、弁当を並べてとることになる。

箸の先が固いものに触れた。目をやると、上野署が用意してくれた仕出し弁当は空になっていた。いつの間に食べ終えたのか、何を食べたのかまるでわからない。

小さく息を吐くと割り箸を袋に戻し、弁当に蓋をして合掌した。

「ごちそうさまでした」

ふたたび罫紙とノートパソコンとを見比べようとしたとき、森合が声をかけてきた。

「小沼、ちょっと」

「はい」

返事をして立ちあがった。森合のそばには吉村が立っている。二人ともとっくに食事を終えているようだ。

森合が小沼に目を向ける。

「午後もお前が取調室に入れ」

「はい、わかりました」

横目で吉村を窺《うかが》う。

「ヨシケツにはこれから荻窪署に行ってもらう。小部屋の立ち会いは鈴原担当の班から出してもらうように話はつけてある」

午前中の取り調べで結城が高瀬を突き飛ばした経緯がわかった。事件当時高瀬が住んでいたアパートはすでに荻窪署が把握している。アパートから現場まで結城の供述通りに動いて裏を取るのだろう。また事件直後——当時は死亡轢き逃げ事故と考えられていたが——に荻窪署交通課が収集した防犯カメラ等の映像をもう一度チェックし直すのだろう。

事故の前にさかのぼって新青梅街道沿いの映像を当たりなおせば、原付バイクに乗っている結城の姿が見つかるかも知れない。

「それじゃ、行ってきます」

吉村が一礼して捜査本部を出ていくと森合は右の頰《ほお》を掻《か》きながら訊いた。

「調書の方は？」

「三分の二ほど書きました。あと十分か十五分で浄書を終えます」

「わかった。言い回しが少々おかしくてもかまわない。できるだけ結城が話したままに書いてくれ」

「わかりました」

「お前、結城の供述をどう思った?」

「具体的でしたし、矛盾も感じませんでした」

「信じられるか」

被疑者の自供では何より犯人しか知りえない事実が含まれているかが重要になる。結城は正確な時刻や通りの名前、現場の住所などはわからないといったが、アパートから自転車に乗って出た高瀬を原付バイクで追いかけた様子に嘘《うそ》は感じられなかった。

『高瀬はトラックのすぐ前に倒れました。前輪があいつの胴体に乗っかって、うつ伏せになって、両足がぴょんと跳ねあがってサンダルが脱げたのをはっきり見ました。それから後輪が足の上を通っていきました』

事故の様子は荻窪署交通課が正確に再現し、そのときの報告書や現場写真は森合たちが押さえているに違いない。

「はい」

「そうなんだよな」森合が顔をしかめた。「どうやら高瀬の事案は奴の仕業のようだ」

森合は立ちあがり、両手を上げて伸びをした。

「おれはソファで一休みさせてもらう。すまんが、調書ができあがったら声をかけてくれないか」

「わかりました」

デスクと高瀬担当班の島の間に向かい合わせにしたソファとテーブルが置いてある。簡単な打ち合わせや休憩に使われていた。

席に戻って、罫紙とノートパソコンを見比べ始めると間もなく森合の大いびきが聞こえてきた。


午後の取り調べに入っても森合は小茂田の保護者が支払った慰謝料、賠償金について持ちだそうとはせずにもっぱら結城の仕事である老人介護の話を聞いた。

「入所されている人たちが必要としている介護の程度はさまざまですが、うちは特別養護老人ホームじゃないので……」

結城は平気でうちといい、コスモケアセンターといい直すことはしなかった。単に面倒になっただけのことだろう。

「特養だと入所時に住民票を施設に移すんですよ」

「へえ、そうなのか。何だか入ったが最後、二度と出てこられないって感じだな」

「そんな大げさなものじゃありません。住民票を移すと家族がばらばらになるという印象を持つ方もいますけど、まず住民票は居住地に置くという民法上の規定があるじゃないですか。刑事さんにいうのは、釈迦《しゃか》に説法でしょうけど」

森合が唸るのを小沼は背中で聞いた。相変わらずボールペンで殴り書きをしていた。あとで読むのに苦労するとわかっていても手早く書かなくては間に合わない。

「民法は詳しくないんだよね」

「単純にいえば、老夫婦がいっしょに住んでいて、奥さんなり旦那さんなりだけが特養に入ることになったとしますね。この場合、住民票を移しておけば、残った方は単身者世帯となって、まずは住民税が減額になります。そのほかにも区役所とかからいろいろな書類が送られてきますが、書類を作るのは手間がかかります。だけど放っておけば、あとで保障してもらえなかったり、サービスを受けるのによけいなお金がかかったりします。でも、住民票を移しておけば、入所者の書類はすべて施設に送られてきて、事務の人がきちんと処理してくれます。そもそも……」

結城は熱心に話しつづけた。ジュウショチトクレイ、カイゴホケンのホケンシャ、ホケンキュウフのシセツへのキュウフキリカエといった言葉が次々に出てくる。漢字を思いだすのが面倒なのでとっさに思いつかなければ、カタカナで記した。会話だけを聞いていると取調室で刑事と被疑者が向かいあっているのではなく、相談者と介護施設職員の会話のように聞こえた。

結城の自宅から押収した教科書、参考書にマーカーでたくさん線が引かれていたのが思いだされた。

「ずいぶん詳しいし、お前さんの説明はわかりやすいな」

「最初は介護士として躰を使う仕事をしていればいいと思ったんですけど、入所している人の家族から相談されたりすることがあるんです。だんだん躰の自由が利かなくなったり、認知症が進んだりする人はいますから。そうするとうちじゃなくて、別の施設じゃないと対応できないといったことにもなるわけです。ぼくも最初は介護福祉士……、ケアマネジャーに相談を回していたんですけど、何ヵ月かお世話していると、ぼくみたいな者も頼りにしてくれる人が出てきます。最終的にはちゃんと資格を持った人に相談をして、対処していくんですけど、その前に相談したいとか、もっと単純に悩みを聞いて欲しいみたいなことがあります。相談されれば、お話は聞きますけど、家族や入所されている人からみれば、ぼくみたいな奴でも専門家なんですよ。いい加減なことはいえませんからね。それで勉強するようになりました」

ボールペンを握る右手が痺《しび》れているのを我慢しつつ書きつづけながら疑問がわいてくる。

真面目に仕事に取り組み、入所している年寄りや家族を助けたいという思いが結城の声にはこもっていた。それでいて妹の復讐のため、三人を殺している。

片一方で人を殺し、片一方で人助けをするというのは矛盾しないのか……。

森合が訊く。

「入所している人のうちには自分でトイレに行ったり、風呂に入ったりできない人もいるのか」

「います」

「そういうときはお前さんが介助するわけだな」

「はい。抱きおこして車椅子に乗せたり、立たせてあげたりします」

「お前さんのように体格がよければいいだろうが、介護士には小柄な人や女性もいるだろう」

「うちには小母《おば》ちゃんが多かったですね。親御さんの面倒を見てて、そのときに介護士の資格を取ったという人もいました」

コスモケアセンターで話を聞いた女性職員のうち、年配の方が同じような話をしていた。

「女性だと入所者を抱きおこしたりするのは負担だろう」

「ぼくなんかよりは大変でしょうけど、力まかせにやるわけじゃなくて、こつがあるんです。それにマニュアルがあって、ベッドに寝ている人を起こすにはどこに手をあてて、どのようにするとか、ベッドから車椅子に移動させるときにはどうするとか」

押収された中には三枚のＤＶＤも含まれていたが、いずれも介護の動作を解説したものだった。

窓から夕日が射《さ》すようになっても介護の話がつづいた。罫紙を何枚使ったのかわからない。被疑者がだんまりを決めこむのも苦労するが、喋りすぎるとまた別の苦労がある。昼飯を食いながらパソコンのキーを叩いたことを思いだすと、気が重かった。

「そろそろ時間だな」

そう森合が告げるのを聞いて、小沼はほっとした。

「最後に一つだけ訊ねたい。小茂田の保護者から総額三千万円の賠償金が支払われているが、お前さんはそのことを知っていたか」

結城は何とも答えなかった。小沼は肩越しにふり返った。

結城はまっすぐに森合を見つめたまま、目を剝《む》いている。口をぽかんと開け、浅い呼吸をくり返していた。

小茂田から金を受けとっていたことを結城は知らなかった。表情が答えている。

捜査本部に戻ると小沼は罫紙の束を机に放りだした。立ち尽くしたまま、罫紙とノートパソコンを見比べていると森合が声をかけてきた。

「小沼」

「はい」

森合の前へ行く。

「今日は一日ご苦労だった。といってもこれから浄書だな。ひょっとしたら徹夜仕事かも知れないが、しっかり頼んだぞ」

「わかりました」

　森合は両手で顔をこすった。手を下ろし、大きく息を吐いて小沼を見上げる。

「マルヒに喋り癖をつけるのが肝心だ。どんなつまらないことでもいい。とにかくマルヒの得意なことがわかったらとことん喋らせる。事件に直接関係しないことでもかまわない。不思議なもんでな、喋れば喋るほど、さらに喋りたくなる」

「はい」小沼は大きくうなずいた。「一つ、訊いてもいいですか」

「どうぞ」

「小茂田の親が支払っていた金の件ですが、私はてっきり真っ先にぶつけると思っておりました」

　森合がにやりとする。

「煮込み料理ってのはな、火を止めてから味が染みこむもんなんだよ」

「はあ?」

「昨日の取り調べであいつは小茂田の金を受けとっていたことを知らないんじゃないかと見当をつけた。父親の生命保険があったから専門学校に通えたが、アルバイトをしなくてはならなかった。どういう理由があったのかはわからないが、母親は話さなかった。

ひょっとしたら話せなかったのかも知れない」

老人介護という仕事に情熱を持っている結城は元々正義感が強く、人のために役立ちたいと考えていたのかも知れない。コスモケアセンターの所長も結城が無遅刻無欠勤であっただけでなく、急に勤務を入れても断らなかったといっていた。

妹を殺した相手から金を受けとることを潔しとしなかったことは考えられる。

しかし……。

「知っていた可能性もあるんじゃないですか。通帳を見れば、わかることですし」

「お前さん、親の通帳って見たことがあるかい？」

「いや……」小沼はうなずいた。「親の通帳なんて見たことないですね。たしかに森合部長が金の話を持ちだしたとき、結城は啞然《あぜん》としてるように見えました。あの顔つきに嘘はないと思いますけど、小茂田を殺さなかったのは損害賠償に応じたからとは考えられませんか。しのぶちゃん事案では首謀者格とみなされていたんですよ。でも、実際に殺したのは高瀬と中野、それに弁護士の鈴原ですから」

「金を受けとったから復讐の対象から外すというのはどうかね。復讐のため、殺人《コロシ》までやってるんだぞ。直情径行というか、ほめるわけじゃないが、ある意味では純粋に突っ走るところがあるともいえる」

「そうですね」

純粋という言葉は結城に似合うような気がした。

そのとき森合の携帯電話が鳴りだした。ワイシャツのポケットから抜いて表示を見る。小沼を見上げた。

「お前の班長からだ」

そういって携帯電話を開くと、耳にあてた。

「はい、おれだ。どうした？　お前の部下ならしっかり働いてるぞ」

森合の表情が引き締まり、躰を起こす。

「うん……、うん……。そうか、わかった。ありがとう」

電話を切り、ワイシャツのポケットに戻した。

「鈴原の件で臨場したとき、幽霊屋敷のとなりに住んでる桑田って年寄りに会ったろ？」

「はい。通報者です」

「小町は桑田に会ったそうだ。それも今日で二度目だそうだ。勝手な真似《まね》だが、証言がとれたそうだ。半年ほど前、道に迷った若い男が桑田の家の前に来た。写真を見せたら結城だと認めたって」

下見をしていたのか——小沼は唇を嚙《か》んだ。

第五章　悪しき夢見し

1

いつものアレだ、と小町は思った。自分が眠っていて、夢を見ていることは自覚しているのだが、いくら目覚めようと思ってもうなされるばかりで声すら出せない。せめて声が出れば、逃れられるのはわかっていた。

悩みが高じてどうしようもない泥沼――ちょうど鈴原の遺体発見から結城の事案に巻きこまれた今のような――状態に陥ると決まって同じ夢を見た。夢の先にどのような展開が待っているかわかっていながらいつもすべてを見終えるまで目は覚めない。

小町は懐中電灯を手にしていたが、か細い光芒《こうぼう》は霧状の闇――夢の中では霧までが黒かった――に吸いこまれ、その先に何もとらえることができない。

季節は真冬なのに全身が汗でぐっしょり濡《ぬ》れている。それでいて寒気が背中にしみ、ぞくぞくしていた。

『せんせい……、いなだせんせい』

そろそろ聞こえると身構えていると、案の定幼い女の子の声が小町を呼ぶ。右手でしきりに左の腋の下を探っていた。ケースに収まり、肩から吊《つ》ってあるはずの拳銃に触れられない。

　舌打ちしそうになる。だが、拳銃がなくて当たり前なのだ。小町は萌葱色《もえぎいろ》のセーターにブルージーンズを穿《は》き、アヒルのアップリケがついたピンクの前掛けをしている。警察官ではなく、保育士だから当然の格好だ。

『せんせい』

　ひときわ大きな声が思いがけず近くから聞こえ、懐中電灯の光を向けた。

　雑草がちょろちょろと生えた地面に直径一メートルほどの穴が掘られ、汚物が溜まっている。赤褐色と深緑色、黄土色の入り混じったどろどろした液体に四歳の女の子が浸《つ》かっている。鳩尾から上が表面に出て、まっすぐに躰を起こしているのが不思議だ。

　ツインテールにした髪も真っ黄色のトレーナーも顔も汚物にまみれながら口元には微笑を浮かべているが、歯は汚れていた。そして懐中電灯の光を受けた両目は白濁し、淡いブルーになっていた。

　小さな手をさしのべてくる。

『いなだせんせい』

　そういって口を開いたとたん、唇からは液状の汚物が溢《あふ》れだし、焦げ茶色の半固形物が胸元をさらに汚す。

自宅のベッドで小町は目を開いた。息荒く、夢の中と同じように汗みずくになっている。目だけを動かし、ヘッドボードの上に置いてあるデジタルクロックに目をやった。

午前三時四十八分。

誰に遠慮することもなく舌打ちした。

動悸《どうき》が収まらない。

耳には小町を呼ぶ明るい声が残り、濁った双眸《そうぼう》や口を開いたとたん溢れだした汚物のイメージが残っている。目をつぶったとたん、同じ夢の世界に引きずり込まれそうな気がした。だが、導眠剤を服用したり、キッチンの食器棚に入れてあるブランデーをあおるわけにはいかない。

今日は午前九時から当務に就かなくてはならないのだ。

仕方なく小町は半身を起こし、汗に濡れた顔を両手でこすった。

夢の中で拳銃をまさぐるようになったのは森合と出会い、勤務中は常時携行するようにいわれてからだ。貸与式のとき、初めて拳銃を手にしたときに署長にいわれた言葉も意識の底に残っている。

自分と市民を守る必要が生じた場合はためらわず使用するように……。

だが、小町は小さな命を守れなかったし、夢の中では拳銃を携行していたためしがない。より深く拳銃を学ぼうと思ったのは夢から逃れたかったからかも知れない。

年に二十発程度の練習では満足できず、グアムやソウルに行って様々な拳銃を撃ち、とくに自動拳銃は素早く人差し指を曲げ伸ばしするだけでたてつづけに二発発射《ダブルタップ》でき、いざというときに頼りになると知った。そして機動捜査隊に異動して、念願の自動拳銃を携行するようになったというのに夢は何も変わらなかった。

二度と同じ夢を見たくないとは思わない。せめて夢の中だけでも小さな命を守りたいと願っているだけだ。

小町は首を左右に傾け、肩を上下させながらゆっくりと深呼吸をした。

あの事件が起こったのは、保育士になって半年後のことだ。真っ昼間に女の子——ツインテールにして、黄色のトレーナー、赤いスカートという格好をしていた——の行方がわからなくなった。

園内を隅々まで探したが見つからない。姿が見えなくなったとわかってから一時間後、園長は警察に連絡し、保育士の一部は周辺を探すことになった。

外に出ることになった小町は小型の懐中電灯をエプロンのポケットに突っこみ、二百メートルほど離れた公園に向かった。園児たちを連れて、毎日散歩に行っている場所だったが、小町には何となくいやな予感があった。

実は小町は園内で女の子がいないと騒ぎが起こる前から、彼女の姿が見えなくなったことに気がついていた。その直前、保育園の門から遠ざかる小豆色の車を見ており、公園の方に向かって走っていったのだ。

公園に着くと公衆便所に向かった。建物の外にある浄化槽の鉄蓋《てつぶた》を苦労してずらし、懐中電灯で中を照らした。

光が汚水に浮かぶ黄色のトレーナーの背中を照らしだした。結局、女の子の顔を見るのはきれいに死に化粧をほどこされ、納棺されたあとなのだが、夢では決まって汚物まみれの顔が出てきた。

『怖くなって、まっ先に死体のところへ駆けつけるんだが、今度はホトケを見て、もっと怖くなるんだな。そのとき第一発見者のふりをするってのはよくある話でね』

取調室で初老の刑事がいった。今なら千葉県警察本部刑事部捜査一課のベテランであることや第一発見者に疑いを持つのは当然だとわかるが、二十歳《はたち》の小町にはショック以外の何ものでもなかった。

結局、小町が目撃した小豆色の車から同じ保育園に通う園児の母親が捜査線上に浮かび、取り調べの結果、犯行を自供した。動機は嫉妬《しっと》とされたが、母親同士がうまくいっていなかった、端的にいえば、犯人である母親がほかの母親たちからイジメを受けていたことがわかった。

犯人が逮捕されたのに第一発見者であるというだけで小町に対する空気が何となく硬くなった。事件から半年後、翌年の三月に保育所を辞め、警視庁の採用試験を受けた。

事件を通して犯罪を憎んだのでも、正義感に目覚めたのでもない。一方的に被疑者に決めつけられるより権威を笠《かさ》に着る方を選んだだけのことだ。

デジタルクロックが午前四時を表示したとき、小町はふたたび眠ることを諦め、ベッドから抜けだした。


午前九時に引き継ぎの打ち合わせを終えると、小町は辰見と捜査車輌に乗りこんで警《けい》邏《ら》に出た。いつもよりたった二時間早く起きただけなのに頭が冴えず分駐所にいるより運転していた方が少しは目も覚めるのではないかと思ったためだ。だが、ハンドルを握っていてもわき上がってくるあくびを嚙み殺すのに苦労していた。

今も尾竹橋通りを北上しながら奥歯を食いしばり、あくびを堪《こら》えていた。歯が浮きそうになると右に顔を向け、さも見張りをしているような格好をする。

「班長」

辰見に声をかけられ、顔を向けようとしたとき、前を走っているトラックと距離が詰まっているのに気がついた。素早くブレーキを踏む。思ったより強く踏みすぎ、前のめりになる。思わずルームミラーを見上げ、後続車輌を見た。

前のトラックがわずかに速度を上げたのにあわせて走りだす。

辰見が顎をしゃくった。

「左に見えるコンビニへ」

「コンビニがどうかした？」

「缶コーヒーでも買おうと思ってね。駐車場に入れてくれ」

「了解」

素直に指示に従い、コンビニエンスストアの駐車場に入れたとたん、無線機から声が流れた。

〝第六方面より各移動。西日暮里一丁目、尾竹橋通り東側のコンビニエンスストア……〟

小町と辰見は思わず目を見合わせた。たった今乗りいれたコンビニエンスストアの名前が無線から流れたのだ。住所も一致している。

無線がつづいた。

〝……キャッシュディスペンサー《CD》を使用している者がいる。付近を警邏中の車輛は現場に急行せよ〟

小町は首を伸ばし、ガラス張りの店内に目をやった。レジのわきにあるCD機の前にはグレーのTシャツを着て、サングラスをかけた男が立っていた。

辰見が無線機のマイクを取った。

「六六〇三から第六本部」

〝こちら本部、六六〇三、どうぞ〟

「たった今、指示のあったコンビニに到着。CDを操作している男を現認した」

〝待機せよ〟

小町と辰見は車に乗ったまま、男を見つめていた。操作を終えたらしく男がCD機の前を離れ、店内を歩きだした。小町は男を目で追いながらつぶやく。

「ジーパン、足元はサンダル。身長百七十五センチくらい。髪は黒で逆立てている」

辰見が無線で男の特徴を送った。

〝本部了解。男はまだ店内か〟

「まだ店内にいる。出てきたら職務質問《しょくしつ》するか」

〝男には触らず引きつづき待機せよ〟

「六六〇三、了解」

答えたあとも辰見はマイクを持っていた。

「何かしらね」

　小声で訊く小町の胸に重苦しい闇が広がっていった。指定されたCD機の前にいる男が現認されているにもかかわらず接触するなというのは誘拐事件の可能性がある。身代金を振りこんだ口座から何者かが現金を引きだそうとすれば、現在なら数秒でCD機を特定できるが、くだんのCD機のそばに警察官がいるとはかぎらない。今回はたまたま小町と辰見がいた。もし、誘拐事件だとすれば、被疑者を尾行し、人質の居場所を見つけることが最優先される。

男がレジに並んだ。カゴをぶら下げている。何を買ったかまではわからなかった。やがて男はカゴをカウンターに置いた。店員が取りだしたのは弁当だ。

一つ……、二つ……、三つと小町は数えた。次にペットボトル入りの茶が三本あった。少なくとも男のほかに二人仲間がいることになる。男が尻ポケットから財布を抜いた。

辰見がマイクを口元に持っていこうとしたとき、スピーカーから声が流れた。

〝六六〇三にあっては現在位置において、男が出てくるのを確認せよ〟

ポリ袋を持って、男が出てきた。

「六六〇三、男が出てきた。手にはコンビニの袋、かなり大きい」

〝本部、了解〟

男は駐車場に停めてあった自転車の前カゴに袋を入れるとワイヤー式の錠前を外した。

小町は尻を滑らせ、躰を低くする。

「六六〇三、男は自転車で出ていこうとしている」

〝本部、了解。待機せよ〟

男が自転車に乗って走りだした直後、原付バイクに乗った女性が現れ、自転車を追いかけ始めた。

〝本部から六六〇三。尾行を引き継いだ。六六〇三にあっては引きつづき付近の警邏をつづけられたい〟

「六六〇三、了解」辰見がマイクをフックに戻した。「トカゲだな」

トカゲは各種オートバイによる追跡班を指す。

「捜一が動いてる」

トカゲは捜査一課内に置かれた追跡専門部署の俗称だ。

ふと横顔に視線を感じて、小町は辰見に目を向けた。辰見がまじまじと小町を見ている。

「どうかしました?」

「持ってるデカだな、班長」

「皆さん、そういわれます」

小町はギアをバックに入れると駐車スペースから車を出した。駐車場内で方向を変え、尾竹橋通りに出ると原付バイクが走り去った方向に向かって走りだした。

結城と向き合っていた森合が小沼をふり返り、小さくうなずいた。小沼は腕時計に目をやった。午後三時を回ったところだ。目を上げ、森合を見る。森合がもう一度うなずき、小沼は立ちあがって取調室を出た。

取調室は上野署刑事課のフロアにあり、目の前が庶務係になっている。背中を向け、ノートパソコンの画面を見ていた男に声をかける。

「すみません。留置場係を呼んでください」

上体をひねった男が片方の眉《まゆ》を上げる。

「もう？」

「ええ」

男は机に向きなおると受話器を取りあげ、内線番号を押した。二言三言話し、受話器を置くと小沼を見た。

「今、来るよ」

「はい。どうも」

取調室に戻り、出入り口のわきに置いた補助机の前に腰を下ろすと結城に目を向けた。結城は両手を膝に置き、うつむいている。今日は一日、まるで口を利こうとしなかった。森合が何をいっても同じ姿勢のまま、表情すら変えない。

昨日の取り調べの最後に森合が結城に訊いた。

『小茂田の保護者から総額三千万円の賠償金が支払われているが、お前さんはそのことを知っていたか』

小茂田の保護者から慰謝料、賠償金あわせて三千万円が五年年賦で支払われていたことは一昨日の捜査会議で報告された。森合は昨日一日、その話を出そうとせず、最後の最後にぶつけたのだ。

結城は顔を強ばらせ、何もいわなくなった。そして今日一日、無表情のまま、一日を過ごしている。雑談にすら応じようとしなかった。森合は煮込み料理は火を止めてから味が染みこむといって、昨夜一晩、結城があれこれ考えをめぐらすだろうと考えた。実際、よく眠れなかったのだろう。取り調べが始まって開口一番、よく眠れたかと挨拶代わりの質問に対してもむっつり黙りこんだままで顔は腫《は》れぼったく、目も赤く濁っていた。

ドアがノックされる。小沼は立ちあがって、ドアを開けた。一礼して入ってきた留置場係の制服警官が結城をうながして立たせ、連れだす間、森合は腕組みをしたまま、宙に視線を据えていた。

しばらく動かなかった森合が腕をほどき、立ちあがる。

「さて、戻るか」

「はい」

小沼は補助机に置いたノートパソコンを閉じ、罫紙とあわせて小脇にかかえると森合につづいて取調室を出た。

階段を使って二階上にある中講堂の捜査本部に戻る。デスクの島には吉村が戻ってきていた。昨日の午前中、結城が高瀬をダンプの前に突き飛ばした経緯を供述したのを受けて荻窪署に行き、一年半前に死亡轢き逃げ事故として処理された高瀬事案について調べてきたのだ。

森合が席につくと、早速吉村が行く。

「ついさっき帰りました」

「ご苦労」森合が声をかけてくる。「小沼、こっちへ」

「はい」

森合のわきに立ち、吉村の話を聞く。

「まず荻窪署で事故当時高瀬が住んでいたアパートの住所を調べて、それから結城の供述に従って新青梅街道を見てきました」

自転車に乗ってアパートから出た高瀬は二百メートルほど北にある新青梅街道に出て、あとは事故現場まで新青梅街道の歩道を事故現場まで走っている。距離は約二キロだという。吉村は捜査車輛で一度走ったあと、事故現場付近にあるファミリーレストランの駐車場に車を置かせてもらい、徒歩でもう一往復したという。

「その間にある防犯カメラの位置を確認しまして、一年半前の事故のときに録画を提出したかどうかを確認して歩きました。いくつかのカメラは事故後に設置されたものでしたが、コンビニなんかに設置されているうち、五台が録画の提出に応じていたんです。

それで荻窪の交通課にある録画を全部チェックさせてもらいました」

　そういって吉村は森合の机にメモリースティックを置いた。

「事故の映像からさかのぼって、自転車の速度から見当をつけ、新青梅街道沿いを確認していったんですが、自転車に乗っている高瀬は五台のカメラすべてで確認できました。それから高瀬の前後を走っている原チャリがないかチェックしていったんですが、高瀬のアパートから近い順に二台目のカメラまでは高瀬の後方、三台目から事故現場付近までは前方に原チャリの姿が確認できました」

「結城の証言通りか」森合がうなずく。「結城だとわかるのか」

「いくつかはヘルメットやジャンパーが見分けられましたから結城の証言と照合すれば、裏は取れると思います。科学捜査研究所《かそうけん》に回しますか」

　画像を鮮明に処理して結城の顔を判別可能にするのだろう。

　森合は口元を歪め、わずかの間考えていた。

「肝心の部分はあれだけなんだろ?」

「そうですね。あとは結城が現場から離れたルートに沿ってもう一度チェックする方法もあるでしょうが、荻窪署に残されているのは高瀬を轢いたダンプが逃げていく経路に沿って収集したものだけです」

「だろうな」

高瀬事案が発生したのは一年半前だ。今から現場周辺の聞き込みをして防犯カメラの映像を探しても残っている可能性は低い。

吉村はメモリースティックを上着のポケットに戻した。

「今日、奴《やっこ》さんはどうでした」

「一日中だんまりだったよ」

「弁護士の入れ知恵ですかね」

そのとき、森合の斜め前に席がある中條が顔を上げた。

「ちょっといいですか」

森合が訊きかえす。

「何だ？」

「今、弁護士といわれたんですけど、結城直也は自分から弁護士を呼ぼうともしませんでしたし、家族からも申し込みがなくて、それで当番弁護士が来たんですが、初日に形ばかり接見しただけであとは姿を見せてません」

「取り調べの経緯を聞きに来てないのか」

「そうです」

「ひでえ弁護士だな。まあ、黙りつづけているのも疲れるもんだ。明日は鈴原の事案で攻めてみるさ」

森合は吉村の労をねぎらった。

2

毎日午後十時から開かれている捜査会議は各班からの報告が主体で、捜査本部全体で情報を共有することを目的としていた。そのため報告内容は事前にデスクに告げられ、発表の是非が決められている。会議をスムーズに進めるためだ。議論が必要な案件についてはデスクや各班で、道場で就寝前にビールを飲みながら話し合われてきた。

上野署に合同捜査本部が設けられて四日目が終わろうとしている。

明日で第一期が半分かと小沼はちらりと思った。

「御徒町駅周辺において中野が刺殺された際に使用された凶器は刃渡り十八センチのいわゆるサバイバルナイフでありますが、アウトドア用品専門店のほか、大型スーパーのキャンプ用品コーナーにもあり、また通信販売でも購入が可能です。メーカーによれば、これまで全国で二万本以上が販売されています」

中野担当班の班長を務める宇奈木が立って報告をしていた。

「結城直也は凶器を足立区にある……」

宇奈木は工具や自動車用品、アウトドア用品を幅広く扱う大型スーパーの名前を挙げ、結城がその店で凶器となったナイフを購入したと告げた。ナイフは一丁三千円弱で製造番号も刻印されていないという。

つまりはありふれた安物ということだが、刃渡りが十八センチあれば、背後からひと突きで内臓に達し、即死させられる。実際、中野はほぼ即死状態であった。

銃砲刀剣類所持等取締法は五年前に改正され、四年前から施行されている。もっとも改正されたのは刃渡り五・五センチ以上で両刃のナイフは所持が禁止されただけで、サバイバルナイフについてはキャンプや渓流釣り等に携行するケースが多いため、規制対象からは外された。実際のところは取り締まろうにも数が多すぎるというのが理由だろう。

もちろん理由もなく持ち歩くのは銃刀法違反であり、検挙の対象となり、護身用というのは正当な理由として認められない。サバイバルナイフを携行していたとして検挙された件数は警視庁管内だけでも年に二百を超える。

取り調べによって、事件当夜、結城はナイフを差したケースを腰に水平に取りつけ、Tシャツの裾《すそ》で隠し持っていたことがわかっている。握りは右腕側に向けられており、裾の内側に手を入れれば、すぐに抜けるようになっていたという。

警官が制服の上から着用する防刃ベストへ切り替えたのは八年ほど前だ。それまでは制服の内側に装着するタイプで暑い季節には蒸れ、評判が悪かっただけでなく、受傷する事故が多かった。制服の内側に着たままでは暑くてやりきれず、規則違反とは知りながら身につけないまま勤務に就いていて、いざ臨場となっても一々着装している余裕などなかったからだ。

制服の上から着けるタイプは通気性がよくなり、何より一目で着けているのがわかったし、各種装備品を入れるポケットがあるため、勤務中はいやでも身に着けていなければならなくなった。

「事件は繁華街で起こったため、防犯カメラ映像等によって被害者《ガイシャ》、被疑者《マルヒ》双方の動きは確認できており、犯行の瞬間もとらえられているほか、ガイシャの同行者からの証言も得られております」

結城の自供、証言、物的証拠とすべてそろえば、あとは裁判にかけるだけで警察の任務は完了する。

次いで鈴原事案担当の涌井が立ちあがった。

「鈴原雄太郎の足取りについて、その後判明したことを報告します。鈴原は八月二十三日午後に自らが所属するアブソリュート法律事務所に顔を出し、所長に長野に行くと話しておりましたが、同日はいったん帰宅していることがわかっております。これは同日の夕刊三紙がいずれも自宅リビングのテーブルに置かれていたためで、販売店に確認したところ、もっとも遅かったところで午後五時には配達しているという証言を得ております。夕刊からはすべてのページから鈴原本人の指紋、唾液《だえき》が検出されております」

事務所から自宅に戻った鈴原が新聞受けから三紙の夕刊を抜き、リビングのテーブルで読んでいる様子が浮かんだ。時おり指を嘗めてはページをめくったのだろう。

涌井の報告はつづいた。

「その後の聞き込みによりまして、八月二十三日午後八時頃、自宅から百メートルほど離れたところにある鮨《すし》店に立ちより、食事をしていることがわかりました。同店は鈴原が行きつけにしていたとのことで多いときには週に二、三回、少なくとも月に一、二回のペースで来店していたそうです。二十三日は刺身の盛り合わせでビール二本、日本酒二合を飲み、鮨はうにの軍艦巻きと梅しそ巻きを食べたということでした。酒量および食事の内容としてはいつもと変わらなかったということですが、鈴原の相手をしていた板前には、これから人に会うといっていたそうです。誰に会うのかはいいませんでしたが、鈴原がうきうきしているように見えたといっておりました」

中年刑事は手にしたメモ帳をめくった。

「また、レジを打った店主の妻が鈴原が黒い革のバッグを持っていたことを憶えておりました。そのときも仕事帰りですかといったらこれから人に会うといってたいそう機嫌がよさそうだったそうです。レジで確認したところ、鈴原の会計は午後九時七分で店主の妻はレシートを渡したといっております。周辺の聞き込みを行ったところ、鮨店から二軒おいたコンビニエンスストアの防犯カメラに、鮨店を出てタクシーを拾う鈴原の姿が映っているのを確認しました。この映像を解析して、タクシー会社を突きとめ、調べたところ、同日午後九時過ぎに鮨店の前で鈴原らしき男を乗せた運転手がわかりました」

運転手に鈴原の写真を見せたが、似ているとはいうものの確証は得られなかったという。

「鈴原らしき男は乗りこむと西新井駅まで……」

小沼ははじかれたように顔を上げ、報告をつづける涌井を見た。捜査本部内の空気が張りつめる。

「といいました。その日の走行記録を確認したところ、同タクシーは四号線を北上し、環七通りとの交差点を左折しております。西新井駅までといっておりましたが、少し手前、ちょうど島根交差点の付近にあるガソリンスタンドの辺りでここでいいといって客は降りたとのことでした。料金メーターの記録では午後九時三十三分にレシートが発行されております。客は車中で電話をしていたようですが、運転手はどんな話をしていたかまでは憶えていないといっています。なお、鮨店とタクシーのレシートは結城の自宅から押収された鈴原の財布の中から見つかっております」

つ、な、が、っ、た。

鈴原がタクシーを降りたところから死体となって発見された元医院までならせいぜい三百メートルほどだ。のんびり歩いても十分とかからずに到着するだろう。八月二十三日夜なら鈴原の死亡推定時刻の範囲内といえる。

だが、疑問は残った。鈴原が自ら元医院まで行ったとするなら、その理由だ。なぜ午後九時半過ぎという時間帯に、無人で幽霊屋敷とさえ呼ばれる元医院に行ったのか。

つづいて吉村が立ちあがった。

「昨日得られましたマルヒの供述に基づき、現場を検証し、荻窪署交通課に保管されていた事故当日の防犯カメラ映像を確認してきました。マルヒはガイシャのアパートから尾行したといっておりましたが、実際、新青梅街道の歩道を自転車で走行するガイシャと、その前後を原付バイクで尾けているマルヒらしき姿が確認されました。なお、映像は現在科捜研において解析中です」

それだけいって吉村は着席した。

ひな壇に上野署刑事課長と並んで座っている管理官の佐々木がスタンドマイクに顔を近づけた。

「ちょうど科捜研の話が出てきたけど、鈴原の携帯電話について解析が終わったという報告を受けている。担当は阿部部長だったね」

「はい」

阿部が立ちあがり、A4判の用紙を手にした。

「鈴原の携帯電話には八月二十二日午後から二十三日にかけて被疑者《マルヒ》から都合五回の着信がありました」

講堂内に低くざわめきが起こった。結城と鈴原の接点が出てきたのである。通話記録を削除してあっても電話会社に対し、公式に照会すれば、着発信記録はすぐにわかる。

「そのうち三回、通話がつながっております。まず二十二日ですが、十四時三分、十四時九分にマルヒからガイシャの鈴原に電話をかけていますが、いずれも鈴原は出ていません。そして三回目の十四時十五分にマルヒからかけた電話には出ています。翌二十三日は、十九時三十八分にマルヒからマルガイに電話が入っており、これはつながっています。次はガイシャの方から二十一時十分にマルヒにかけていますが、マルヒが出ていません。しかし、三分後の二十一時十三分にマルヒの方からコールバックがあり、これに鈴原は出ています。なお、パソコンのロックにつきましては引きつづき、科捜研で解析をつづけている状態です」

阿部が座ると、佐々木はマイクを口元に引きよせた。

「各班にあってはご苦労さまでした。現時点では一年半前に起こった高瀬亜輝羅の死亡轢き逃げ事故については、マルヒの供述を裏付ける証言および証拠が得られていないということも報告を受けている。中野事案担当班は公判手続きを遺漏なく行うこと、また鈴原事案の担当班は八月二十三日の二十時から二十二時の間を重点として、周辺の聞き込みを徹底して実施されたい。なお、同事案に関しては西新井署刑事課および周辺所轄署の協力も得て、広範かつ周到に地取りを実施することになった」

佐々木はとなりにいる上野署の刑事課長に目をやり、ついでデスクにいる森合を見た。どちらもうなずいた。

ふたたびマイクに声を吹きこむ。

「それでは本日の捜査会議はここまでとする」

捜査会議終了後、小沼は資料室にあてられた小会議室に入り、結城の自宅から押収した介護実践のための教材DVDを持って捜査本部のデスクに戻った。ノートパソコンの電源を入れ、DVDをケースから取りだした。ケースには結城が卒業した学校の名前が入っている。

DVDをノートパソコンに挿入し、抽斗からイヤフォンを出して接続した。自動再生が始まり、実践的介護講座というタイトルが映しだされた。

昨日、結城が勤務先での介護について熱っぽく語るのを聞きながらふだん躰の自由が利かない老人の世話をしているなら地蔵担ぎも可能ではないかと思い、もう一度、DVDを見直してみようと思っていた。昨日は自分で書いた字を判読するのに苦労したが、今日は一転して調書に書くべきことがない。

　画面ではベッドに腰かけた男性を女性が立たせようとしている。ベッドのそばには車椅子が置かれていたが、どちらも白衣を着ているところを見ると介護士同士が講義用に実践してみせるようだ。

　画面に悪い例と字幕が出て、女性のナレーションがかぶさる。

〝このようにベッドに腰かけた要介護者を車椅子に移動させようとする場合、お尻の真上に頭がある状態では動かしにくく、腰に大きな負担がかかります〟

　座っている男性の両わきに腕を入れた女性介護士が尻を突きだしているのでいかにもへっぴり腰に見えた。何とか立たせたものの相当力を入れているのが画面を通じてもわかる。男性が痩《や》せていて、女性がどちらかといえばがっちりとした躰つきなので何とか抱えあげることができたようだが、もっと小柄な女性であれば、男性を起こすのは無理だろう。

　画面には細い金属の棒の両端に青い粘土を丸めて付けたものが映しだされる。縦にしたまま、棒の部分をつかんでまっすぐに持ちあげる。

〝この模型がお尻の真上に頭がある状態を表しています〟

　今度は模型が水平にされ、棒を指先でつまんで保持した。やじろべえのような感じだ。

〝頭の重さを利用してお尻を持ちあげる要領を簡単に模型で表しています〟

金属棒の中央を左手で支え、右手で一方の粘土塊を上下させる。簡単に動く道理ではあった。

画面がベッドわきに切り替わる。

女性介護士が男性の両わきに腕を差しいれるところは先ほどと変わらない。

〝このような状態になったらまず両手を要介護者の背中で握り、そのまま前に倒れてもらうようにします〟

カメラがベッドに座っている男性の背中側に切り替わり、女性介護士が背中で両手を組むのを映した。そのまま腕を引き、男性の状態を倒すようにする。男性は女性の左肩に頭を載せ、前傾した。女性が腰を真下に落とすと男性の尻がひとりでに浮きあがるように見えた。

〝頭の重さを利用すれば、自然とお尻が持ちあがります〟

女性介護士はそのまま方向を変え、男性を車椅子に座らせた。

「なるほどねぇ」

つぶやいたものの、地蔵担ぎとは体勢がまったく逆になる。抱えこむのではなく、背負うのだ。小沼は早送りして見ていった。模型やアニメーションを挟みながら寝ている要介護者を起こしたり、寝返りを打たせたりする方法が解説されていく。腕の組み方や膝で相手の膝を押さえる方法などすべて介護士が無理なく要介護者を動かせるようになっていた。

　吉村がのぞきこんだ。

「何だ、介護士の勉強か」

「ちょっと気になることがあったもので」小沼は再生を止め、イヤフォンを耳から取った。「何かありましたか」

「たまには外で飯食おうよ。費用を持ってくれてる上野には申し訳ないけど、毎食弁当じゃ、ちょっとな。近所に遅くまでやってるラーメン屋があるんだ。餃子《ギョーザ》が食いたいよ。ニンニク大盛りでな」

「お供します」

「別におごるわけじゃないよ」

「わかってますよ」

　そろって捜査本部を出ると、少し離れたところに中條が立っていた。携帯電話を耳にあてている。吉村と小沼に気づくと、中條は遠ざかっていき、女性用トイレに入った。

「おれたちに聞かれちゃ困る電話でもしてるのかね」

「それはないでしょう」

　二人は階段を下りていった。

「鈴原に関しては八月二十三日夜の足取りがほぼわかったわけ……、ちょっと待ってね」

携帯電話から流れてくる中條の声が途切れた。

「ごめん」

声が反響している。

「今、捜査本部から小沼君が出てきたんで」

トイレに入ったのだろうと小町は思った。

「それじゃ、鈴原が殺されたのは八月二十三日の夜ってことね」

小町は目を上げ、分駐所の中を見回した。誰もいない。今日は辰見と村川が組んで警邏に出ている。事件が起これば、小町は一人で捜査車輛を駆って飛びだす気組みではいたが、今のところ出動要請はなかった。

視線を下げる。左の腋の下に吊ったP230も心なしか寂しげに見えた。

「押収した鈴原の携帯電話には二十二日の午後と二十三日夜に結城からの着信が記録されていたそうよ」

鈴原が殺されたのは二十三日夜と見て間違いないだろうが、どのようにして結城は鈴原を内山医院跡へ呼びつけたのか……。

「結城直也の取り調べの方は？」

「昨日はすごい勢いで喋りまくったみたい。小沼君がほぼ徹夜で調書を作ってた。だけど今日は何もいわなかったみたいね」

「一日中、だんまり？」

「そう」

「結構な根性だね」

　答えながらも小町は結城が一転して沈黙した理由を考えた。弁護士の接見は結城が逮捕された当日の一度だけだと中條から聞いている。入れ知恵されたわけではない。

「何か聞いてる？」

「森合部長が取り調べている内容は小沼君の調書で読んだ。昨日、取り調べの最後に小茂田の保護者から結城の母親が金を受けとっている件をぶつけたのよ。慰謝料、損害賠償あわせて三千万円」

　中條は捜査本部デスクにあって文書管理一切をまかされていた。

「彼は何て答えた？」

「何にも。ノーリアクションだったみたい。それが今日になってもつづいてる。昨日は介護の方法について語ってた。結城は自分の仕事に情熱を持ってるみたいね。喋りだしたら止まらないって感じ。調書を読んだだけでも伝わってきた。それと、どうでもいいんだけど、小沼君はタイプミスが多いね。誤変換だろうけど、死体、死体ってしょっちゅう出てくるからずいぶん不気味な話をしてると思ったら何々したいいって願望のことだったのよ。笑っちゃった」

小町は机の上にタブレット端末を置き、ディスプレイに触れた。

中條がつづける。

「高瀬の件は森合部長も見立て違いかなっていってた。最初は高瀬を突き飛ばしたのは母親じゃないかと睨んでたみたいね。だけど結城の供述はすべて辻褄《つじつま》が合ってるし、吉村さんが荻窪で調べてきたら事故直前の防犯カメラ映像の中に結城らしき男が原チャリに乗ってるのがあったって。でも、肝心な部分は特捜二係がずっと調べてきた映像しかなくて、それだと立件は難しいだろうって」

「そうだね」

小町は答えながらインターネットに接続した。

「そういえば……」

決して大声で話していたわけではないが、中條はさらに声を低くした。

「森合部長がね、結城が時間稼ぎをしてるような気がするっていってたわ」

「えっ？」

思わず声を発し、あわてて周囲をうかがう。誰もいない分駐所に声が響きわたった。

中條がびっくりしたようだ。

「どうしたの？」

「ごめん。何でもない」

　小町も森合と同じことを考えていた。結城が三件の殺人についてあっさり供述し、高瀬殺しについてもすらすら喋っている。ところが、今日は一転して沈黙をつづけた。何か目的があるように感じられてならない。

　もし、結城が警察の目を自分に向けさせ、時間稼ぎをしているとすれば、目的はたった一つしかない。

　首謀者である小茂田を殺すことだ。高瀬、中野、それに鈴原を殺しても肝心の小茂田に手が届かなければ、かたき討ちは完結しない。だが、結城がすでに逮捕されている以上、ほかの誰かが実行しなくてはならない。

「母親は？　連絡は取っていないっていってるみたいだけど」

「それがねぇ……」中條がため息を吐く。「探してはいるみたいなんだけど、犯罪の疑いがあるわけじゃないから指名手配を打つわけにもいかないし、あくまでも参考人扱いでしょ。息子の件がこれだけ報道されれば、向こうから連絡を取ってきてもいいようなものだけど」

「住民票とかで母親の行方をたどれないの？」

「母親の住民票は結城のアパートが現住所になってる。調べたけど、移された形跡はなくて、今もそのまま」

それから中條は特捜二係が全員捜査本部に来ているわけではないといった。特捜二係の定員は十名のはずだが、たしかに上野に来ているのは森合、吉村、阿部、芝野の四名でしかなく管理官の佐々木も本庁と捜査本部を行ったり来たりしている。

「それで本庁に残った部隊が中心となっていろいろ照会かけてるみたいだけど」

「ヒットしないわけか」

小町は検索サイトを開き、結城しのぶと打ちこんでみた。すでに事件後、六年も経過しているせいか結城しのぶの名前でヒットしたのは二千件ほどでしかない。画像検索に切り替える。新聞記事の切り抜きがずらり並んだが、写真はほとんどない。ちらほらと目につくのは事件当時に流れたスナップ写真の切り抜きである。

一つの写真に目がとまった。しのぶが紙製のとんがり帽子を被って笑顔で写っている。画像に指をあて、タップする。画像を載せているウェブサイトにつながったが、フリーランスのライターが作っているようだ。もっとも自己紹介の欄にフリーライターとあるだけであくまでも自己申告に過ぎない。

写真を拡大した。誕生祝いのスナップだろうか、しのぶの前にはロウソクを立てたケーキが置かれている。

小町はしのぶの後ろに写っている食器棚に目を留めた。

どこかで見たことがあるような気がした。ガラス戸がはまっていて、それほど高価そうではない。しのぶの右肩で半分隠れているのはブランデーの瓶のようだ。

電話を切ったあとも小町はディスプレイに映る食器棚を見つめていた。

どこで見たんだっけ？――記憶を探るが、思いだせなかった。

3

天津飯《テンシンハン》には不思議な引力があると小沼は思う。

上野署を出て、ラーメン屋に行くまでの間、小沼の脳裏には醤油《しょうゆ》ラーメンしかなかった。吉村が餃子を頼むなら付き合ってもいいと思っていたが、さらにライスを追加したのでは炭水化物ばかりになってしまう。

ところが、店に入り、カウンターに座って何ということもなく壁に貼られたメニューに天津飯を見つけるとどうしても目が離せなくなった。珍しい料理ではない。気の利いたラーメン屋ならどこにもあるだろう。しかし、ふだん気に留めることはなく、見過ごしているのに一度目についてしまうと注文しないではいられない。

また、ラーメン屋に行くまで小沼の脳裏は醤油ラーメンでいっぱいになっていた。黒っぽいスープに浮かぶ脂の玉、白い筋の入ったチャーシュー、輪切りにしたゆで卵と茹《ゆ》でたほうれん草、海苔《のり》、その上にネギが散っている。吉村がとなりで餃子定食を注文すると醤油ラーメン、天津飯、餃子を注文していた。

若いね、と吉村が苦笑した。

三品とも完食、ラーメンのスープも残さず飲んだ。最後に飲んだ冷たい水のおいしかったこと……。

捜査本部に戻り、椅子に座るとすぐにベルトを穴一つ分緩めた。

「さて」

つぶやいて机の上を見まわしたが、取りあえず何をするか思いつかなかった。できれば、このまま地下の道場に行って布団に潜りこみたい。腹がふくれると矢でも鉄砲でも持ってこいと力がみなぎる場合と、何もかも放りだして眠りこみたくなる場合の両極端がある。今は完全に後者だと思った。処理しなければならない書類仕事は山積していたが、どこから手をつけていいか考えるのも面倒くさい。

となりの吉村を横目で見た。まぶたが半分落ちかかった、とろんとした目でノートパソコンを見ていた。パソコンにはスクリーンセーバーがかかっている。昨夜はほとんど眠らずに高瀬の事故に関する録画を見ていたのだから無理もなかった。だが、先輩と声をかけにくい雰囲気ではあった。

理由は島の頂点の机に座っている森合だ。腕組みし、一点を見つめつづけている表情は怖いほどに張りつめている。眠そうにしている小沼と吉村に気づいてもいないといった顔つきだ。

トイレで顔でも洗ってくるかと思って立ちあがろうとしたとき、捜査本部にばたばた足音を響かせ、鈴原担当の涌井が駆けこんできて森合の席まで来た。

顔が赤い。

となりで吉村が顔を上げ、まばたきしている。涌井は捜査本部に残っていた全員の目を集めた。午前零時になろうという時間帯に刑事が走れば、一瞬にして部屋の空気が張りつめる。

「森合部長」

「ご苦労さん」

「例の鈴原が行きつけにしてた鮨屋でもう一度聞き込みをしてきまして」

何が聞き込みだ——小沼は胸のうちでつぶやく——酒臭い息がこっちまで押しよせてるぞ。

鈴原担当班は今夜も元の内山医院、鈴原の自宅周辺の二手に分かれて聞き込みをしていた。

「鈴原は四、五年前からすごい美人を同伴することがあったそうです。それほど若い女ではないし、鈴原はあの店に家族を連れていってますから奥さんじゃないことはわかっていたそうですが。それほど若くなくて、美人といわれて、ぴんと来ましてね。これを見せたんですよ」

涌井が取りだしたのは、結城の部屋で小沼が見つけた家族写真のコピーだ。捜査資料として全員に配布されている。

「そうしたら店主が憶えてましてね。鈴原がたまに同伴していたのは結城慶子なんですよ。鈴原は店主に向かって、ぼくはこの人にめろめろでねなんていってたそうで、家一軒分くらいのプレゼントをしたんだよともいったとか」

小茂田の保護者が支払った賠償金は三千万円で、斡旋したのは鈴原に違いないが、弁護士の業務を果たしただけのことで鈴原が結城の母にプレゼントしたわけではない。

「店主には二人が男と女の関係に見えたそうです」

「そうか」森合の表情がさらに厳しくなった。「ご苦労さん。明日でいいから報告書にしておいてくれ」

「わかりました」

涌井は赤ら顔をほころばせ、写真のコピーを懐にしまった。

機動捜査隊浅草分駐所に流れる警察無線に小町は聞くともなく耳をかたむけていた。どこにいても聞こえるようスピーカーは天井の四隅に取りつけられている。

〝……町三丁目交差点で自動車同士の接触事故発生〟

〝移動二二〇五、了解〟

〝事故にあっては双方の運転者が軽傷を負っている。すでに救急車を手配し……〟

ぶつぶつという空電音が流れ、途絶えた。

〝移動二二〇五にあっては現着。これより車を離れる〟

〝第六本部、了解〟

小町は数分おきに交わされる慌ただしいやり取りを聞きながらタブレット端末の上で指を滑らせ、ニュースのウェブサイトを次々に見ていった。

中国人妻が包丁で日本人夫を刺す……、ストーカー被害者の両親、警察を訴える……、試験の成績、卒業者名簿、学校法人から個人情報流出……、中韓首脳、日本批判で意気投合……、警察官が電車内で盗撮……、三歳女児、行方不明……。

目をすぼめ、女児が行方不明になった事件のサイトを開いた。愛知県で三歳の女児が昨日から行方不明になっており、警察が事故と事件の両面で捜査を始めたと短く報じられている。

警視庁捜査一課に特殊班の名を冠した組織が作られたのは、昭和三十九年四月一日のことだ。特殊班の第一の任務は身代金目的の誘拐や人質を取っての立てこもり事件などを解決するところにある。

捜査一課は殺人、強盗、放火等の凶悪事件を担当するが、いずれもすでに起こった事案、つまり過去を対象とするのに対し、誘拐、立てこもりといった人質事件は現在進行形の犯罪で、それゆえ特殊と呼ばれ、被疑者の検挙より人質の安全が優先される。

特殊班創設のきっかけは前年の昭和三十八年に台東区で起こった四歳の男の子が誘拐された事件にあった。男の子は工務店経営者の長男で、犯人からすれば金持ちに見えたのだろう。現金自動支払機など存在しない頃で身代金は被害者の母親が指定された場所に運び、犯人は自ら足を運ばなくてはならなかった。つまり直接犯人と接触できるチャンスがあったわけだ。

だが、まさにこのとき警察は大失態を演じてしまった。

身代金の受け渡し場所として指定されたのは被害者宅にほど近い自動車工場であり、捜査員四十人が周囲をかため、犯人を確保する手はずになっていた。ところが、被害者と警察との間にわずかな連携ミスがあり、捜査員たちの準備が整わないうちに身代金を持った母親が家を出てしまった。

あとを追いかけ、文字通り受け渡し場所に捜査員たちが駆けつけたのは、犯人が指定した時刻の数分後だったが、すでに金も犯人の姿もなく、金が渡ったにもかかわらず男の子は帰ってこなかった。

犯人は一年後に逮捕された。工務店経営者の顔見知りの犯行と見て捜査をつづけるうち、一人の男が浮上した。だが、男には完璧《かんぺき》なアリバイがあり、捜査陣はなかなか突き崩せなかった。落としの名人と呼ばれたベテラン刑事が被疑者の取り調べを行い、雑談をするうち、大火事の煙を目撃したという一点を突いて自供に追いこんだのは有名だ。大火事は日暮里《にっぽり》で起こったのだが、その日東京にいなかったと主張していた被疑者がぽろりと口を滑らせた。

あのときは煙が凄《すご》かった……。

犯人は検挙したものの男の子は戻らず――誘拐された直後に殺害されていた――、身代金の受け渡し現場でみすみす犯人を取り逃がした失態が重大視された。当時、捜査一課には誘拐事件を専門に扱う部署がなく、殺人事件担当で腕利きとみなされていた刑事たちが出動したものの、事件解決の主体には所轄署の刑事課があたった。

何より問題となったのは、捜査一課と所轄署刑事の混成チームにおいて、どちらが主導権を握るかが明確にされていなかった点だ。この事件が教訓となって特殊班が創設され、誘拐事案についてはすべての捜査指揮を執ることになった。

もっとも警察全般にも問題があった。当時、人質とされていて、まして年端もいかない子供であれば、殺されるとは考えられていなかった。警察だけでなく一般市民にも共通の思いがあった。それまでに身代金目的で子供が誘拐され、殺害された事件もあったにもかかわらずである。現在から見れば牧歌的かも知れないが、人には最低限の良心があると信じられていた時代ともいえる。

誘拐直後、足手まといになる子供を殺してしまう事件が増え、警察は対応をせまられたが、さらに厄介なのは金銭ではなく性的暴行を目的とする拉致、誘拐事件である。結城しのぶちゃん事案はまさにこちらだ。十七年前、小町自身が直面した事件は母親同士の嫉妬が原因ではあったが、金銭目的ではないという点では一致していた。

さらに近年では家庭内での暴行、育児放棄によって子供が殺される事件が目立ってきている。幼い子供が犠牲になったのを知ると、どこにも持っていきようのないどす黒い怒りが渦巻くのを小町はどうすることもできなかった。

無線交信に耳をかたむけながら事件について解説したウェブサイトを次から次へと見ていった。

窓の外が明るくなりかけた頃、小町はふたたび結城しのぶがとんがり帽子を被った写真を載せていたサイトに戻った。サイトを運営しているのは、女性でフリーライターだとあり、メールアドレスが記載されていた。

しばらく迷ったが、小町はメールを送ってみることにした。とりあえず警察官であることは明かさず、結城しのぶの関係者だとして載せられている写真について訊きたいとした。味も素っ気もない短文だが、稲田小町と本名を書き、メールアドレスのほか携帯電話の番号を添えて送信した。

相手からの反応を期待していたわけではない。

大きく息を吐き、窓の外に目をやった。

始まりは過去四日間と変わりなかった。午前九時をまわったところで取調室のドアがノックされ、補助机のわきに立っていた吉村がドアを開ける。留置場係に連れられてきた結城が入ると、森合が立ちあがり、椅子を手で示して座るようにいった。

いよいよだ――マジックミラーを前にして立っている小沼は胸のうちでつぶやいた。

今日は鈴原担当班に所属する重野――結城のアパートの家宅捜索に赴いたときに運転手をしていた――がマジックミラーをはめた窓の下に置いた長机を前に座っている。

今朝、森合は吉村と小沼を呼んで告げた。

『今日は鈴原の事案について供述させる。昨日のようなだんまりは許さない』

昨夜遅く西新井署の中年刑事が鈴原が行きつけにしていたという鮨屋で、鈴原が結城の母親慶子をともなって来店していたという証言を得てきた。以降、森合は今までの捜査資料を丹念に読み返し、ノートをつけていて、結局一睡もしていない。しかし、疲れは微塵《みじん》もなく、顔には精気がみなぎっていた。

『どのように取り調べるか組み立ててはできあがったが、結城の様子を見て対応は柔軟に変えていくつもりだ』

それから森合は取調室には吉村が入り、小沼は小部屋から監視、鈴原担当からも応援を一人出させるといった。

さらにつづけた。

『高瀬、中野の事案は今のところ結城の単独犯行だが、鈴原がひとけのない元医院にのこのこやって来た理由がわからない。結城が呼びだしたんじゃ、無理だろう。だが、結城の母親が連絡をしたとしたらやって来る可能性はある』

最後をこう締めくくった。

『母親……、結城慶子がこの事件のポイントになる』

先に結城を座らせた森合が折り畳み椅子を引いて腰を下ろす。

「昨夜《ゆうべ》はよく眠れたか」

顔を伏せた結城が小さくうなずく。だが、森合は首を振った。

「そうでもなさそうだな」

結城の顔は青白く、目の下のくまが目立った。一昨日の夜に引きつづき、昨夜もよく眠っていないようだ。すでに森合は留置場係を呼んで、結城の様子を聞いている。見回りのたびに寝返りを打ったり、横向きに寝たまま、じっと壁を見つめていたという。

森合はまっすぐに結城を見つめていた。

「お前さんの部屋から押収した鞄の中にあった鈴原の携帯電話について調べた。着発信記録を見ると、八月二十二日午後二時以降にお前さんからの電話が入っている。二度電話を入れてるが、鈴原は出なかった。三度目でようやくつながったわけだ。八月二十二日といえば木曜日だが、仕事は休みだったのか」

「仕事でした」

小沼はマジックミラー越しに結城の口元を見つめていた。かすかに震え、開く。

しばらくぶりに結城の声を聞いた気がする。

「それじゃ、仕事中に鈴原に電話したのか」

「はい」

「どこで電話を使った?」

「二階にある職員用のトイレです。うちは女性職員が多いので男性用に人が入ってくることは滅多にありませんから電話くらいはかけられます」

「何を話した?」

「結城ですといって……、それだけじゃわからないかも知れないから妹の事件で世話になったといいました。それから明日、会いたいけど時間が取れるかと訊きました」

結城がぼそぼそと答えるのを聞きながら森合は目を細めたが、何もいわなかった。結城がつづけた。

「とくに予定は入っていないといったので、夜七時から八時の間にもう一度電話して、そのときに場所と時間を知らせるといいました」

手帳を見る。次の電話は二十三日午後七時三十分だ。

「それで？」

「次の日の夜、七時半頃に電話して、午後十時に……」

結城は小学校の名前を挙げ、正門のところで待っているといい、鈴原が承諾したといった。小学校は結城しのぶが通っていたもので、鈴原も場所を知っていたと付けくわえた。

森合が顔をかたむけ、結城をのぞきこんだ。

「ずいぶん遅い時間だが、鈴原は何も不審に思わなかったようか」

「別に。わかったといっただけでした」

「待ち合わせはうまくいったのか」

「ぼくは九時半くらいから校門のそばをぶらぶら歩いてました。あの男は午後十時より少し前に一人で歩いてきました」

昨日の捜査会議で西新井署の中年刑事の報告によれば、鈴原は鮨店を午後九時過ぎに出て、すぐタクシーをつかまえている。西新井駅までといいながら降りたのは手前の島根の交差点だ。鈴原が降りたところから小学校までは歩いても五、六分だろう。

時間的には矛盾しない。

「校門の前で会ったんだな？　それからどうした？」

「ナイフを見せて脅して、病院まで行きました」

「ナイフって、中野を刺した奴か」

「そうです」

「どうして病院へ?」

「内山先生の病院はぼくや妹が風邪をひくたびに通っていました。三年くらい前に先生が亡くなって、そのまま空き家になってるという噂《うわさ》を聞いたんです」

「三年前というと、お前さんは専門学校生だな?」

「はい」

「幽霊屋敷って噂を聞いたのか」

「いえ」結城は首を振った。「専門学校に通っていた頃、友達と会ったとき、小学生がそんな噂をしていると聞いたことはありましたけど」

「どうして病院に行こうと思ったんだ?」

「あそこなら人に見られないと思ったからです」

「でも、ナイフは使わなかったな。ナイフで刺したんなら傷が残る。首吊り自殺に見せかけようとした」

「違います」

結城が顔を上げ、叫ぶように声を張った。補助机に置いたノートパソコンに向かっていた吉村がさっとふり返る。

だが、森合は落ちついていた。

「何が違うんだ？」

「首吊りに見せかけようとしたんじゃありません」

「それじゃ、何だ」

「絞首刑にしたんです」

「ほお」森合は躰を引き、目を細めて結城を見た。「そいつをふいに思いついたってのか。さっきは人に見られないと思って病院に連れていったといったな。それじゃロープなんかはどうした？　持っていたのか」

結城がうなだれた。

「あらかじめ病院に用意しておきました」

「最初から病院に連れていくつもりだった。そうだな？」

結城がうなずく。

午前中の取り調べは結城が供述するままに進んだ。

なぜ、鈴原は結城の言葉に従って小学校までやって来たのかと小沼は疑問に思っていたが、ついに森合はその点に触れないまま、正午となった。

4

外堀《そとぼり》通りを数寄屋橋《すきやばし》交差点から新橋に向かって歩きながら銀座なんて何年ぶりかしらと小町は思った。七丁目で右に折れ、ＪＲ線の高架に向かうとほどなく右側に珈琲《コーヒー》専門店の看板が見えた。

夜が明けかかっていた頃、結城しのぶの写真を載せていたウェブサイトにメールを打った。管理者の名前は岩佐悦子《いわさえつこ》、職業はフリーライターとあったが、ペンネームかも知れない。

一時間ほどで返信があった。小町はサイトにあった結城しのぶの写真について訊きたいことがあると書いただけだったが、意外にも午後一時なら会えるという返事で銀座七丁目の珈琲専門店の名前が記されていた。小町はすぐに返信し、午後一時に指定の場所に行くと書いた。折り返し岩佐から目印としてテーブルの上にある週刊誌を置くとメールが来た。小町は了解した旨の返信をした。

珈琲専門店の木製扉を引いて開け、中に入る。専門店だけあってコーヒーの強い香りが鼻腔《びこう》を満たした。カウンター席には男性客が二人いるだけだ。左の窓際のボックス席にはカップルが二組、右に目を転じると奥から二つ目の席にいた女が小町を見て、テーブルの上にあった週刊誌を持ちあげた。

レジの後ろを通って女のいる席に近づく。水色のノースリーブのシャツ、セミロングのストレートボブの髪は栗色《くりいろ》に染められている。立ったまま、小さく頭を下げた。

「稲田です」

「岩佐です。どうぞ」

そういって岩佐は週刊誌で向かいの椅子を指した。腰を下ろすと男性店員がすぐに水の入ったコップを運んでくる。小町はブレンドと注文し、岩佐に向きなおった。

「突然だったのにありがとうございます」

「いえ」岩佐はかたわらのバッグから名刺入れを取り、一枚抜いて差しだしてきた。

「改めまして」

小町も上着のポケットから名刺を取り、交換した。警視庁警部補という階級、氏名、手書きで携帯電話の番号が書き加えてある。正式に支給されている名刺には所属部署や住所、電話番号は入っていない。必要に応じて口頭で伝えるか、直通の連絡先をメモして渡すだけだ。

形よく整えられた眉を上げる岩佐を小町は見た。年齢は四十歳前後、自分と同年代か少し上に見えた。

顔を上げた岩佐がまじまじと小町を見る。

「稲田小町さんですよね」

「はい」

「保育士をされていたんじゃないですか」

いきなりかつての職業を口にされ、息を嚥んだとき、ホットコーヒーが運ばれてきた。その間に岩佐は小町の名刺をしまった。

男性店員が離れてから小町は答えた。

「前職はたしかにその通りですが、今はこっちの仕事をしています」

岩佐はまっすぐに小町を見ていた。

「やっぱりあの事件がきっかけで？」

無言でうなずくと、岩佐はうなずき返し、テーブルの上に置いてあったタバコを取りあげた。細いタバコをくわえ、ライターで火を点ける。煙を吐き、前髪を掻き上げた。

「今朝のメールは仕事がらみですか」

御徒町での殺傷事件で結城直也が逮捕されたことはテレビ、新聞で報じられている。大騒ぎになったのは被害者である中野純平がかつて結城の妹を殺した犯人だと判明してからだ。平成のかたき討ちと見出しをつけた記事を載せた週刊誌もあった。

「いえ、直接は担当していません。くわしくは申しあげられませんが、ちょっとした関わりができまして」

「御社はいつもそうだ」岩佐がにやりとする。「つねに質問するだけ。こっちの質問には答えない」

「申し訳ない」

素直に詫びると岩佐は笑みを浮かべたまま、バッグからノートを取りだした。表紙が変色しているところを見ると新しいものではない。開くと中から写真を抜き、小町に向かって差しだした。

ウェブサイトに載っていたのと同じ写真で紙製のとんがり帽子を被って笑っている結城しのぶが写っていた。コンパクトカメラで撮影したものらしく、鮮明さはパソコン上で見るのと大して変わらなかったが、サイトの写真が縦長だったのに対し、手にした写真は横長で日付が入っている。

２００５・９・14――。

顔を上げると岩佐が先に首を振った。

「実はその写真について訊かれても困るんです。そっちの事件が起こったときに付き合ってた新聞記者が手に入れて、スキャンした画像をメールで送ってくれただけなんで。彼は当時社会部の首都圏版にいて、事件を取材してたんですけど、その過程で手に入れたものらしいです」

「では、その方に訊けば……」

「どうかなぁ。今、彼は静岡支社にいるんですけど、何しろ六年前ですからね。結婚して、子供が二人います」

「私から問い合わせをするというのもいけませんか」

岩佐が身を乗りだし、低声《こごえ》でいった。

「身分を明かして？　地方にいても記者は記者ですからね。御社が動いているとなれば、ネタの匂《にお》いを嗅《か》ぎつけますよ。それでもかまわないんでしたら」

そういって岩佐は新聞社の社名、相手の姓だけを早口で付けくわえた。岩佐のいう通り新聞記者であれば、警察の動きに敏感だろう。幾分沈静化してきたとはいえ、結城は三人を殺したと自供している。すべて裏が取れ、立件されれば、死刑になる可能性もある。

一方、小町は一介の機動捜査隊員に過ぎないし、捜査本部に所属しているわけでもない。

ふいに岩佐がつぶやいた。

「篠原夕貴《しのはらゆうき》ちゃん」

写真を手にしたまま、小町は岩佐を見つめ返した。岩佐の口元から笑みが消えている。

「私にとってはあの子の事件がフリーライターとしてのデビュー戦だったんです。あの頃は今ほど個人情報とか面倒くさいことをいわれなかった。おかげで園長さんや保育士さんの名前は簡単にわかりました」

岩佐は躰を起こし、椅子の背にもたれてタバコを喫った。唇をすぼめて煙を吐き、灰皿に押しつぶして消す。

「小町さんというのは印象的だし、何より第一発見者でしたからね。犯人扱いされませんでした？」

「いえ」

「千葉県でしたよね。まあ、どこでも御社の系列は似たような発想と行動をするもんだと思いますが」

それから岩佐は町名と保育園の名前、死体が発見された公園の名前までそらんじてみせた。

篠原夕貴こそ、小町が保育士をしていたときに同級生の母親によって連れだされ、首を絞められて殺された上に公園の浄化槽に投げ捨てられた女の子なのだ。次々にわいてきそうになるイメージを小町は嚙み殺した。

篠原夕貴と結城しのぶ。名と姓の違いはあっても音は同じだ。小町が結城直也の事案に引きずり込まれる理由にほかならない。

小町は写真をかざした。

「これは？」

「お持ちくださって結構ですよ。今日、ここへ来る前にプリントしたものですから」

「ありがとうございます」小町は写真をショルダーバッグに入れた。「変わった格好をしてますよね」

「自宅でやった誕生日じゃないですかね。彼女は一九九五年九月十四日生まれでした」

九月十四日なら明後日——小町は胸のうちでつぶやいた——生きていれば、十八歳になるのか…。


午後の取り調べは三時過ぎにようやく始まった。結城と向かいあった森合が切りだす。

「まず確認するが、お前さんは午後七時半頃に鈴原に電話を入れて、小学校の校門で午後十時に待ち合わせしようといった。間違いないな？」

目だけ上げた結城は探るように森合を見ていたが、やがてうなずいた。森合がつづける。

「お前さんは午後九時半頃には小学校の近くまで行って、あたりをぶらぶらしてた？」

結城がうなずき、森合が念を押す。

「お前さんがいっているのは正門の方で、裏門ではない？」

「そうです」

「あの小学校は妹が通っていたといったが、お前さん自身も通っていたし、その頃から建物も門も変わっていないな？」

「はい」

「わかった。それじゃ、ちょっとこれを見てくれ」

そういうと森合は椅子の背に躰をあずけ、吉村が立ちあがって結城の前にノートパソコンを置いた。

「それじゃ、再生してくれ。八倍速くらいでいいだろう」

森合の指示に吉村がうなずき、ノートパソコンのフィンガーパッドに指をあてた。マジックミラー越しに見ている小沼にはパソコンのディスプレイを見ることはできなかったが、どのような映像が再生されているかはわかっていた。

午後の取り調べ開始が二時間ほど遅れたのは、今吉村が見せている映像を探しだし、確認するためだ。

森合が訊く。

「結城君よ、何が映ってるか話してくれないか」

「門です」

「どこの門かな。門柱に埋めこんであるプレートは読めるだろ？　街灯の光が当たっているから」

結城はノートパソコンを見つめて、小学校の名前を口にした。

高感度カメラで撮影した映像は全体が不気味な緑色に染まってはいたが、鉄柵で閉ざされた門ははっきりと見て取ることができるはずだ。結城がびくっと躰を引く。

あのシーンだな、と小沼は思った。

門の前を自転車に乗った男が通過するのだが、目が白く輝いている上に八倍速なので凄《すさ》まじい速度になる。初めて目にしたときには小沼も驚かされた。

森合が口を開いた。

「右下にカウンターが出てるだろ。何と出ている？」

「動きが速すぎて、読めません」

「そうか。ヨシケツ、一時停止してくれ」

「はい」

吉村がフィンガーパッドに指をあてた。結城が目をすぼめる。

「今度は読めるはずだ。ちゃんと読みあげてくれないか」

「2、0、1、3のあとに点々」

点々とはコロンのことだろう。

「0、8、点々、2、3、点々、2、1、点々、4、8、点々、3、8」

「どういう意味かな」

「二〇一三年八月二十三日二十一時四十八分三十八秒ということだと思います」

結城の表情は変わらない。

「ご名答。それじゃ、つづきを」

ふたたび吉村がフィンガーパッドに触れる。結城は時おりまばたきしながら見ていた。じりじりと時間が流れていく。しばらくして森合がいった。

「もういいだろう。ヨシケツ、一時停止してくれ。何分になった？」

「二十二時十二分です」

「了解」森合が身を乗りだし、机に両肘《ひじ》をつく。「今どきの小学校はどこも防犯カメラを設置してあってね。時おり聞くだろ？　夜中に校舎に忍びこんで窓ガラスを割ったり、プールに飛びこんだりする輩《やから》がいる。刑法百三十条では建造物への侵入を禁じている。建造物という言葉には敷地内も含まれるという解釈だ。だから門の内側に入っただけで違法行為になる。悪質ないたずらなんかじゃない。ちゃんとした刑法犯だよ」

結城は身じろぎもしなかった。

森合が言葉を継ぐ。

「何が映ってた？」

「自転車に……」

「え？」森合がふいに大きな声を出した。「歳のせいで耳が遠くなったのかな。もっと大きい声でいってくれないか」

「自転車に乗った男が通りすぎていきました」

「結構。お前さんと鈴原の姿は映っていたかい？」

「待ち合わせは小学校の校門の前ですけど、実際に会ったのはもう少し離れてました。道路の向かい側だったかも知れません」

「カメラはもう一台あってね。そっちは魚眼レンズだ。多少解像度は落ちるが、人影は映る。我々はそっちも確認してる。さっきの自転車の男は映っていたが、同じ時間帯には道路の反対側にも人はいない。ついでにいっておくと、今の防犯カメラは進んでいてな、校門のまわりに立っている街灯の光があれば撮影は可能……、つまり撮影用の照明機材は必要としない」

結城が唇を結んだ。

森合がたたみかける。

「我々がチェックしたのはそれだけじゃない。裏門も見ているし、午後八時から午後十一時まですべてを見ている。カップルが一組映っていただけで、女はタンクトップに短パンだったよ」

「待ち合わせ場所はぼくの勘違いで……」

結城がいいかけるのへ森合が言葉を被せてさえぎった。

「その前に一つ、訊きたい。どうやって鈴原の携帯電話の番号を知った？」

「前から知ってました」

「前というのは妹の事件で鈴原が担当してからか」

「そうです」

「お前さんの携帯電話には七百件以上の電話番号が登録されているが、鈴原の番号はなかった。お前さんの財布や家も捜索したが、アドレスブックの類《たぐ》いもなかったし、鈴原の番号を書いたメモもなかった」

「暗記してたんです」

「六年前から？」

結城しのぶの事件は六年前に起こっている。

「はい」

「記憶力がいいんだな」森合は躰を起こした。「ところで、鈴原は二年前にスマートフォンに替えてて、携帯電話会社を乗り換えて、電話番号が変わってるんだよ。お前さんが暗記している番号だと使われていないか、まったくの別人が出る可能性がある。だが、あの夜、お前さんが打ちこんだのは鈴原の新しい番号だった。そうじゃなきゃ、つながるはずがない。その番号はどうやって知った？」

結城はうつむき、唇を噛んだ。

「お母さんから聞いたんじゃないのか。鈴原がお母さんに教え、お前さんはお母さんから聞いた。違うか」

「違います。母は関係ない。それに就職してからは母と連絡を取ってません」

「それはおかしいな。お母さんは一年くらい前、お前さんの勤め先を訪ねているだろう。親としては心配な時期だから不思議じゃない」

「違う」

結城はうつむいたまま、首を振った。いつの間にか顔が汗で濡れている。

森合は穏やかにいった。

「六年前、お前さんの家族はとんでもない不幸に遭った。その点は同情する。事件から一年後に今度は父親が自殺した。母一人、子一人になったわけだ。母親が息子を心配するのは当然だろう。だけど、息子だって母親のことが気になるんじゃないのか」

結城はしきりに両膝を揉むような仕草を見せている。

「それともお母さんがどこで、何をしてるのか知るのが怖いか。娘を殺した相手から賠償金を取るためなら弁護士とも付き合うような……」

「違う」

結城は激高したが、森合は手を緩めなかった。

「鈴原と関係を持つことで、鈴原は小茂田からの賠償金を確実に取れるよう手配をした。高瀬と中野の保護者は賠償に応じようにも収入がなかったし。お前さんをちゃんと学校にやって、介護士の資格を取らせるにはそれなりに金が必要だ。パート勤めだけじゃ心《こころ》許《もと》ないのも理解できる。だから……」

「違う、違う、違う」

「それじゃ、お母さんに本当のところを聞いてみようじゃないか。本音を、さ。こっちも調べたいんだが、お母さんって人は家族縁の薄い人なんだな。調べたんだが、両親ともにとっくに亡くなってるし、兄弟姉妹もない。家族は息子であるお前さん一人だ。お前さんの事件はマスコミがこれだけ大騒ぎしてるんだから向こうから警察に連絡を取ってくると思ったんだが、それもない。だが、犯罪者でもないから警察としては指名手配するわけにもいかないんだ。方法として残されているのは、唯一の身よりであるお前さんが捜索願を出すことなんだがね」

森合は結城の母、慶子が事件の鍵を握っていると見立てている。高瀬、中野の殺しについては今のところ結城の単独犯行としか見ることができないが、鈴原を呼びだしたのがかつて関係のあった慶子だとすれば、辻褄が合う。

ところが、結城はうなずき、消え入りそうな声でいった。

「お願いします」

夕方、自宅に戻った小町は携帯電話を取りだし、辰見にかけた。呼び出し音が二度聞こえたところでつながった。

「はい」

「稲田です」

「何か」

「明後日の当務のことでちょっと相談したいことがあって……」

九月十四日は結城しのぶの誕生日であり、小町は当務にあたっていた。どこまで辰見に話せるか自分でもわからなかった。

「この間行ったニュー金将って店、場所を憶えてるか」

「大丈夫です」

「今から一時間後では？」

「わかりました」

電話を切った小町は急いでシャワーを浴びるため、ブラウスのボタンを外しはじめた。

第六章　刑事小町

1

あと五分か——マジックミラーの前に立った小沼は腕時計を見て胸のうちでつぶやいた。午前八時五十五分だった。

顔を上げる。

取調室では入口のわきに置かれた補助机に尻をあずけるようにして吉村が立ち、椅子には股《また》を開き、腕を組んだ森合が腰を下ろしていた。目を閉じている。取り調べ用の机を挟んだ椅子はきちんと寄せられていた。

機捜なら今日は当務日か、と小沼はふと思った。

捜査本部要員に駆りだされてからというもの、一日も休みがない上、ほぼ毎日泊まり込みで早朝から深夜まで勤務がつづいていたもののまるで疲れを感じない。

案外、刑事《デカ》が性に合っているのか——小沼は胸のうちでつぶやいた。

一昨日、結城は鈴原の死体が見つかった元医院の近くにある小学校の正門前で八月二十三日午後十時に待ち合わせたと供述したが、学校が取りつけた防犯カメラに二人の姿はまったく映っていなかった。

昨日一日、森合は鈴原との待ち合わせ場所について結城を追及している。供述は二転三転したが、そのたびに合同捜査本部の鈴原担当班と西新井署刑事課が動き、結城の嘘をあばき、供述をひっくり返した。八月二十三日夜、待ち合わせ場所に向かう以前の鈴原の行動は裏が取れているので、防犯カメラをチェックにするにしても時間と場所が限定されているため手間はかからないとはいえ、迅速な捜査には違いない。

御徒町での刺殺事件で結城を逮捕してから八日、書類送検から六日が経ち、九月十四日になっていた。合同捜査本部に格上げされ、上野警察署に移動したとき、実質的に指揮を執っている管理官の佐々木が書類送検から十日を第一期とすると宣言し、半ばを過ぎたところだ。

小沼は取調室をながめながら事件を思い返した。

六年前、結城しのぶを殺したのは当時中学一年生だった小茂田、中野、高瀬の三人組で、彼らの弁護を担当したのが鈴原である。

結城の供述によれば、高瀬を突き飛ばし、ダンプに轢かせたのは偶発的な出来事で、中野は人混みの中、背後からサバイバルナイフでひと突きにしている。被害者をつけ回し、住所や行動を調べた上での犯行という点では一致していた。

では、鈴原殺害についてはどうか。

結城は首吊り自殺に偽装したのではなく絞首刑だといった。また、高瀬、中野のときとは違って母親をだしに使って電話で呼びだしたと供述している。だが、どのようにして鈴原の携帯電話の番号を知ったのかを問い詰められると満足に答えられなかった。自分で調べたのならすんなり供述しそうなものだ。誰かが鈴原の電話番号を教え、教えたのが何者かを隠したがっていると考えられる。

もう一つ、小沼には気になることがあった。

小茂田、中野、高瀬のうち、首謀者は小茂田とされている。しかし、結城は小茂田に手をつけようとしていない。森合は結城には共犯者がいて、それは母親の慶子ではないかと睨んでいたが、結城は母の捜索願を出すことに同意した。森合は慶子を探す方法がないと明言している。もし、慶子が共犯者であり、結城が慶子をかばおうとしているのなら捜索願に同意することは矛盾している。

慶子以外に共犯者がいるということか。その共犯者は今も小茂田を狙っていて、結城は警察の目を自分に引きつけることで協力しているのか。

午前九時を数分過ぎたとき、取調室のドアがノックされ、留置場係に連れられた結城がやって来た。いつものように吉村が迎え入れ、森合は立ちあがってマジックミラーの前を通りすぎて窓際に近づく。

吉村にうながされ、取り調べ用の机を回りこむ結城の顔を見てはっとした。顔は明らかに青ざめ、唇も紫色に見えた。まぶたが腫れぼったく、歩き方を見ても躰が重そうに感じられる。

結城が椅子に腰を下ろし、森合が机を挟んで向かい側に座った。吉村は補助机についてノートパソコンの向きを直した。

「昨夜《ゆうべ》はよく眠れたか」

毎朝、森合の取り調べは同じ言葉で始まった。結城はしばらくの間、机を見ていたが、やがて首を振り、小さな声で答えた。

「いえ」

「その顔を見ると、案配が悪そうだ。どこか痛むところでもあるのか」

結城はふたたび首を振った。

「眠れなかっただけです」

「昨日、お前さんが鈴原と待ち合わせたという場所はすべて調べた。いずれも小学校の校門と同じだったな。お前さんも鈴原もそこで待ち合わせたという証拠は見つからなかった。そろそろ本当のところを話して、すっきりしちまったらどうだ?」

森合の問いに結城はすぐには答えようとしなかった。森合はじっと結城を見つめている。時間が経過していく。小沼は腕時計を見た。すでに九時二十五分になろうとしている。今日はスローペースかと思いつつ、目を上げたとき、結城の唇が震え、か細い声でいった。

「直接、病院に呼びだしたんです」

「病院というのは？」

補助机に向かっている吉村がノートパソコンのキーを叩きはじめる。結城が答えた。

「内山先生の病院です。今は空き家になってますけど」

「どうやって鈴原を呼びだしたんだ？」

「病院で母が待っていると伝えました」

「鈴原は、あの病院の場所を知っていたのか」森合は穏やかにいった。「路地の奥にあってわかりにくいぞ」

「交番を目印にして説明しました。交番があるのは知っていたようで、すぐにわかりました」

「どうして母親を持ちだした？　お前さんは母親と連絡が取れないんじゃないのか」

「はい。でも、あいつは必ず来ると思いました」

「あいつとは、鈴原のことだな？　どうして母親を持ちだせば、鈴原が来ると思ったんだ？」

結城の顔が歪んだ。胸の奥に鋭い痛みが走ったような顔つきになる。森合は身じろぎもせずに待った。

唇を嘗めた結城が声を圧《お》しだした。

「母とあいつ……、鈴原弁護士のことは知っていました。母から聞いてましたから。小茂田から賠償金を取るのに必要だったといって、母は泣きました。鈴原弁護士は賠償金を餌《えさ》にして母を……」

唾《つば》を嚥み、もう一度唇を嘗めて言葉を継いだ。

「好きなようにしたんです」

「それが鈴原を殺そうと思った理由か」

森合の問いに結城がうなずく。

「小茂田からは金を受けとっていました。ぼくを高校と専門学校に通わせるのに父の保険金と母がパート勤めをしただけでは足りなくて、それでサラ金から金を借りていたんです。清算するには小茂田の金が必要だった。人の弱みにつけこんでるくせに正義面して……。だから小茂田の代わりに鈴原を処刑することにしました」

ふいに結城が顔を上げた。

「すみません。水をいただけませんか」

「わかった」

森合がうなずくと吉村がさっと立ちあがった。

三階建て住宅の北側に寄せ、日陰に入れてあるとはいうもののエンジンを切った捜査車輌の中は蒸し暑かった。サングラスをかけ、運転席のシートに沈みこむような格好で座っている小町はあごを流れおちてくる汗を手の甲で拭った。

目は右前方、路地の出口に向けている。

センターコンソールに取りつけた無線機は音量を絞ってあった。ひっきりなしに第六方面本部の交信が流れていたが、小町の車輌に付けられた呼び出し符丁六六〇三は混じっていない。

シャツの胸ポケットに入れたスマートフォンがかすかに振動する。取りだして画面に触れ、耳にあてた。

「はい、稲田」

「そっちの案配はどうだ？」

辰見が訊いてきた。一昨日の夜、『ニュー金将』で会ったとき、小町はこれまで調べた結果と自分の見立てを話し、次の当務では単独行動したいといった。辰見はすぐに了解してくれた。

「今のところ、動きはないですね。さっき路地の奥まで行って在宅はチェックしてあるんで出てくれれば、必ず私の目の前に来るはず……、出口はここしかないですから」

サングラスの内側で目を細め、路地の出口を見つめた。

「何かあったらすぐに連絡してくれ。本部からの呼び出しはこっちで対応する」

「ありがとう。よろしくお願いします」

電話を切り、ポケットに戻したとたん、路地の出口に白いポロシャツ、灰色のズボン、ベージュのチューリップハットを目深に被った年寄り——桑田が出てくる。左肩に黒のショルダーバッグを提げていた。

「ちくしょう」

小町は低くつぶやき、さらに躰を低くする。

桑田は捜査車輛の方に顔を向けたが、目を留めようとはしなかった。すぐに背を向け、交番のある通りに向かって歩きだす。小町はイグニッションキーに手を伸ばし、エンジンをかけた。

サイドブレーキを外し、右のドアミラーをちらりと見て近づいてくる車がないことを確認するとゆっくりと車を出した。

桑田は急ぐ様子もなく歩いていたが、足取りは決してだらだらしてはいなかった。小町は桑田との距離を保ちながらショルダーバッグを見つめていた。

何が入っているんだろう？

フリーライターの岩佐悦子から手に入れた写真には紙製のとんがり帽子を被った結城しのぶが写っていた。左の肩口にちらりとのぞいていたブランデーのガラス製キャップに何となく見覚えがあったが、どこで見たものかを思いだすのに時間がかかった。

　廃院で鈴原の死体を発見してからの記憶を丹念にたどるうち、桑田の自宅を訪れ、いっしょに酒を飲んだときの光景に行きついた。居間にはガラス戸の入ったチェストがあり、埃《ほこり》を被ったウィスキーやブランデーが数本並んでいた。そのうちのブランデーのキャップが馬の首だったのである。しのぶの肩先からのぞいていたのも同じ形をしていた。写真には2005・9・14と日付が入っていた。少なくとも八年前の誕生祝いを結城しのぶは桑田の自宅でしてもらっている。

　桑田は鈴原の死体発見にいたる通報者であり、なおかつ半年ほど前、結城直也が袋小路になっている桑田の自宅前でうろうろしていたという話をしていた。桑田の家に出入りしていたのはしのぶだけだったかも知れないが、少なくとも小学生の娘が出入りしている以上、親は桑田と面識があったと考えるべきだろう。兄の直也と桑田を結びつけるものはなかったが、まったくの見ず知らずとも考えにくい。

　一つだけいえるのは、自宅で誕生祝いをしてやるほどにしのぶを可愛《かわい》がっていたとすれば、しのぶを殺害した三人組を殺したいほど憎んだとしても不思議ではない。つまり桑田には動機がある。

　通りに出た桑田が手を上げると緑色のタクシーが停まった。桑田が乗りこむ間に小町は一気に距離を詰め、タクシーのドアに記された番号を読みとった。タクシーが動きだす。乗用車が二台行き過ぎるのを待って通りに乗りいれ、タクシーの尾行を開始した。

まだ、桑田が共犯者と決まったわけではないと思う。それどころか心の片隅では否定したがってさえいた。

鈴原の遺体発見現場で出会ったときから、口は少々悪いが、気のいい下町の爺さんという印象があった。

いっしょに酒を酌み交わした日の桑田が浮かぶ。家の奥に向かっていったものだ。

『おい、婆さん、お客さんだ』

迷惑じゃないかと訊いた小町をふり返った。

『心配は要らねえ。仏壇に向かっていっただけだ。婆さんは五年前に逝っちまいやがった。さんざ悪さしたからね、おれは。とんだところで意趣返しだ』

孤独な男はこの世にあまり未練を感じないものでもある。


「何かあるとすれば、今日だ」

捜査本部に戻ると森合はすぐに携帯電話を取りだし、誰かと話しはじめた。

今日？——小沼は自分の席に戻って森合に目を向けていた——どういうこと？　本件に何か関係があるのか。

となりでは吉村が口をへの字に曲げてノートパソコンと向かいあっている。

「わかった。午前十一時に自宅を出て……、駅？」森合は何度かうなずいた。「そうか、それじゃ大学に向かったんだな。わかった。引きつづき頼む。ぬかりなく……、ああ、お前さんたちなら大丈夫だ。頼りにしてる」

森合が電話を終えると、小沼は立ちあがってそばへ行った。

「ちょっといいですか」

「何だ？」

「今、何かあるとすれば今日だといっておられましたが」

吉村が顔を上げ、小沼を見たが、何もいわなかった。わずかの間小沼を見ていた森合がうなずく。

「今日、九月十四日は結城しのぶの誕生日だ。家族ならプレゼントしたいと思っても不思議じゃないだろ」

「プレゼントって」

小沼は絶句した。しのぶ殺しの首謀者である小茂田の首を何よりのプレゼントと考えても無理はない。

「特殊事情があるんで小沼にもすべてを話してやるわけにはいかないが、警護はつけてある」

「小茂田に、ですか」

「今もいったようにお前は知らない方がいい。お前を信用していないという意味じゃないぞ」

森合を見返しながら小沼は思った。

モア長は最悪の場合、すべての責任を負うつもりでいる。

ただし、警護というより小茂田を餌にした罠《わな》に近いと思いかけたとき、捜査本部に中條が駆けこんできて、まっすぐ森合の席まで来た。携帯電話を手にしている。

「お話し中、すみません。今、小町から電話が入ってまして桑田が自宅を出て神田三崎《かんだみさき》町《ちょう》まで行ってるそうです」

桑田といえば、幽霊屋敷と呼ばれる元医院のとなりに住む年寄りで、鈴原事案の通報者だ。それにしても三崎町に行ったという訳がわからない。

森合が目を剝《む》く。

「そっちか」携帯電話を取りだしながら中條に訊いた。「桑田の服装は?」

中條が携帯電話を耳にあて訊いた。

「桑田の服装は……、ええ……、白のポロシャツ、グレーのズボン、ベージュのチューリップハット。身長百六十センチ、やせ形、七十代。黒いショルダーバッグを提げています」

携帯電話を耳にあてた森合は宙を見据え、指先で机を叩いた。

「ああ、おれだ。全員に至急伝えてくれ。女じゃなく、年寄りだ。身長百六十センチ、やせ形……」

いつの間にかかたわらに立っていた吉村がそっと訊いた。

「三崎町に行ったということですが？」

「三崎町には小茂田が通っている大学がある。厄介だぞ」

「どういうことですか」

「キャンパスがないんだ。校舎が街中に点在してる。校舎の出入り口では学生証の提示を求められるが、校舎に入るまでは通りを歩くしかない」

桑田が結城の共犯者だとすれば、校舎に入る前なら容易に小茂田に近づけるし、黒のショルダーバッグに武器を入れているとすれば、通行人が巻きこまれる可能性がある。しかも昼飯の時間帯となれば、周辺のオフィスからも人が出てくるだろう。

携帯電話を耳から離した森合が中條に訊いた。

「小町の位置は？」

「はい」携帯電話を耳にあてる。「小町、今、どこ？」

森合は返事を待たずに立ちあがり、小沼と吉村に命じた。

「お前たちはただちに現場へ向かえ」

椅子の背にかけてあった上着を取った吉村につづき、小沼は捜査本部を飛びだした。

2

桑田を乗せたタクシーは島根交差点を右折して環状七号線を西へ向かい、西新井大師前から斜めに切れこんで尾久橋通りに達すると一気に南下して扇大橋《おうぎ》を越え、ＪＲ西日暮里《にしにっぽり》駅の高架をくぐり抜けた。

ハンドルを握った小町には桑田がどこへ向かっているのか見当がつかなかった。

本郷通りに入れば管轄区域を外れるが、かまわずタクシーを追いつづけた。タクシーは千駄木《せんだぎ》の交差点で右折し、道路を上り、下って、白山下《はくさんした》交差点で白山通りに入って、さらに南下する。やがて右手に東京ドームシティアトラクションズのジェットコースターやアトラクション用の塔が見えてきた。

ＪＲ水道橋駅の高架下を抜け、次の交差点を過ぎたところで停車、ハザードランプを点滅させた。左にバス停がある。小町はその手前で捜査車輛を路肩に停めた。ドアポケットの内側からラミネートされた警察車輛用の特別駐車許可証を抜いてダッシュボードに置くと車から降りた。

タクシーを降りた桑田は交差点で信号が変わるのを待ち、白山通りを横断する。小町も横目で桑田の足元をちらり、ちらりと確認しながら歩く。全国チェーンを展開する薬局の前に達したところで角で足を止め、桑田が入っていった通りをうかがう。左右には古いオフィスビルが建ちならんでいた。

ふいに桑田が足を止め、ふり返ったのであわてて躰を引っこめた。

薬局の向かいにあるメガネ店裏口のガラス窓に映る桑田を注視する。桑田は後ろを気にしているようだが、小町に気づいた様子はない。

胸ポケットからスマートフォンを取りだし、森合にかけたが、通話中だ。すぐに中條の携帯電話にかけ直す。

「はい、中條です」

「稲田だけど、モア長、そばにいる？」

「午前中の取り調べが終わって、捜査本部に戻ったところ。私は本部前の廊下に出てきた」

「すぐに戻ってモア長に伝えて。桑田が自宅を出て、神田の三崎町に来てる」

「三崎町？」

中條の声のトーンが高くなった。

「三崎町がどうかしたの？」

「そこに小茂田が通ってる大学がある」

きびきび答える中條の声の背景にドアを開ける音が聞こえた。

間違いなく桑田は小茂田を狙っている。どのようにして小茂田の通っている大学や通学時間などを調べたのかはわからないが、今は詮索《せんさく》している余裕などなかった。

　中條がつづける。

「で、桑田って誰？」

「鈴原事案の通報者」

「ちょっと、待ってね」

　携帯電話を離す気配が聞きとれたあと、中條がいった。

「お話し中、すみません。今、小町から電話が入ってまして桑田が自宅を出て神田三崎町まで行ってるそうです」

　そっちかと答える森合の声が聞こえた。つづいて桑田の服装を訊ねた。

「桑田の服装は？」

　中條がくり返した。

　小町はメガネ店裏口のガラスに映る桑田を見つめていた。まだ周囲をうかがっていた。

「白いポロシャツを着て、ズボンはグレー、ベージュのチューリップハットを被ってる。身長は百六十センチくらい。やせ形で、年格好は七十歳くらい。黒いショルダーバッグを持ってる」

　そのまま中條が伝えている。

桑田がくるりと背を向け、歩きだした。小町はスマートフォンを耳にあてたまま、薬局の陰から出た。森合が臨場を命じるのが聞こえた。

ふたたび中條が訊いてきた。

「今、どこ？」

「三崎町交差点を横断して、二丁目に入ったところ……」

角の薬局の名前を告げたとき、桑田が居酒屋の前を通りすぎて交差点を右に曲がるのが見えた。小町は居酒屋の向かいにあるチェーン店の焼肉店の看板を出しているビルの角に身を寄せ、慎重に通りをうかがった。すでに桑田は二十メートルほど先を歩いていて左手にある建物に目をやっている。だが、足を止めようとはしない。小町は目にしたままを中條に伝えながらビルの角から出る。

「桑田は左側にあるビルを見ながら歩いてる」

「それが小茂田の通ってる大学」

「大学っていっても、まわりは事務所やら居酒屋ばかりでキャンパスって感じはないよ」

「その大学にキャンパスはない。街の真ん中にビルがいくつかあって、それが校舎なのよ」

「そんなのありか」

素早く周囲を見まわした。昼食時だというのに意外と人通りが少ない。それで気がついた。今日は土曜日で、明日、明後日が連休になる。機動捜査隊に着任してから三日に一度の当務をこなしている。たった二週間だというのに早くも曜日の感覚が薄れていることを知った。

「もしもし？　桑田は？」

「校舎の前を通りすぎた。ぶらぶら歩いてる。今なら奴のまわりに人はいない。職務質問《バン》、かけてみる」

「ちょっと待って」

森合が何かいったが、くぐもって聞きとれない。だが、すぐに中條が伝えてくれた。

「そばに応援がいるからそのまま尾行をつづけるようにって」

応援と聞いてぴんと来た。

「小茂田が来てるのね？」

「えっ？」わずかに間を置いて中條が答える。「ええ」

おそらく森合は共犯者の存在を疑い、小茂田に捜査員を張りつけているのだろう。警護であると同時に共犯者を逮捕するための餌に使うつもりなのだ。

校舎の前を過ぎた桑田はのんびりした足取りで左へ曲がる。小町は小走りにあとを追った。電柱の陰から前方をうかがう。桑田の歩調は変わらない。飲食店やカラオケボックスが並ぶ通りを歩いている。

スマートフォンを耳にあてたまま、小町は歩きだした。

次の交差点で桑田が左に折れる。小町はふたたび小走りになり、小さな薬局の前まで行った。左に目をやってはっと息を噛む。道路が三方に分かれていて、どこにも桑田の姿が見えない。

「チクショウ、五叉路《ごさろ》だ」

「何だって?」

「桑田が消えた方向の道路だけで三本ある」

小町は小さな薬局の前を過ぎ、すぐ左から延びる道路をうかがった。桑田の姿はない。正面に郵便ポストが立っている菓子舗の前に行き、左の道路を見たが、またしても桑田の姿はなかった。細い通りを横断し、コンビニエンスストアの前へたどり着いたときには胸が苦しくなっていた。

気づかれていた?

コンビニエンスストアの角から左の通りをのぞいたが、やはり桑田の姿はない。スマートフォンが口元にあるのを忘れ、舌打ちした。

「もしもし?」

中條が声をかけた直後、左後方で乾いた破裂音が響きわたり、悲鳴が聞こえた。とって返した小町は菓子舗と薬局の間の道路を駆けだした。

「銃声みたい」小町は弾む息の間から告げた。「よくわからない。今、薬局とお菓子屋さんの間に入った」

「駅から見て、どっち？　吉村さんと小沼君がそっちへ向かってる」

「駅……、たぶん駅から来たら左の方だと思う」

居酒屋と弁当屋の間を駆けぬける。人がまばらに歩いていた。小町は左手を振った。

「下がって、下がって。危険です」

警察手帳を出している余裕などない。

「危険です」

力の限り怒鳴った。咽がひりひり痛む。


上野署の駐車場を出るところから赤色灯を回し、サイレンを吹鳴させた。上野駅の南側で高架を抜け、国道十七号線——中央通りを万世橋《まんせいばし》警察署の前を右折して外堀通りへ出る。車が少なく、小沼はアクセルを踏みこんで一気に加速した。神田川を左に見て、昌平橋《しょうへいばし》交差点を通過、お茶の水と抜けて水道橋交差点が近づいている。

助手席の吉村は携帯電話を耳にあてていた。

「五叉路で失尾《しっび》っすか」

そういうと吉村は携帯電話を口元から離し、小沼に顔を向けた。

「この交差点をまっすぐ突っ切って、後楽園の歩道橋下まで行け。すぐ先の交差点を左折して水道橋駅の方へ」

「はい」

吉村が目の前のマイクを取り、小沼に向かって差しだした。受けとった。交差点は赤信号だが、すでにサイレンを聞いた車は交差点に進入せずに停まっていた。念のため、マイクに声を吹きこむ。

「緊急車輛は赤信号を直進します。緊急車輛は赤信号を直進します」

交差点を過ぎたところでアクセルを踏み、吉村が携帯電話を耳にあてる。

「すみません。今、水道橋交差点を抜けたところです。まっすぐ五叉路に向かいます。はい……、銃声？」

思わず奥歯を食いしばった小沼だが、それでもウィンカーを上げ、左折してJR水道橋駅に車首を向けた。吉村がセンターコンソールに手を伸ばし、赤色灯とサイレンを切った。駅の手前で小沼の左肩を叩き、左を指さす。

駅前の一方通行路に入ると短くサイレンが鳴った。吉村が床に仕込んであるスイッチを踏んだのだ。

歩行者や左側に停車しているトラック、タクシーに気をつけながら進む。突き当たりを道なりに右へ曲がり、高架下をくぐった。

ふたたび吉村が指示する。

「そこ、右へ行って、すぐに左」

いわれた通りにハンドルを切り、車を乗りいれる。飲食店や事務所が入ったビルが左右に並ぶ通りはそれほど広くない。思ったより歩行者は少なかったが、速度は落とさざるをえなかった。

やがて五叉路に達した。携帯電話を耳にあてたまま、吉村がいう。

「左？　薬局と菓子舗の間？」

左に目をやると小さな薬局があった。菓子舗というがタバコの自動販売機しか見えない。かまわず五叉路に進入し、薬局のわきへ乗りいれた。

前方に黒いスーツ姿の女——稲田の後ろ姿が見えた。走っていき、左へ曲がる。

「先輩、あれです」

「臨場しました。車を離れます」

小沼は車を左へ寄せて停め、エンジンを切った。すでに吉村は飛びだして駆けだしている。小沼もあとにつづいた。

コインパーキングの前を通りすぎようとしたとき、左から来た黒塗りのセダンに危うく轢かれそうになった小町は行き足を止め、両腕を振りまわした。運転者は必死の形相《ぎょうそう》をしている。

今、黒塗りのセダンが出てきた路地に目をやる。二十メートルほど先の左にお好み焼き屋と焼肉店の看板が出ており、その前で若い男女が抱きあって立っていた。

さらに前方に目をやると桑田が尻餅《しりもち》をついている。黒いショルダーバッグは肩から外れ、転がっていた。カップルとは数メートルしか離れていない。

道路についた右手には銀色に光る大型の自動拳銃が握られていた。

トカレフ？——小町は眉を上げた。

ロシア製の軍用拳銃で威力が大きい。弾丸は男の躰ばかりでなく、女も撃ち抜き、小町さえ傷つける可能性があった。あまりに威力がありすぎるために最近ではヤクザでさえが持てあますといわれているが、密輸量は圧倒的に多く、中国製のコピー品も数多く出回っている。粗悪だといわれる中国製トカレフでも数メートル先の人間を撃つだけなら命中精度など関係ない。

おそらく桑田は引き金をひいたものの銃声と反動に驚き、尻餅をついてしまったのだろう。

男が小茂田だろうかと小町は思ったが、確かめている余裕などなかった。線が細く、柔らかな栗色をした髪を逆立てている。女は男の胸に顔をうずめるようにしていた。茶色の髪と淡いブルーのブラウス、スカートしか見えない。

近づいてくるのが小町だと知ったのだろう、桑田が目を剝き、必死に立ちあがろうとする。

スマートフォンを上着のポケットに放りこみ、ショルダーホルスターからＰ２３０を抜いて抱きあっている男女に駆けよる。男は桑田に背を向け、女を胸に抱いていた。

桑田が唸り声を発した。

小町は若いカップルに声をかけようとした。

「店に……」

入れという前に男はするりと体を入れ替え、中腰になっている桑田に向かって女を突き飛ばし、自分は小町の方に向かって逃げだそうとした。

ちょうどお好み焼き屋の戸が開き、昼間だというのに赤い顔をした中年男が出てこようとした。小町は右足を踏みだすと女を身代わりにして逃げだそうとした小茂田らしき男に左肩からぶつかり、かちあげた。

女を楯《たて》にして自分だけ逃げようという男に手加減するつもりはなかった。

若い男とお好み焼き屋から出てこようとした男が衝突し、二人はもつれるように店内に倒れこんだが、とりあえずトカレフの射線からは外れた。

小町はその場でＰ２３０を構えたが、すでに桑田は立ちあがり、羽交い締めにした女の首筋に銃口を押しあてていた。

「動くな」

桑田が怒鳴る。もがいている若い女と小町の双方の動きを牽制《けんせい》しようというのだろう。若い女はなおも桑田の腕の中でもがき、何とか逃れようとする。桑田の人差し指は引き金にかかったままだし、撃鉄は起きている。

「そのまま、動かないで」

両手でP230を保持していた。薬室に弾丸は装填《そうてん》されているが、安全装置はかかったままだ。人差し指は伸ばして、用心金の外側にかけている。右の親指をわずかに動かすだけで安全装置は解除され、引き金をひけば連動して撃鉄が起きあがって第一弾を発射できる。

上着の下には防刃ベストを着込んでいるものの防弾能力はない。もっともほんの数メートル先でトカレフが発射されれば、どんな防弾ベストさえ貫通してしまう。

ようやく女がもがくのをやめたが、桑田は相変わらずトカレフを突きつけたまま、引き金に指をかけている。

「桑田さん」

小町は声を張った。桑田がびくっとしたように躰を震わせ、女が悲鳴を上げる。小町は桑田の目を見たまま、なおもP230を向けていた。

「相手が違うでしょ。そのお嬢さんならちょうどしのぶちゃんと同じくらいの歳よ」

「それなら小茂田を出せ」

やはりさっき突き飛ばしたのが小茂田かと思ったが、小町はまっすぐに桑田を睨みつけたまま動かなかった。

「とにかくその子を離しなさい」

「うるせえ。お前こそ、下がれ」

お前にお前呼ばわりされるおぼえはないと咽まで出かかったが、何とか堪《こら》えた。

そのときになって焼肉屋の看板の陰に白衣を着た店員が青いゴミ箱に両手をかけたますくんでいるのが見えた。さらに桑田の後ろからはカッターシャツ姿の中年男が荷台に箱をくくりつけた自転車に乗ってゆらゆらと近づいてくる。

どいつもこいつも間が悪いったらありゃしない——小町は腹の底で毒づくと、P230の銃口を空に向け、桑田に向かってにっこり頬笑《ほほえ》んで見せた。人質になっている女が目を剝く。

「オーケー、わかった」

背筋を伸ばした小町は拳銃をショルダーホルスターに戻し、上着を脱いだ。目をぱちくりさせている桑田を見つめたまま、上着を道路に落とす。次いで腰に巻いた帯革とショルダーホルスターをつないでいるバンドを外す。拳銃を差したままのショルダーホルスターと手錠、警棒のケースをつけた帯革も路上に置き、防刃ベストの腋の下にあるマジックテープを剝がしてベストも脱ぐ。

両手を上げた。

「その子の代わりに私が人質になる」

「馬鹿いうな。お巡りなんか人質にできるわけないだろ」

「その子みたいにもがかないから動きやすくなるよ」

小町は桑田の目を見たまま、一歩踏みだした。

後方の自転車と桑田の距離は二メートルほどでしかない。焼肉店の店員は相変わらずすくんでいる。

一刻の猶予もなかった。

「お願いだからその子を離して。しのぶちゃんと同い年くらいで……」

もう一歩踏みだすと桑田は目を剝き、トカレフを小町に向けた。

3

トカレフの馬鹿でかい銃口に射すくめられ、小町の足が止まった。

それだけではない。脳裏にはゆるやかなライフリングを刻まれた銃身の奥にある直径八ミリの銅の被甲弾、薬莢《やっきょう》内の炸薬《さくやく》、尻に埋めこまれた雷管、撃針、いつでも撃針を叩けるようロックされた撃鉄までが次々に浮かんでくる。

撃鉄が落ちれば、撃針は雷管を貫き、炸薬が燃えて八ミリ弾が飛びだし、小町を簡単に引き裂く……。

恐怖に立ちすくんでしまった。

周囲の音が消え、ゆっくりとこめかみを伝う汗を感じた。

明るい、幼い篠原夕貴の声が耳の底にかすかに聞こえた。

せんせい……、いなだせんせい……。

待って——小町は胸のうちで語りかけた——今、助けてあげる。

いつしか桑田に抱かれてもがいているのは夕貴になっていた。奥歯を食いしばり、アスファルトに張りついた右足を剝がす。

トカレフを構えた桑田が大きく口を開けたが、声は聞こえなかった。白目の中にぽつんと瞳が浮かんでいる。

二度目はごめんよ、今度こそ……。

焼肉店の看板の陰にいた白衣の店員が青いゴミ箱を持ちあげるのを視界の隅でとらえた。口を結んだまま、目はまっすぐに桑田が突きだしているトカレフに向けられている。

何をしようというのか。

接近してきた自転車はほとんど桑田に並びかけようとしており、カッターシャツの中年男が桑田を睨みつけている。シャツの襟が汗で濡れていた。

看板の陰から一歩踏みだした店員がゴミ箱でトカレフを撥《は》ねあげ、桑田の手が強ばって前腕に筋肉の筋が刻まれたかと思うと銃が踊り、銀色のスライドが後退して薬莢を弾《はじ》きとばした。

そのときには自転車の中年男が路面に片足をつき、両手で桑田の手首をつかんでいた。自転車がその場にゆっくりと倒れる。

白衣の店員は夕貴……、いや、人質になっていた若い女性を桑田との間に差しいれた左手で巻きこむように抱き、前方に倒れこみながら右手を伸ばして路面につく。

自転車の男が桑田の足の後ろに自分の左足を入れた。トカレフを持つ桑田の手首を両手でつかんでいたが、右の人差し指を撃鉄の前に差しこんでいた。そのまま桑田の右手をひねり、払い腰をかける。

揉みあう彼らの後方にいつの間にか暗色のワンボックスカーが現れ、前方を沈みこませながら右に曲がろうとしていた。

大きく開いたスライディングドアから濃紺の上下つなぎの上に防弾ベスト、肘、膝にプロテクターを着け、ヘルメットを被った二人の男が飛びだしてきて仰向けに倒れた桑田を押さえ込みにかかる。

小町の右足がようやくアスファルトの上に着地する。

桑田の右手首を両手でつかんだまま、カッターシャツの中年男が叫ぶ。シャツがめくれ、黒い防弾ベストがのぞいた。

「確保、確保、確保」

人質を抱えたまま、路上に倒れこんだ店員がようやく顔を上げた。白衣の襟元からも防弾ベストがちらりとのぞいている。

小町は肩を叩かれ、ふり返った。

小沼だった。

「怪我《けが》、ありませんか」

すべての音が一斉によみがえり、小町は目をしばたたいた。路地の前方と後方には赤色灯を回したパトカーが進み、サイレンを短く吹鳴させた。

「ええ」

小町はようやくうなずいた。

かたわらに小町の上着と装具一式を手にした男が立ち、差しだしてくる。小町は受けとって礼をいう。

「ありがとう」

「驚いたね。持ってるお方は違うもんだ。モア長のいう通りだな」

小町は目を上げた。

「そちらは？」

「捜査一課《そういち》、吉村」

「吉村さんは自分の初任地、三鷹署の先輩なんです」

わきから小沼が言い添えた。

三人の背後を女性警官に支えられて、人質になっていた若い女が通りすぎる。小町は目で追った。お好み焼き屋の前まで行くと、小茂田が出てきて女の前に立った。口を開こうとする前に女の右手が一閃《いっせん》、小茂田の頰《ほお》を音高くひっぱたいた。

「ひゃっ」

吉村が低く声を漏らす。

「あのくらい当たり前よ」

小町はつぶやき、桑田に目を向けて思わず声を漏らした。

「えっ、何？」

いつの間にか桑田を押さえこんでいるのは三人の制服警官になっていた。白衣の店員、カッターシャツの中年男、上下つなぎに防弾ベスト、ヘルメットを被った男たちも暗色のワンボックスカーもいなくなっていた。

「あの人たちは？」

「ＳＩＴ《シット》」吉村が答える。「モア長が小茂田に張りつけておいた」

ＳＩＴは捜査一課特殊班《SOUSA IKKA TOKUSYUHAN》の略だと小町は聞いていた。特別捜査隊《スペシャル・インヴェスティゲーション・チーム》の略称は後付けだというのだ。焼肉店の店員もカッターシャツの中年男も防弾チョッキを着けていた。

小町は吉村に目を向け、訊ねた。

「それじゃ、皆ＳＩＴってこと？」

吉村は肩をすくめた。

「結城直也に共犯者がいること、今日が結城しのぶの誕生日であること、しのぶちゃん事件の首謀者が小茂田であることはわかっていた。それでモア長は小茂田に警護をつけることにした」

「餌ってわけか。モア長め……」

小町は首を振った。

吉村は何もいわずにやりとしただけで、失敬といい、桑田に近づいていった。

「ちょっと、これ持ってて」

小町は小沼に上着を押しつけると、ショルダーホルスターを着け、帯革を腰に巻いてバックルを留めた。上着を受け取り、羽織る。

「びっくりしましたよ。いきなり丸腰になって近づいていくんですからね。あれで何とかなると思ってたんですか」

「そんなわけないじゃない」小町はパトカーに押しこまれる桑田を見ていた。「無我夢中だった」

夕貴の笑顔が脳裏をかすめていく。短い歯を見せて、きれいな顔で笑っている夕貴を思いだすことなど久しくなかった。

「班長のことだから犯人に向かって発砲するのかってひやひやしましたがね」

小町は小沼を睨《ね》めあげた。

「拳銃《ガン》大好きなんだけどね、射撃の成績はいまいちなんだな」

「あらまあ」

「嬉《うれ》しそうな顔してるんじゃないの」

にやにやしている小沼の腹を小町は拳で突いた。


三崎町からまっすぐ上野署に戻ると、吉村と小沼は桑田逮捕の顚末《てんまつ》を森合に報告した。すべて聞き終えると森合は立ちあがり、結城の取り調べを始めようと告げた。小沼はほとんど定位置となりつつなるマジックミラー越しに取調室を見ていた。

取調室に入れられ、森合から桑田が逮捕されたこと、小茂田を殺そうとして失敗したことを聞かされても結城の表情に変化はなかった。机にぼんやりした視線を向けたまま、身じろぎもしない。

「桑田は街中で拳銃を撃ったが、素人の悲しさだな、ぶっ放したとたん、尻餅をついて取り押さえられた。小茂田には傷ひとつつけられなかったよ。残念だったな。お前さんがわざと捕まって、おれたちの目を引きつけてる間に桑田が小茂田を殺そうとしたようだが、思惑通りにことは運ばなかった」

森合の言葉に顔を伏せた結城は眉根を寄せ、口元を歪める。森合が静かにたたみかけた。

「さて、桑田が共犯ということになるとお前さんの話も最初からもう一度聞きなおさなくちゃならない。絵図を描いたのは桑田か、それともお前さんなのか」

結城はかすかに首をかしげ、それからおずおずと森合を見上げた。

「桑田さんって、誰ですか」

「おいおいここに来て今さらしらばっくれてもしようがないだろう。鈴原をぶら下げた病院のとなりに住んでる爺さんだ。お前は子供の頃から知ってるじゃないか」

「内山先生の病院のとなり……」結城は宙を見た。「ああ、わかりました。桑田さんっていうんですか。母さんとしのぶは遊びに行ってましたが、父さんやぼくは関わりがありませんでした」

「お前さんだって内山医院には行ったことがあるだろ」

「あります。子供の頃は風邪をひいたら内山先生のところへ行って注射してもらって、抗生物質を出してもらってましたから。でも、となりのうちに遊びになんか行きませんでしたよ」

「顔を見れば、挨拶くらいしたんじゃないのか」

森合の問いに結城は首を振った。

「内山先生のところへ毎日行ってたわけじゃないし、あそこは路地の奥ですからしょっちゅう通るわけじゃありません。今年の冬にちょうどあの近所を通りかかったんで行ってみたんですけど、行き止まりになってることも忘れてました」

「そのときに桑田に会ってるはずだ」

「あの人が桑田さんですか。何か用かって、ひどく無愛想にいわれて……、気分悪かった」

稲田が桑田から聞いたという話を小沼は思いだした。結城の写真を見せて、確認をとったはずだ。

結城と桑田には面識はなかったのか。

子供の頃から内山医院に通っていて、顔くらい見たことはあったかも知れないが、必ずしも知り合いだったとはいえない。

そうだとすれば、高瀬、鈴原、中野を殺したことと、小茂田を撃ちそこなったこととはまったく関係がなくなる。

いや――小沼は胸のうちでつぶやく――偶然にしては出来過ぎだ。

結城はまっすぐに森合を見返した。

「そんなことよりぼくをさっさと死刑にしてください。三人も殺してるんですから」

いきなり森合が両手を机に叩きつけた。身を乗りだし、結城に顔を近づける。結城が躰を引き、顔を伏せると森合は机に長い顎をつけるようにして下からのぞきこんだ。

「死刑が相当なら裁判所が決める。おれたちの仕事は誰が何を、なぜやったか、事実をはっきりさせるだけだ。死刑台に登りたがってる奴の手助けは職掌範囲にない」

結城が顔を背ける。

森合は圧し殺した声で付けくわえた。

「警察《おれたち》をなめるな」

曇りガラスをはめた窓のわきに立ち、壁にもたれた小町は腕を組み、小さな机を前にして座っている桑田を眺めていた。曇りガラスのせいでいくぶん弱められているとはいえ、窓からは強烈な西日が射しこみ、桑田の顔をまともに照らしている。

眩《まぶ》しそうに目を細め、うつむいている桑田の顔は最初に会ったときより一回り萎《しぼ》んでしまったように見えた。

死傷者こそ出さなかったものの、若い女を羽交い締めにしてトカレフを突きつけた桑田は人質強要罪および銃刀法違反の現行犯で逮捕され、三崎町を管轄とする神田警察署に連行された。

小町に向かって突きだされたトカレフを撥ねあげた白衣の店員も、次弾を発射できないように撃鉄と撃針の間に指を入れ、桑田を背中からアスファルトに叩きつけたカッターシャツの中年男もSITだったが、最寄りの交番から駆けつけた神田署員に引き渡すとすぐに現場から姿を消した。ヘルメットに防弾ベスト、黒のつなぎを着た隊員が飛びだしてきたワゴン車に乗って去ったのだろう。

目を離したほんの一瞬の間に、だ。

神田署員に引き継がれた桑田は路上にうつ伏せにされ、腰の後ろに回した両手首には手錠ではなく半透明のプラスチック製結束バンドが巻かれていたという。トカレフは弾倉を抜かれ、スライドを開いた状態で透明なプラスチックの袋に入れられ、弾倉は別の袋に入っていた。

白衣の店員とカッターシャツの男が桑田に襲いかかり、身柄を確保する間、小町は右足を踏みだしかけていた。かかとが路面についたときには、桑田と人質の若い女は引き離され、それぞれSITの隊員が押さえこんでいた。時間にして一、二秒というところか。見事としかいいようのない連携した早業だといえる。

にやにやしていた小沼の腹にパンチを見舞った直後、携帯電話が鳴った。機動捜査隊長から直々の電話に驚かされたが、職務に支障がないようなら桑田の取り調べに立ち会ったあと、当務に戻るようにいわれた。了解した旨を答えると、さらに翌朝次の班への引き継ぎ終了後、隊長室に出頭し、勤務中に担当地区を離れた理由を説明するよう命じられた。ひどく事務的な口調からすると桑田の逮捕について褒めてくれるわけではなさそうだ。

取り調べが始まる前に小町は神田署の刑事二人と打ち合わせをしている。今、上野署に置かれている合同捜査本部事案に桑田が関係している可能性があること、桑田が自宅を出てタクシーで三崎町に向かったので尾行したことは話したが、桑田に着目した理由についてはいずれ機動捜査隊に正式な報告書を出すと答えるにとどめた。神田署は人質強要罪、銃刀法違反について送検し、あとは合同捜査本部が引き継ぐ格好になる。桑田は二発撃っているので拳銃不法所持に発射罪が加算される。

神田署の二人組は初老に足を踏みいれかけたいかつい顔つきの刑事と、線の細い優男で典型的なコンビといえる。いかつい顔の刑事が机を挟んで桑田と向き合い、優男は入り口わきの補助机についてノートパソコンのキーを叩いている。

トカレフの入手経路について刑事が問い、桑田は素直に応じていた。

「もう十二、三年前になりますかね。千束《せんぞく》に事務所をかまえているヤクザの親分の自宅へ行ったんです」

組、組長の名前を訊かれ、桑田が答えた。小町には聞き覚えがなかった。

「もう組長は亡くなりましたがね。七年か、八年も前になります」

「組長の自宅へ何をしに行ったんだ？」

「あたしゃ、建具屋なんですよ。さすがにこの歳じゃ、今は仕事はしてませんが、十二、三年前までは現役でした。親分さんとは昔っからの馴染《なじ》みでね。結構古い家にお住まいだったんですが、よく手入れなすってました。今はアルミサッシばかりでしょ。あたしみたいに昔の建具を扱える職人も少なくて。それでよく呼んでもらったんです」

桑田は目をしょぼしょぼさせていた。まともに西日を浴びているので逆光となる小町や相対する刑事の表情すらよく見えないに違いない。

「涼しくなってましたから十月も半ば過ぎですかね。奥の座敷の襖《ふすま》を全部張り替えたんです。結構な仕事になりまして、仕上がりを気に入ってもらえたんですけど、いざ、支払いの段になると代金がわりだってあのピストルを出されましてね。往生しましたよ。親分さんも引退して何年にもなってて、金回りは良さそうじゃありませんでした。そのときの襖には結構いい材料を使ったんで、値も張ったんです。足洗ってても何かと見栄を張らなきゃならないんでしょうね。仕方なくピストルを受けとって帰りました。それからはずっと油紙に包んで押入の奥に押しこんでありました」

「そいつを何だって持ちだしたんだ?」

「あのガキをぶち殺すために決まってるでしょ」

桑田はふいに顔をくしゃっと歪めた。涙が溢れだす。

「あの子はね……」

そこまでいったところで桑田はこみ上げてきた嗚咽《おえつ》を堪えきれず言葉を切った。小町は身じろぎもしないで桑田を見つめていた。

「あの子の誕生日は毎年うちでやってたんですよ。うちの嬶《かかあ》が可愛がってましてね。ケーキを買って、あの子が大好きだっていうから五目寿司をこさえて」

あの子とは結城しのぶに違いない。紙製のとんがり帽子を被った写真が浮かんだ。

「誕生日のたびに、ここん家《ち》の子供だったらよかったのにっていいましてね。そんなことをいっちゃいけないって嬶と二人してたしなめましたが、あの子が帰ったあとは嬶が泣いて喜びましてね」

刑事がポケットティッシュを差しだす。受けとった桑田が洟《はな》をかんだ。しばらくしてからかすれた声でつづけた。

「あたしも泣きました。あたしら夫婦には子がなかったもんで。そりゃ嬉しかったもんです。可愛かった。それをあのガキは……」

桑田の嗚咽は止まらず、丸めたティッシュペーパーが山となっていった。ポケットテイッシュが空になると、ようやく桑田は落ちつきを取り戻し、大きくため息を吐いた。

桑田は小町に目を向けた。

「あんた、すごい度胸だね。それともあたしにゃ撃てないと思ったのかな」

小町は壁にもたれたまま、桑田を見返していたが、やがて首を振った。

「正直にいえばわからない。人質を助けたいと思って夢中だった。それと桑田さん……」

初老の刑事が小町をふり返る。だが、何もいわなかった。

小町は言葉を継いだ。

「あなたにも人を殺させたくなかった」

桑田がにっこり頬笑んだ。

「信じるよ。あんた、正直な人だ。うちで飲んだとき、いろいろ話を聞いてくれた。それに正体がなくなるまで酔っ払うなんてね、勤務時間中じゃないとはいえ、できることじゃない」

初老の刑事が眉を寄せる。小町は仕方なく肩をすくめた。

桑田がつづけた。

「あんたには申し訳ないが、あたしの手はもう汚れてる。鈴原って弁護士がいただろ。あれ、うちでやったんだ」

初老の刑事が向きなおったが、桑田は相変わらず小町を見ていた。

「あんたが酔っ払った、あの茶の間でさ」

4

押入の下段に重ねて押しこまれていた段ボール箱は埃まみれで綿の手袋はたちまち灰色になった。小沼は四つの箱を取りだして床に並べ、次々に開けていった。そのうち二つに写真店で現像を頼むともらえる紙製のアルバムが入っていた。

押入の上段から吉村が唐草模様の入ったビニール袋を抱えて運びだしている。大きさからすると座布団が四、五枚入っているようだ。

昨日逮捕された桑田は拳銃の入手経路だけでなく、鈴原の殺害場所が自宅であると自供したため、家宅捜索には合同捜査本部に神田署刑事課、本庁鑑識課が動員され、大がかりとなった。

桑田の自宅は築五十年は経っていそうな古びた平屋の一軒家で表は道路に面しており、裏に狭いながらも庭があった。玄関を入って右にトイレ、左が台所と浴室があるほか、三畳、四畳半、六畳の部屋があり、いずれも畳が敷かれている。雑草がちょろちょろと生えた裏庭には錆《さ》びた物干し台が置かれ、庭に面して縁側が設けられていた。

小沼は吉村とともに寝室として使っていたらしいもっとも奥にある四畳半を担当している。押入には布団が畳んで入れてあった。ベッドがないところからすると桑田は毎晩布団を敷き、朝には押入に収めていたようだ。部屋の隅には鏡台が置かれ、色褪《いろあ》せたカバーが鏡を覆っている。桑田の妻は何年も前に亡くなったと聞いていたが、鏡台はそのままにしてあるのだろう。

アルバムの表紙にはフェルトペンで日付が入れてあった。昭和となっているものは表紙だけでなく、写真も色褪せていたが、写っている桑田や妻らしき女性は若かった。次々に取りだしてはざっと目を通していく。

写真は一枚ずつきちんとポケットに入れられ、撮影した順に並べてあったが、アルバムそのものは順不同で段ボール箱に詰められていた。何冊目かを取った小沼の手が止まった。フェルトペンでていねいに書かれた日付は、平成十七年九月十四日となっている。

八年前の結城しのぶの誕生日だ。

アルバムのポケットは一ページに上下二段になっているが、なぜか上段は空っぽで下段には二人の子供が写っていた。向かって左にはとんがり帽子を被った女の子、右側にはTシャツを着た男の子が写っている。

次のページにはテーブルを囲む二人の子供、桑田の妻が写り、別の写真には女の子と桑田夫妻がいた。テーブルの中央には、灯の消えたローソク——十本あった——を差したデコレーションケーキや五目寿司、鶏の唐揚げの皿が置かれている。どの写真にも笑顔ばかりが並んでいた。

部屋に吉村が戻ってきたところで小沼は立ちあがった。

「先輩、これ」

手にしたアルバムの一ページ目を開いてみせた。吉村がのぞきこむ。

「右に写ってるのは結城直也のようだな。幼い感じだが」

小沼はアルバムを閉じ、表紙を見せた。

「平成十七年の九月十四日ですから八年前です。結城は中学二年ですね」

吉村はアルバムを取り、ページを繰っていった。

「あの野郎、桑田なんて知らないといってやがったが、誕生祝いをここでやってるじゃねえか」

そのとき、裏庭から声が聞こえた。

「ちょっと来てくれ」

吉村と小沼は取りあえずアルバムを段ボール箱に戻し、玄関に戻って靴を取ってきて縁側越しに裏庭に出た。鑑識課員が写真を撮っているのを数人の刑事が後ろから見ていた。

吉村と小沼が近づくと、一人の刑事が顎をしゃくった。

「塀の梁を動かしてたらすぽっと抜けて板が急に外れやがった」

塀の板が四枚外され、幅八十センチほど開いている。向こうは内山医院の裏庭だ。ほどなく内山医院の裏庭にも刑事と鑑識課員が回りこんで塀を調べてみると、梁が途中で切れていて、桑田宅側からは外せても内山医院側からは梁の切れ目が見えないよう巧妙に組まれていることがわかった。

鈴原は桑田の自宅で殺されたという。塀の一部が外れ、裏庭がつながっているとすれば、人目に触れずに死体を運びこむことは可能だろう。

小沼は吉村に目を向けた。吉村も同じことを考えていたのだろう。小さくうなずいた。

その日の午後、科学捜査研究所に持ちこまれた座布団の一枚から尿の痕跡が見つかり、簡易鑑定の結果、鈴原のものと断定された。


三崎町での発砲事件から三日目、前日に人質強要罪および銃刀法違反で送検された桑田は身柄を上野署に移され、鈴原事案に関する本格的な取り調べが始まった。

結城の取り調べを行っていたのと同じ部屋で、桑田には森合が相対し、吉村は補助机、小沼はマジックミラー越しに小部屋から見ていた。

桑田は白いTシャツにグレーのスウェットパンツを穿き、黒い靴下を穿いてゴムサンダルをつっかけている。

「ナオ君はいい子でね。妹思いの優しいお兄ちゃんだった」

桑田はうつむいたまま、ぼそぼそと語った。

「結城をナオ君と呼んでるのか」

森合の問いに桑田はうなずいた。

「二人がうちへ来るようになったとき、ナオ君は小学生、しのぶちゃんはまだ学校に上がる前だった。内山先生のところに来ていたしのぶちゃんに、うちの嫁が声をかけて、お菓子をあげたりしてたんだ。慶子さん……、ナオ君としのぶちゃんのお母さんってのが若いけど義理堅くてしっかりした人でね。どこかの土産だといって高菜漬けかなんかを持って、お礼に来た。それからだな、あの二人がうちへ来るようになったのは」

それから桑田は小声でくそっとつぶやいた。

「あんな事件さえなければ、あの子たちは今でもうちへ遊びに来てたかも知れない」

「半年くらい前、結城直也はお前さんのところへ行ってるな？」

「ええ」桑田はあっさりうなずいた。「冬だったな。寒い日だった。うちの前をうろうろしてたんで声をかけたんだ。最初はナオ君だってわからなかった。背も伸びていたし、顔も大人っぽくなってたから」

「結城の方から声をかけてきたのか」

「いや、あたしの方からだよ。うちの前にでっかいのがのそっと突っ立ってじろじろ見てやがるから何者だと思ってね。おいって声かけたら、しばらくぶりですっていわれてさ。そのときにようやくナオ君だってわかったよ」

桑田はひっそり笑い、短く刈った髪を撫《な》でた。

「もう二十二だっていうものな。うちに来てたときは中学生……、高校一年生のときが最後だったか。背が伸びたのは、そのあとだっていう。男は二十五の朝飯前まで背が伸びるってえが本当だね。嬶が死んだっていうと仏壇に線香を上げて手を合わせてくれた」

それから酒を酌み交わしたという。

「半年くらい前からお母さんと連絡が取れなくなったといって、心配してたな」

ちょうどコスモケアセンターに結城慶子が現れたときと一致すると小沼は思った。母親と息子の間でどのような会話が交わされたのか。結城は勤務先に訪ねてきたのが母親だとは明かしていない。

結城慶子、直也には拭い去れない影がつきまとっているような気がする。しのぶの事件が影響しているのだろう。

「酒を飲んでいれば、そりゃ昔話になる。当たり前だ。しのぶちゃんのこと、慶子さんのこと、うちの嬶のこと……」

「結城の父親に会ったことはないのか」

「一度だけある。しのぶちゃんの事件のあと、挨拶に見えられた。慶子さんは痩せちまってなぁ。ご主人てのは背が高くて、今のナオ君に似てる。まさかそれから一年で自殺するとは思わなかった」

しばらく昔話を聞いたあと、森合が切りだした。

「ところで、鈴原の件なんだが……」

桑田の眼光が鋭くなった。

「弁護士ってのは、どんな奴らかね。だんなも刑事だからわかるんじゃねえのかい。自分が正義だみたいな面しやがって。いくらガキだからってしのぶちゃんを殺した奴らが無罪放免はないだろうよ」

森合は何もいわず桑田を見返していた。

「あの野郎も許せなかった」

「だが、小茂田の家から賠償金を取ったのも鈴原だったろう」

「それよ。人の弱みにつけこんで……」桑田が身を乗りだす。「刑事さんは慶子さんの写真を見たことがあるかい」

「ああ」森合がうなずく。「あるよ」

「あの通りの美人だ。それで後家になったんだから男が放っておかないのはわかるが、弁護士が手を伸ばしていいって話はねえだろ」

「それは誰から？」

「ナオ君だよ。あの子は思春期って奴だった。そんなときにお袋に手を出されりゃ腹が立ってもしようがねえ。でも、あたしは知らなかったんだ。知ってりゃ、あの野郎に電話することなんかなかった」

「鈴原に連絡を取ったことがあるのか」

「小茂田んところから金ふんだくるって話でさ。訊きたいことがあるって、うちに来たことがあるんだ。おれじゃなく、嬶が会ったんだがね。あの頃はあたしもまさかあの野郎が慶子さんに懸想してるなんて夢にも思わねえからね。嬶があのガキどもについてあれこれいってやったってのを聞いて、そんときはいいことしたなって思ったもんよ。そのあと、二千万だか三千万だか取ったんだろ。あとの二人んとこは貧乏過ぎて一円も取れなかったらしいけど。そのときに名刺を置いてったんだ。そこにあった番号に電話したらアブ何とかって事務所につながってびっくりしたがな」

森合が片方の眉を上げた。

「アブソリュート？」

「横文字はよくわからねえが、昔世話になったもんだっていったら携帯電話の番号を教《おせ》えてくれたよ」

「それを結城に教えたのか」

「いや」桑田は首を振った。「いってねえよ」

「だが、結城は鈴原の携帯に電話を入れてる。それも五回だ」

「どれもあたしが電話したんだ。鈴原をうちへ呼んだんだよ」

「どうやって？」

森合が訊くと、桑田は目をつぶり、腕を組んだ。躰を小さく揺すっている。

「ここまで話したんだ。すべて喋っちまった方が楽になるぞ」

「そこだ」桑田は目を閉じたまま、唸るように声を圧しだした。「正直に喋ったところで刑事さんが信じられるかどうか」

「話を聞かなきゃ信じるも信じないもないだろう。取りあえず最初だ。最初の電話で」

桑田は天井を見上げた。相変わらず目をつぶったままだ。眉間に皺を刻んでいる。

「最初はことを起こす前の日だった。あたしはナオ君が働いてる介護施設に行ったんだ。昼過ぎだったかな。昼休みだろうと思ったんだが、考えてみりゃ、昼は年寄りたちに飯を食わせなきゃならない。ナオ君の躰が空いたのは一時半を過ぎてたかな。それでコンビニでサンドイッチを買って近所の公園でいっしょに食った。そのときいろいろ相談したんだ」

「相談って、何の？」

鈴原を殺す相談でもしてたのか——マジックミラー越しに桑田を凝視しながら小沼は

胸のうちでつぶやく。

だが、森合は聞き役に徹していた。よけいなことをいえば、誘導尋問になりかねない。

「お母さんのことさ」

桑田が面倒くさそうに吐きすてるのを聞いて、小沼は目を剝いた。

本当に結城は母親と連絡が取れていなかったのか……。

「結城慶子だな?」

「そうだよ」桑田の眉間に刻まれた皺が深くなる。「慶子さんのことさ。一年くらい前からナオ君も連絡が取れなくてね。冬にうちへ来たときにもそんな話をしてたもんだから。それであたしが鈴原だったら何か知ってるかもしれないといって、ナオ君の携帯電話を借りたんだ。あの野郎、無視《シカト》を決めこみやがって出やしねえ。三回目だったかによ うやくつながったんだ」

小沼は内ポケットから手帳を抜き、鈴原の携帯電話の着発信記録についてメモしたページを開いた。八月二十二日に結城の携帯電話から三度着信があり、三度目でつながっている。時刻は十四時十五分だ。

目を上げ、桑田を見た。供述と着信時刻は矛盾しない。

「そのとき、どんな話をした?」

「あの野郎が慶子さんに何をしたか、こっちはわかってるから業腹だけど、ここは一つ下手に出て訊いてみるしかないと思って、慶子さんと連絡が取れないんだが、あんた、何か知らねえかいって」

「鈴原の答えは？」

　訊かれたとたん、桑田は森合に顔を向けると目を剝いた。

「野郎、お前と慶子さんとどんな関係があるっていいやがって。慶子さんだぜ、馴《な》れ馴れしいにもほどがある。旦那は死んじまってるが、結城さんの奥さんであるには違いないだろう。何もあいつが慶子さんなんて呼ぶこたぁねえやな」

「まあ、そうだな。それでどうした？　今みたいな調子で啖呵《たんか》を切ったか」

　桑田は腕をほどき、肩を落とした。

「いや、ナオ君が目の前にいたからな。とにかくこっちは慶子さんの行方を知りたい一心だからよ。それでナオ君に電話を代わったんだ。自分の身を二つにして産んだ子がいうんだ。野郎も信じるしかないだろう」

「それで？」

「あいつはしらばっくれたんだ。自分も慶子さんに連絡を取りたいと思ってるんだが、連絡先がわからないといったそうだ。それで何か心当たりはないかって逆に訊いてきたらしい。それであたしとナオ君は相談したんだ。古いアドレス帳があることにしようって。そんなものはないんだけどね。それで昔の住所とか電話番号があれば、弁護士なら調べられるかって逆に訊いたのさ。そうしたら難しいが、やってみるって。いちいちもったいつけやがるんだ」

桑田はまくしたてた。ふたたび桑田と結城は相談し、翌日の夜、午後十時に桑田の自宅で会うことにした。そのとき、アドレス帳を持ってきて、鈴原に見せることになったらしい。

小沼は手帳のページを繰った。

八月二十三日の夜、鈴原は自宅の近所にある鮨屋に立ちより、酒を飲み、食事をしている。板前と店の女将にはこれから人に会うといっていた。うきうきした様子とメモしてあり、丸で囲んである。

鈴原が慶子と連絡を取りたがっていて、音信不通だったのは間違いないのではないか。だから手がかりが得られそうだと単純に喜んだのかも知れない。

「そんであの日の夜だが……」

桑田がいうと、すかさず森合が確認する。

「八月二十三日だな？」

桑田はうなずいた。

「そう。ナオ君が七時頃に来たんで、携帯を借りて野郎に電話した。今度はほいほいと出たよ。それであたしん家《ち》を教えようとしたら前に一度行っているからわかるって。内山医院のとなりでしょというから先生はとっくに死んじまって、今は空き家だよと教えてやった」

電話を受けた鈴原はそこが自分の死体発見現場になることなど想像もしなかっただろう。

「次に九時過ぎだったか野郎から電話が来た。今度はこっちがシカトを決めこむ番だから放っておけっていったのさ。でも、電話が切れるとあたしの方が落ちつかなくなって。だらしねえ話だが、またナオ君の携帯を借りて折り返し電話を入れたんだ」

小沼は手帳に目をやり、鈴原の携帯電話の着信についてのメモを確認した。八月二十三日は十九時三十八分に一度、次は二十一時十分――鮨屋を出た直後にあたる――に鈴原から電話を入れているがつながらず、二十一時十三分に結城から電話が入っている。

「それじゃ鈴原が来たとき、あんたと結城の二人で待ちかまえていたわけだ」

桑田は口を開きかけたが、何もいわずにうつむき、しばらく黙りこんだあとでうなずいた。

「信じてもらえないかも知れないが、あたしらはあの弁護士を殺すつもりはなかったんだ。ちょいと脅かして……、座布団の下に出刃《デバ》包丁忍ばせてたんだよ。ちらつかせてやれば、べらべら喋ると思ってたんだ。だけど、あの野郎、アドレス帳なんかないといったとたん、逆上しやがってな。よりによって慶子さんとは相思相愛だなんて抜かしやがった。ナオ君がいきなり立ちあがって……」

結城は鈴原の背後から首に洗濯物を干すための紐《ひも》を巻きつけ、そのまま持ちあげたという。地蔵担ぎなどではなく、正座している鈴原を引っぱりあげたので首を吊ったような格好になったようだ。

「ありゃ、うちの庭にあった紐だ。いつの間に取ってきたのか、あたしにはわからなかった。それにしても人ってのは案外簡単にくたばるもんだな。座布団の上に小便漏らしやがったときはびっくりしたが」

その後、鈴原の死体を内山医院の跡に運びこんで首吊り自殺に見せかけようと思いついたのは桑田だという。二人がかりで鈴原の死体を運び、内山医院の診察室に吊した。

「お宅と内山医院とは裏庭がつながってるな。塀に仕掛けがしてあった」

「仕掛けとは大げさだな」桑田はふっと笑った。「何年前かは忘れちまったが、先生がまだ生きてる頃さ。塀の板が腐って、どうにもならなくなったんだよ。それで板を四枚取り替えただけだ」

「お前さんの家の方からは塀の板が外れるようにしてあったが」

「梁を切ったんだが、先生んところから見えなければいいと思っただけだ。でも、不思議なもんだね。あいつを殺したあと、ふっと塀が外れることを思いだした」

「でも、お前さんは交番に駆けこんでるだろ。てめえで偽装しておいて、通報者になるってのは理屈に合わないぜ。警察は第一発見者を疑うもんだ」

「警察は誰だって疑うよ」

いい返したあと、桑田は顔を歪めて吐きすてた。

「度肝を抜かれちまったんだ」

「何に？」

「鈴原を吊したあと、三日もしねえうちに臭《にお》いがひどくなってさ。ドブん中に暮らしてるようなもんだった。これだけ臭けりゃ、近所の誰かが交番か役所に何か文句をいうだろうと思ったんだが、誰も何もいわない。そうかといってあたしがいうと疑われる。どいつもこいつも鼻がバカになってるのかね。それで仕方なく様子だけ見に行ったんだ。塀の穴を抜けて、裏口からのぞいた。そうしたらろくろっ首みたいな格好で突っ立ってやがって」

小沼は死体発見現場に臨場したときの様子を思いうかべた。たしかに首が伸び、顔だけは高い位置にあっておまけに歯を剥きだしにしていた。

「思わずちびっちまったよ。とりあえず病院の方の抜け穴だけ板で囲って交番にすっ飛んでいったってわけさ」

「なるほどね」

森合が苦笑し、首を振った。

桑田が真顔になる。

「刑事さん」

「何だ？」

「あんたら、大きな間違いをしでかしてるぜ」

森合は目を細め、桑田を睨んだ。

桑田はまるで表情を変えずにつづけた。

「やったのはナオ君かも知れないが、やらせたのはあたしだ。ナオ君をかばいたいという腹はある。どうせ老い先短い身の上だ。吊されようが、何しようが、あたしはかまわない。でもね、御徒町の一件だが、ナオ君の背中を押したのはあたしだ」

「どういうことだ？」

「あのとき、あたしもナオ君といっしょにいた。そして中野を見つけた。だけど、肝心なときにあたしはびびっちまった。動けなかったんだよ。そうしたらナオ君が中野は自分がやるから小茂田を頼みますって」

桑田はまじろぎもせず森合を見つめていた。

5

午後には結城の取り調べが行われた。

取調室の中央に置かれた机を挟んで森合が結城と向き合い、吉村は補助机、隣接する小部屋からマジックミラー越しに見るのが小沼という配置が定番となっていた。すでにビデオカメラは回っている。

二日前、三崎町で桑田が逮捕されたことは告げてあった。それでも結城は桑田など知らないと言い張っていたが、追いつめられ、憔悴《しょうすい》しているのは誰の目にも明らかだった。

森合は結城の前に一枚の写真を置いた。桑田の自宅で見つかった八年前のものだ。桑田の妻、結城、しのぶの三人が写っていて、テーブルにはケーキと大皿に盛られた五目寿司が載っている。

ノックもなく小部屋のドアが開き、上野署刑事課の宇奈木が入ってきた。目礼すると、宇奈木も会釈を返し、小沼の横に並んだ。

結城は写真を見つめたまま黙っていたが、やがて口元に穏やかな笑みを浮かべた。

森合が静かに切りだす。

「この写真は？」

「しのぶの十歳の誕生パーティーです。桑田の小父《おじ》さんのうちでやりました。翌年もやってもらったんですけど、ぼくは中学三年で塾に行く日だったんで、このときが最後になりました」

結城しのぶが殺されたのは二年後の七月、十二歳の誕生日を迎えることはなかった。

「この頃は小母《おば》さんも元気でした。しのぶの誕生日にはいつも五目寿司を作ってくれたんです。しのぶの好物だからって。でも、本当に好きだったのはぼくだったんですけど、中学生だし、男だから好きっていうのが恥ずかしくて」

中学生の男子は何であれ、好きだというのが恥ずかしい。小沼の場合は、故郷の駅前にあった喫茶店のチョコレートパフェと、二学年上で生徒会長をしていた女子生徒だったが、どちらも口にできなかった。

「そうしたらしのぶがお兄ちゃんの代わりに私が大好きって小母さんにいってあげるって」

結城は写真を見つめたまま、微笑を浮かべている。御徒町で逮捕されて以来、一度も見せたことのない表情だ。

「成仏したか」

となりで宇奈木がつぶやいた。たしかに結城の顔つきを見ていると憑《つ》き物が落ちたように感じられた。

「犯罪者から元の人間に戻す。生まれつきの犯罪者ってのは案外いないもんだ。あれが奴の元々の顔だろう」

ため息が聞こえた。

「それにしてもデカってのはつくづく因果な商売だ。犯罪者を真人間に戻したところで送致だ」

刑事講習を受ければ、すぐ刑事になれるわけではない。所轄署の刑事課は定員が決まっていて空きを待たなくてはならない。小沼は講習を終えたあと、二年経って機動捜査隊に配属されている。初動捜査を担当しているため、被疑者を逮捕して取り調べを行ったのは今回が初めてになる。

小沼は宇奈木に目を向けた。宇奈木の横顔には躰の奥深くに宿る痛みを堪えているような様子があった。

「被害者に対して申し訳ないという気持ちは、真人間になったあと、ようやく湧《わ》いてくる」

宇奈木が顎をしゃくったので取調室に視線を戻した。

森合が二枚目の写真を出した。結城としのぶが顔を見合わせ、笑っている。二人とも五目寿司を取り分けた小皿を手にしていて、共有する秘密を確かめ合っているように見えた。

顔をくしゃくしゃっとさせた結城の両目から涙が溢れだした。鼻水に濡れた唇が震え、開いたり、閉じたりしている。涙の大波はくり返し、結城を襲った。

入ってきたときと同様に宇奈木は何もいわず小部屋を出ていった。

結城が少し落ちつきを取り戻したところへ森合がハンカチを差しだす。

「ありがとうございます」

顔を拭き、さっぱりとした結城の顔はひどく幼く見えた。

森合がいった。

「それじゃ、もう一度最初から話を聞こう。まずは高瀬のことだな」

「はい」

結城はふたたびハンカチを使い、二、三度深呼吸をしてから話しはじめた。

「高瀬が近づいてきたとき、ぼくは歩道に出たんです。あいつの前に立ちふさがるように。ちょうどトラックが近づいてきてライトに照らされました。眩《まぶ》しかったので顔を背けたんですが、そのとき、高瀬はぼくだということがわかったみたいで、この野郎というのがはっきり聞こえました。それから自転車でぼくに向かってきたんです……」

高瀬が自転車でぼくに向かってきたとき、ふっと負けちゃダメだと思いました。高瀬の自転車を避ければ、それは負けること、逃げることになると思ったんです。高瀬は何かいってましたけどよくわかりません。だけど、あいつがサドルから腰を浮かして頭から突っこんでくるのは見えてました。だから両手を伸ばして、あいつの頭と肩をつかむっていうか、手をあてました。その頃には専門学校で患者さんが暴れたときの対処法とかの練習もしてましたからとっさにそういうことができたのかも知れません。柔道の受け身の応用みたいな感じで相手の勢いを受けとめるんです。そうしたら高瀬はぼくに顔を近づけて、唾《つば》を吐いたんで、汚いと思って突き飛ばしたんです。高瀬は自転車ごと道路に倒れました。もうトラックは目の前まで来てて、運転していた人は何も見えなかったと思います。倒れて、すぐにトラックの下に入って見えなくなりました。次に見えたのは、トラックが目の前を通りすぎるときで二つ並んだ後輪（注　轢き逃げをしたのは土砂運搬用のダンプカー。後輪は前後にダブルタイヤが配置されていて被害者を轢いた左側だけでも四輪あった）の下になっているところでした。ぼくから見えたのは足だけです。壊れた人形みたいに足が上を向いていました。靴が脱げていたかどうかは憶えていません。怖くなって逃げたんです。自分が人を殺したとかじゃなくて、単純にさっき唾を吐いた高瀬が押しつぶされて、道路に張りついていて、とても人間の躰には見えなくて、血もいっぱい出てて、そこらじゅうがぬるぬるした感じで、とにかく怖くなって自分の原チャリを取りに戻りました。でも、エンジンをかけるとマンションの人とかに気づかれるかも知れないと思って、押して歩きました。どれくらい歩いたかは、よく憶えていません。

小沼は捜査本部のデスク席に戻り、吉村が作成した供述調書を読んでいた。すでに結城の取り調べは終わり、午後八時を回っていたが、もし小沼が調書を作っていたら自分の下手な字を読むのに四苦八苦し、まだ半分もできていなかっただろう。

紙コップのコーヒーをすすり、ふたたび調書に目をやった。


高瀬を殺してからは毎日警察が来ると思っていました。高瀬の記事はスマホのニュースサイトで読みました。事故だと書いてありましたが、それでもぼくがやったと警察は見抜いていて、捕まえに来るだろうと思っていたんです。怖かったです。でも、何日かしたら高瀬を轢き逃げした犯人が逮捕されたという記事が出て、警察も事故だと思ってるようだと少し安心しました。それでも二ヵ月か、三ヵ月は怖がっていました。

母がぼくの勤務先に来たのは、高瀬を殺してから半年くらいしてからです。母は何の連絡もなくいきなりコスモケアセンターに来ました。一度、ぼくが働いているところを見たかったといってました。そのときは清掃会社の寮に住んでいると思っていましたし、母も前と変わらないといっていました。本当は母に高瀬のことを告白して、いっしょに警察に行ってもらおうと思ったんです。でも、母はすごく疲れた顔をしてましたし、しのぶの事件があって、父も自殺して、その上ぼくが人殺しだと知ったらもっと苦しむだろうと思っていいだせなかったんです。母には、ぼくの仕事を説明したり、施設を案内して見せたりしました。入居者の部屋は見せられませんでしたけど、ホールとか、食堂とか、浴室なんかを見せました。食堂の調理場を見たときには、調理の手伝いとか掃除とかしながらぼくといっしょに働こうかなんていったりしたんです。母といっしょに働けると思うと嬉しかったし、雰囲気を壊したくなかったんで、高瀬のことはいわないことにしました。警察は事故だと思ってるみたいだし、黙っていればわからないだろうと考えました。母が鈴原と会ってることは知ってました。たまに食事をごちそうになると聞いたときにはちょっとおかしいと思いましたけど、何となく怖くて何も訊きませんでした。また来るね、といって母は帰っていきました。それから二、三日して母の携帯に電話を入れたんですけど、留守電に切り替わったんで、元気だよと吹きこんだだけで終わりました。でも、それから一ヵ月もすると電話に出られませんというメッセージだけになって、留守電にも切り替わらなくなったんです。

それで思い切って、母の勤め先に電話をしたら春先に辞めたといわれました。ぼくのところへ来たときにはとっくに会社を辞めてたんです。それから母を探したんですけど、心当たりといっても親戚とか昔の知り合いとかは、しのぶの事件があってから全然連絡を取ってませんし、鈴原の連絡先はわからなかったんです。母がぼくの職場に来たのは去年の夏頃で、それから半年くらい心配してたんですけど、ふと思いついたのが桑田の小父さんでした。内山先生が亡くなって、病院が閉まったのは聞いてました。専門学校には高校の同級生がいましたし、たまに同じ中学の奴とかと会ったときに幽霊屋敷っていわれてるって話が出ましたから。桑田の小父さんの家が内山先生の病院のとなりだというのは憶えていましたけど、今も同じ家に住んでるのかはわからなかったんです。思い切って訪ねてみたんですけど、声をかけられずにうろうろしていたら小父さんが出てきて、何か用かといわれました。怒ってるみたいでした。たぶんぼくだってことがわからないんだと思って、お久しぶりですって挨拶したんです。小父さんもぼくのことを憶えててくれて、すぐうちに上げてくれました。小母さんが亡くなったことはそのときに聞きました。二十一になったというと、台所からお酒を持ってきて飲もうといわれました。ぼくはお酒に弱くて、すぐ酔って気持ち悪くなるからあまり飲みたくなかったんですけど、その夜だけは気持ち悪くならなかったんです。理由はわかりません。だけど、ようやく母のことを相談できる相手が見つかったと思って、ほっとしたのは憶えてます。それで母のことを全部話しました。どれくらい飲んだかはわかりません。何だかふわふわ気持ちよくなって、喋るのが止まらないんです。自分でも変だなとは思いましたけど、とにかく止められなくて、高瀬のこともそのときに話しました。そうしたら小父さんが泣きだして、お前は偉いといったんです。ほめられるのはおかしいと思いましたが、小父さんと話しているうちにしのぶの話になって、さっき見せてもらった写真なんかを出してきて、ぼくもいっしょに泣きながら写真を見て話をしました。

母と鈴原弁護士が会ってるという話もそのときにしたと思います。そうしたら小父さんは、お前のお母さんは美人だから弁護士が変なことをしてるに違いないといい出したんです。そして鈴原なら母のいるところを知ってるだろうという話になって呼びだすことにしたんです。小父さんはしのぶの事件のあと、鈴原に仕事を頼んだことがあるんで連絡先がわかるといってました。それから何回か小父さんのうちに行きました。そのたびに酒を飲ませてくれて、いろいろ相談するようになったんです。小父さんがコスモケアセンターに来たのは八月二十一日です。いつまでもぐずぐずしていてもしようがないから鈴原を呼びだして、母のことを聞きだそうって。鈴原は小父さんの家まで来ました。鈴原は母についていやらしいことをいって、聞いててぼくの方が恥ずかしくなったのと、何だか母を汚されたような気がして、台所から洗濯物用のロープを持ってきて首を絞めました。鈴原が来る前からぼくと小父さんは酒を飲んでいましたけど、鈴原も飲んでたみたいで、ぼくたちが酒を飲んでることには気づいていなかったみたいでした。

洗濯物用のロープはトイレに行ったときに庭が見えて、物干し台にわっかにして掛けてあるのが見えたんです。鈴原が母の居場所を素直に白状しなければ、縛りあげたりすれば脅せるかと思って、小父さんには内緒で台所に隠したおいたんです。それで鈴原がぐったりすると、小父さんはいい考えがあるっていうので、塀の板を外して裏庭から内山先生の病院に鈴原を運んだんです。

洗濯物を干すためのロープだったのかと小沼は思った。首が伸びたまま、突っ立っていた死体が浮かぶ。片目がなく、頬肉もなくなって歯が剝きだしになっていたが、臨場した機動鑑識にネズミが食ったんだろうといわれた。

今年の冬に桑田を訪ね、それから鈴原殺害に至る八月までの間に二人は復讐について何度も話し合ったようだ。結城が何度桑田宅へ行ったか、それはいつのことか、そのときどのような話をしたのかは今後の取り調べで明らかになっていくだろう。

調書は午後いっぱいかけて行われた結城の取り調べについて細大漏らさず記されている。A4判の用紙にびっしりプリントアウトされて、十数枚に及ぶ。結城がすらすら喋ったわけではなく、調書にするときに吉村が整理している。

中野を殺したとき、小父さんは御徒町になんかいませんでした。ぼくがやるんで、小茂田をお願いしますといったのは小父さんの家でのことです。中野がふらふら遊び回っていることや、小茂田が大学に通っていることなんかは、ぼくの同級生とか後輩とかから聞きました。小茂田が大学生だというと、小父さんはすごく怒りました。しのぶを殺しておいて、自分だけいい思いをしてるって。でも、ぼくは小茂田は許してやろうっていったんです。賠償金を払ってましたから。でも、その賠償金が原因で鈴原が母に近づいたんだって、そのことにも小父さんは怒ってました。

ぼくは中野を殺したら自首するつもりでした。高瀬と鈴原と中野と三人ともぼくが殺したことにすれば、どうせ死刑になるだろうし、小父さんは何もしてないからって。それで警察が小父さんのところに来たら、ぼくが小父さんのところに一度だけ来たっていうようにいったんです。冬に小父さんの家の前で声をかけられたことを思いだして、あのときだけぼくを見たってことにすれば、鈴原の事件もぼくがやったことになるだろうと思って。小父さんには子供のときから本当によくしてもらったし、巻きこみたくないと思ったんです。

家族の写真とかは中野を殺すことに決めたときから少しずつ処分していきました。警察に捕まれば、ぼくの部屋も探されると思って。妹とか父とか母とかに関わる物は誰にも触らせたくないと思いました。中野のあとをつけたりして、チャンスは土曜日の夜だと思ってました。それでもなかなか決心がつかなかったんです。でも、鈴原も殺してしまった以上は先延ばしにできないと思ってナイフを持って出かけたんです。

すべてを読みおえると、小沼は吉村に調書を返した。

「すごいですね。自分が同じ調書を作ったら、たぶん明日の朝になってましたよ」

「パソコンの練習をしておいた方がいいぞ」

まんざらでもない顔つきで吉村は調書を受けとった。

午後十時過ぎ、管理官の佐々木から事件がほぼ解決し、合同捜査本部は規模を縮小すると発表され、小沼も機動捜査隊に戻ることになった。会議のあと、缶ビールでささやかな乾杯となった。缶を差しあげ、ビールを咽に放りこんだ直後、よりによって明日が当務日であることを思いだした。とたんにビールが苦くなった。

小町はL字型をした路地の入り口わきに建っているマンションの前に捜査車輛を停め、ダッシュボードに警察車輛の特別駐車許可証を置いた。助手席に座っていた小沼は何もいわずに車を降りた。

二人は路地を進み、内山医院の前に立った。門は新たに打ちつけられた板でふさがれ、不動産会社名の入った看板に関係者以外の立ち入りを禁ずと大書されていた。

いまだ残暑が厳しく、午前中だというのに強い陽光が照りつけている。

小町は病院を見上げた。

「半月前でしかないのにずいぶん時間が経ったような気がする」

「そうですね」となりに立った小沼がうなずき、小町の横顔に目を向けた。「それにしても班長が三崎町に行ってたのにはびっくりでした」

「完璧《かんぺき》に管轄外だからね」

「それもありますけど、よく桑田が共犯だってわかりましたね」

小町は小沼から視線を外し、桑田宅の玄関を見やった。木製の格子が入った引き戸は固く閉ざされており、黒と黄色のテープが張りめぐらされている。立ち入り禁止の札は警視庁の名前入りだ。

「ネット上で写真を見つけたんだ。紙製のとんがり帽子を被った結城しのぶのね。その写真をあげていたサイトの管理者に会って話を聞いた」

小町は上着の内ポケットに手を入れ、手帳を取りだすと中に挟んであった写真を取り、小沼をふり返って差しだした。

受けとった小沼が目を丸くする。

「こいつか」

「それがどうかした？」

「結城は当初桑田なんて知らないってしらを切ってたんです。それで三崎町の発砲事件のあと、桑田の自宅に家宅捜索《ガサ》に来たんですけど、アルバムが見つかったんです。アルバムといっても写真屋でサービスにくれる紙製のちゃちな奴ですけどね」

「今は有料らしいけどね。一冊百円だったかな」

「世知辛いな」小沼は写真を小町に返した。「誕生日祝いをやってるときの写真があって、そこに結城もいっしょに写ってたんですよ。それで言い逃れできなくなったんです。

そのときに見つけたアルバムの一枚目が空だったんですよ。おそらく班長が持ってる、その写真でしょう」

「これはコピーだけどね。写真を提供してくれたサイトの管理者がくれたんだ。いろいろ訳ありだったけどね」

「そうだったんですか。それにしても感心するのは、よくリアルタイムで桑田をパクれたってことです」

「合同捜査本部の動きはだいたいわかってた」

「はあ？」

　小沼が怪訝そうに眉根を寄せる。

「モア長の差し金だよ」

「森合部長が班長に進捗状況を教えてたってことですか」

「いや、中條逸美ルート。彼女、警察学校の同期なんだ。私が浅草分駐所勤務になることはモア長に報告してあった。だから西新井署《PS》に最初の捜査本部が設けられることになったとき、逸美を引っぱり込んだんだと思う」

　小町はふたたび桑田宅の玄関を見やった。

「それにしてもどうして桑田さんは自分で自殺に偽装しておきながら交番に駆けこんだのかな」

「ろくろ首みたいになって突っ立ってる鈴原の死体にびっくりして交番に駆けこんだといってました」

「ろくろ首ね」小町はさっと小沼に目を向けた。「君も相当びびってたね」

「あれはひどかった」小沼が鼻に皺を寄せる。「そういえば、アブソリュート法律事務所がようやく鈴原のファイルを任意で提出してきたようですよ。桑田が依頼していた相談分だけですけど」

「弁護士事務所なんてそんなもんでしょ。いろいろあったけど、私は案外嫌いじゃなかったな、桑田さん、気のいい下町の小父さんって感じで……」

小町は首を振り、歩きだした。

「よし、パトロールに戻ろう」

「了解、班長」

二人はゆっくりとした足取りで捜査車輛に戻っていった。

終章　持っている女

秋の彼岸などとっくに過ぎ、十月も半ばになったというのに連日晴れ、最高気温は三十度を超えていた。地球温暖化が進み、人類は滅亡するに違いないと小町は思った。

当務日、午後十一時になろうとしていた。勤務はまだ八時間つづく。遅い夕食と休憩を兼ね、小町は小沼とともに分駐所に戻ってきていた。コンビニエンスストアで買ってきた弁当を隅にあるソファで食べ、小町は夕刊を拾い読みしていて、テーブルを挟んだ向かい側では小沼が横になり、いびきをかいていた。

社会面の記事に目がとまった。

今朝、小学校に侵入した男が灯油をかぶって自ら火を点け、焼身自殺を遂げたのだが、三年生の男子児童が一人巻き添えを食っていた。児童は全身火傷《やけど》の重傷を負いながらも何とか命は取り留めた。

記事を読みすすめながら小町は眉をひそめた。たとえ命が助かったとしても火傷の跡は残る。引き攣《つ》った皮膚を見るたび、火に包まれた恐怖に襲われるだろうし、ひょっとしたら傷のせいで人目を避けるようになって性格もこれから先の人生も大きく変わってしまうかも知れない。

自殺した男の身元が判明し、巻き添えを食ったのが男の子供であること、男は妻――男の子の母親――と離婚調停中だったと書かれている。

結婚したことがなく、子供もいない小町には、自分の子がどのような存在なのかは想像の域を出ない。遺伝子を分けたという点でひょっとしたらもう一人の自分が目の前にいるという感じなのかと思うこともある。いつも目にする自分は鏡に映った像でしかなく、左右逆転し、ガラスの向こうにいて触れることすらかなわない。

一方、結婚して子供がいれば、特別な感慨などないのかも知れないと思う。自転車に乗れるようになるようなものだ。自転車に乗れるようになれば乗れなかった頃の自分を思いだすのは難しいし、乗れなければあれこれ想像してみるしかない。

記事にはお決まりの無理心中と書かれてあった。無理心中という単語に触れるたび、釈然としなかった。傷害もしくは殺人事件と犯人の自殺だろうと思ってしまう。いっしょに死のうと思っていたなら単に心中となり、どちらか一方の思いが高じ、誰かを巻き添えにしたのなら無理と頭につく。

無理にも濃淡があるとも思う。巻き添えを食う方が自殺しようとしている相手に完全に同調していることもあれば、殺されたくなかったり、殺されるなど考えてもいない場合がある。すべてを心中という言葉で一括《ひとくく》りにするのは、美化であり、臭いものに蓋にほかならない。

殺人もしくは傷害事件であり、犯人が自殺しただけだ。たとえ九十歳の母親の首をタオルで絞めて殺し、介護に疲れた六十八歳の息子が首を吊って死んだとしても……。

紙面をぼんやり眺めながら小町の思いは漂っていった。

我が子というとき、自分の所有物という響きを感じるのは子供を持たない者のひがみだろうか。幼い子供を巻き添えにする無理心中について見聞きするたび、親のエゴを感じてしまう。自分がいなくては、この子は生きてはいかれない……、大きなお世話だ、親などあろうとなかろうと子は育つ。親に殺されるとき、子供が叩きこまれる絶望の底がどれほど深いか、想像すらできない。

てめえ一人で勝手に死ね、子供を巻きこむなと思う。

逆に子供がいることでどれほど仕事が辛《つら》くても歯を食いしばって耐えられるというのも嘘ではないだろうとは思う。子供がない以上、これまた想像でしかない。

子供を産んだことで自分の時間がまったくなくなったという同級生の嘆きは何度も聞かされていた。生まれたばかりの赤ん坊はもちろん、二、三歳児でも手がかかり、目が離せないという。

交際相手と遊びまわっていて三歳と生後半年の子供二人を餓死させてしまったとした

ら母親は刑法二百十九条の定めによって、傷害罪より重い罪に問われる。故意と判定されれば、殺人罪もありうるが、実際には殺意を認められることはまずない。だが、衰弱し、死んでいった幼い子供を思うといたたまれなくなる。

小町自身についていえば、単なる二者択一なのだと思いさだめてきた。母親を選べば、母親以外の人生はありえない。それほど母親は重い。

小町は保育士を辞め、二十一歳で警察学校に入った。高校を卒業して入校してくる者より三年遅く、大学卒とは入学時のランクが一つ下になった。だから警部補になるまでには人一倍の努力を必要とした。

警察では警部補と警部との間に大きな隔たりがある。指揮される側と指揮する側だ。警部にならなければ、警察の仕事を俯瞰《ふかん》して見ることはできず、理解することができないという言い方もある。

今のところ、指揮する側に立ちたいとは考えていない。現場にいて、犯人を追い、検挙する仕事がしたかった。巡査や巡査部長でも現場での仕事を全うすることができる。森合にしろ、辰見にしろ古参の巡査部長だ。是非はともかく古参のと形容されるのは男性にかぎられるのが現場の実態でもある。巡査や巡査部長だった時代は、女であるというだけで下働きに甘んじるしかなかった。

自分の足で突っ走りたかったら警部補になれ、といったのは森合だ。警察社会において仕事をしたければ、女であることがハンデキャップなのは否めない。

盗犯係《ドロケイ》刑事稼業にどっぷり浸りつつ警部補を目指して勉強に明け暮れた日々も、警部補に昇進して自分の足で走れるようになってからも母親との両立はできなかっただろう。

保育士時代には、結婚、出産を経て母親になるという選択肢がなかったわけではない。当時、交際していた相手もいたし、彼と結婚し、彼の子供を産むという人生も自然だと思っていた。そうすれば今頃は中学生か高校生の母親になっていたかも知れない。だが、篠原夕貴が突然姿を消したとき、不審な車が保育所から遠ざかるのを目撃し、公園にあった公衆便所の浄化槽に浮かぶ遺体を見つけてしまった。

すべては成り行きなのだと思うよりほかになかった。

女性警察官の中にも妻、母の役割を立派に果たし、仕事もきちんとこなして昇進している人もいる。並大抵の努力ではないだろう。自分にはとてもできそうもないと思う。機動捜査隊で一個班をまかされ、当務日は二十四時間勤務に就き、非番、労休の日でも呼び出しがあれば、飛びだしていく。やり甲斐《がい》の問題ではなく、篠原夕貴を守れなかった小町の宿命なのだ。

きつい仕事に就いている間だけ宿命を忘れられるのだが、精神的、肉体的に追いつめられたときほどいつもの悪い夢を見る。皮肉な巡り合わせだ。唯一の救いは、小町を呼ぶ声が可愛らしく、明るいことだろう。

いつか夢を見なくなる日が来るのだろうか……。

いきなり小沼が起きあがり、小町の思いは中断した。ワイシャツのポケットから携帯電話を取りだした小沼は目をつぶったまま、耳にあてた。

「はい、小沼です」目をぱっと開く。「あ、先輩……、いえ、今でしたら大丈夫です。その節はお世話になりました」

先輩といえば、三崎町で会った捜査一課の吉村だろうかと思った。日に焼けた精悍な顔つきに白い歯、左手薬指のリングが次々に浮かんでくる。

「はい……、はい……、いえ、自分の力不足ですから……」

もし、吉村からの電話に小沼が力不足といっているのであれば、おおよそ察しはつく。小町は夕刊を持ちあげ、ソファの背に躰をあずけた。

しきりに恐縮している小沼の声が聞こえる。

「いえ、とんでもないことです。かえって申し訳ありません。いえ……、わざわざ恐れ入ります。ありがとうございました。それでは失礼いたします」

小沼が電話を切る気配がした。小町は新聞越しに訊いた。

「何かあった？」

察しがついていながら訊かずにいられないのは、我ながら性格が悪いと思う。

「吉村先輩、憶えてますか。三崎町で会った、捜査一課の」

「憶えてるよ」

「実は自分を捜一にと声をかけてくれていたんですが、しばらくは持ってる人の下で修業するように、と」

「吉村部長が？」

「いえ、森合部長からの伝言だそうです。自分には十年早いと思ってました。ということなんで、引きつづきよろしくお願いします」

「へえ、私がその持ってる人なんだ」

思わずにんまりする。

「ちょっと失礼します」

そういうといきなり小沼に夕刊を取りあげられ、小町はあわてた。口元が緩んでいたのを見られたかも知れないと思うと顔が熱くなる。

躰を起こした。

「ちょっと何するのよ」

「すみません」

詫びながらも小沼はテーブルに置いた一面の記事に見入っている。見出しには富士の樹海で発見された腐乱死体、復顔されるとあった。小沼が見入っているのは、記事に添えられていた写真だ。髪型を変えた三カットが載っている。

かつて復顔といえば、発見された頭蓋骨《ずがいこつ》に鑑識課員が粘土を貼っていくという職人技が必要だったが、今は頭蓋骨を立体的にスキャンし、パソコンに収められたデータにコンピューターグラフィックスによる肉付けをしていくと聞いていた。肉付けも年齢や日本人の平均といった統計に基づいているという。

躰を起こした小沼は夕刊に目をやったまま、腕組みし、首をかしげている。

「どうかしたの？」

「似てるような気がするんですよ。結城直也の母親に……」

東京拘置所面会室の鋼線入り強化ガラスに押しつけた写真に顔を近づけ、見入っている結城直也を小町は観察していた。眉間に皺が刻まれ、目を真ん中に寄せ、唇をとがらせている。結城は想像していたよりも背が高く、がっちりとした躰つきをしていた。

顔を離し、躰を起こした結城は小町を見てうなずくと落ちついた声でいった。

「母のものに間違いありません」

ガラスに押しつけていた写真を置き、二枚目に手を伸ばそうとすると結城がいった。

「ほかは見えてますから」

小町は手を下ろした。

ガラスの前には幅三十センチほどのカウンターが設《しつら》えられており、小町は三枚の写真を並べていた。たった今、ガラスに押しつけ結城に確認させた写真は結婚指輪のクローズアップで、内側にS&Kと刻まれているのが写っている。結城の父親は静雄《しずお》、母親は慶子、二人のイニシャルだ。

二枚目は床に広げた紺色のワンピース、三枚目には右足用の黒いパンプスが写っていた。ワンピースもパンプスもひどく汚れ、傷だらけになっている。三枚とも山梨県警を通じて手に入れた。

小沼が夕刊の一面に載っていた復顔写真が結城の母親に似ているといった。記事にはあるテレビ局が富士の裾野《すその》に広がる樹海に入り、撮影中に偶然に白骨死体を見つけたとあった。巨木の根元でうねった根の間に挟まるようにして横たわっており、スタッフの一人がたまたま黒いパンプスが片方だけ転がっているのに気づき、それから遺体を見つけたという。

テレビ局は樹海を管轄する山梨県警に通報した。テレビ局が番組の企画として身元確認と関係者探しを行うことにし、復顔作業を行ったのである。そのときに作成されたコンピューターグラフィックス画像が新聞に載り、小沼の目についた。

小沼は結城の部屋の家宅捜索を行ったとき、介護の教科書に挟まっていた家族写真を見つけたのだという。

翌日、小町は通報を受けた山梨県警の所轄署に連絡を入れた。電話に出た担当者に身元がわかるかも知れないと告げると、メールで写真を何枚か送ってくれた。発見現場のカットもあったが、小町はあえて遺体そのものが写っていない三枚を選んでプリントアウトし、結城の身柄が移されている東京拘置所にやって来た。機動捜査隊長には経過を報告し、許可を得ていたし、森合には電話で連絡した。樹海で見つかった白骨死体が結城の母であるという確証はないともいってある。

『決着をつけないと気が済まないか、小町らしい』

電話の向こうで森合が笑った。もとより小町の任務ではないが、手を挙げれば、やることはできた。

目を伏せ、写真に見入っていた結城がぼそぼそといった。

「ワンピースと靴に見覚えがあります。ひょっとしたら母はぼくの職場に来たあと、まっすぐ樹海に行ったのかも知れない」

樹海と口にするとき、結城は苦しそうに顔を歪めた。

「一年くらい前なんですけど、突然ケアセンターに来たんです。ぼくがどんなところで働いているか見たいって。話したのは本当にそれだけでした。あのとき、母の話をもっと聞いてあげればよかったと思います。自分のことばかり考えてないで」

紺色のワンピースと黒のパンプスはそのときの服装だといった。死後、一年が経過していたとすれば、遺体の状況にも合うかも知れない。

面会を終え、拘置所の玄関まで来たとき、森合がのっそりと現れた。

「どうだった？」

「母親のものだと認めました」

「そうか」森合はうなずいた。「あとの手続きは合同捜査本部《チョウバ》でやる」

「お願いします」小町は森合を見上げた。「どうしたんですか、今日は？」

「近くまで来るついでがあったからな。ちょっと寄ってみた」

二人は玄関を出た。一台の車が近づいてくる。吉村がハンドルを握っていた。

「小沼はもう少しお前の下で修業させた方が良さそうだな」

「昨日の夜、電話をもらってましたよ」

小町はそういって吉村に目を向けた。森合が空を見上げてつぶやく。

「おれとしては小町を捜査一課《そういち》に引っぱろうと思ってたんだがね」

「持ってますからね、私」

小町は口元に笑みを浮かべた。

「おかしいなぁ」

小町は路地の左右を見て、頭を掻《か》いた。目の前には小料理〈桃太郎〉という店があり、となりも小料理の看板を上げた店だ。路地にはぽつり、ぽつりとスナックや小料理屋の行灯《あんどん》があった。

当務明けだったものの、書類作りに追われ、すべての仕事を終えたときにはすっかり暗くなっていた。最後まで付き合ってくれた小沼に刺身の美味しい喫茶店でごちそうするといった。当惑した小沼の顔を見て、小町はほくそ笑んだ。

浅草分駐所に勤務してて、あの店を知らないのか、と。

しかし、二度も行っているはずなのにたどり着けず、路地から路地へとさまよい歩く羽目に陥ってしまったのだ。

店の外観は憶えている。入り口に自動販売機があって、街灯しかないひっそりとした住宅街に将棋の駒を描いた行灯が目立った。ところが、いくら歩いても店が見当たらないのである。

「班長」

すぐ後ろから小沼が声をかけてくるが、小町はなおも右、左と視線を走らせ、ふり返らなかった。

「かれこれ一時間になりますけど」

「わかってるって。浅草警察《アサケイ》署の近くだから、もう目と鼻の先に来てるのは確かよ」

「アサケイですか」

憤然とした口調でいった小沼が先に立って歩きだす。

「ちょっと、どこ行くのよ」

「浅草PSならこちらです」

しばらくの間、二人は黙って歩いた。相変わらず路地の光景は変わらない。ところどころに出ている鮨屋、スナック、小料理という看板を見ながら小町は同じ場所をぐるぐる回っているような錯覚にとらわれていた。

いきなり目の前に警察署が現れた。

「ここです」

小沼がパトカーの前に仁王立ちとなり、腕を組んだ。

「ここまで来れば……」

いいかけたものの、小町はまた周りを見まわした。浅草署は今までに来たこともあり、すぐ前の通りにも見覚えはあった。だが、『ニュー金将』がある路地への入り口がわからない。

小沼は携帯電話を取りだし、耳にあてた。

「すみません、小沼です。今、浅草PS前なんですけど……」

小沼が訊いてくる。

「店の名前、何でしたっけ」

「刺身のうまい喫茶店」

「そればっかじゃないっすか。ちゃんと店の名前くらい覚えておいてくださいよ」

文句をいいつつ、小沼は電話口で伝えた。

「そうです。班長はそういってます。今まで二回来てるから大丈夫だって……、はい……、浅草PSの向かいにある……、タイヨーテントですか」

耳をそばだてていた小町は通りの向かい側にある緑のテントを張りだした店を見つけた。一人でさっさと歩きだす。

小沼が小走りに追いかけてきた。

「今、辰見さんに訊いたんですけど、この路地をまっすぐに行って……」

「思いだしたよ」小町はさえぎった。「もう大丈夫。ここをまっすぐに行って、左側にあるの。将棋の駒の行灯が目印ね。わかってたんだから」

それにしても——小町は胸の内でつぶやいた——観音裏迷宮《ラビリンス》、恐るべし。

本書は書き下ろしです。